KB146902

치과 의사의 죽음

HAMISH MACBETH SERIES: DEATH OF A DENTIST

Copyright © 1997 by M. C. Beaton

All rights reserved.

Korean translation copyright © 2018 by HYUNDAE MUNHAK CO.,LTD.

Korean translation rights arranged with Lowenstein Associates, Inc.

through EYA(Eric Yang Agency).

이 책의 한국어판 저작권은 EYA(Eric Yang Agency)를 통한

Lowenstein Associates, Inc.사와의 독점계약으로 (주)현대문학이 소유합니다.

저작권법에 의하여 한국 내에서 보호를 받는 저작물이므로

무단전재 및 복제를 금합니다.

해미시
맥베스
순경
시리즈
13

치과 의사의 죽음

DEATH OF A DENTIST

M. C. 비턴
문은실 옮김

현대문학

주요 등장인물

해미시 맥베스 ◦ 로흐두 마을의 순경

프레더릭 길크리스트 ◦ 브레이키 마을 치과 의사

매기 베인 ◦ 길크리스트 치과 접수원

브라이언 맥빈 ◦ 레어그로의 스코츠먼 호텔 지배인

조니 킹 ◦ 스코츠먼 호텔의 바텐더

애그니스 맥빈 ◦ 브라이언 맥빈의 아내, 길크리스트 치과의 환자

달린 맥빈 ◦ 맥빈 부부의 딸

블레어 경감 ◦ 스트래스베인 경찰 본부 형사

지미 앤더슨 · 해리 맥내브 ◦ 블레어 경감의 부하 형사

프레드 서덜랜드 ◦ 길크리스트 치과 위층 집의 주민

엘시 에드워드슨 ◦ 길크리스트 치과 1층 옷 가게 주인

지니 길크리스트 ◦ 프레더릭 길크리스트의 전 부인

메이블 해리슨 ◦ 길크리스트 치과의 환자

아치 매클레인 ◦ 로흐두 마을 어부

세라 허드슨 ◦ 잉글랜드에서 온 여행객

앵거스 맥도널드 ◦ 로흐두 마을 점쟁이

스투리 · 피트 스마일리 형제 ◦ 브레이키 마을 농가 주인

카일리 프레이저 ◦ 브레이키 마을 약국 직원

찰스 코디 ◦ 브레이키 마을 약국 약사

웰링턴 부인 ◦ 로흐두 마을 목사의 아내

프리실라 할버턴스마이스 ◦ 토멜성 호텔 주인의 딸, 해미시의 전 약혼녀

제1장

치통을 끈덕지게 참고 견디는 철학자는
아직 한 명도 없었으니.

윌리엄 셰익스피어

해미시 맥베스 순경이 지옥 속에서 깨어난 날은 스코틀랜드 하일랜드 지방의 어느 쌀쌀한 가을날이었다.

턱 한쪽이 불타오르는 통증덩어리였다. 치통이었다. 너무도 격렬해서 어떤 이가 말썽인지도 모를 그런 치통이었다. 통증이 이 전체를 다 휩쓸고 다녔다.

다니는 치과는 인버네스에 있었고, 그는 오랜 운전을 견뎌낼 재간이 없을 것 같았다. 그의 경찰서가 있는 로흐두 마을에는 변변한 치과 하나 없었다. 가장 가까운 치과는 30킬로미터 남짓 떨어진 브레이키라는 소도시에 있었다. 그 치과의 의사는 프레더릭 길크리스트라고 했다.

문제는 해미시 맥베스는 이가 아직 하나도 빠지지 않고 온전히 다 있었으며 앞으로도 이 상태를 유지할 생각이지만, 길크리스트 씨는 이를 보존하기보다는 뽑아 버리는 것으로 명성이 자자하다는 것이었다. 이 지역 사람들은 그것을 마음에 딱 들어 했는데, 이를 뽑아 버리고 '좋은' 의치를 해 넣는 편을 여전히 선호했기 때문이다. 게다가 치과 요금이 비싼 요즘 세상에 길크리스트 치과는 비용이 저렴했다.

여름에 그곳으로 여행을 갔던 한 관광객은 길크리스트가 이에다 오스트레일리아의 참호만 한 구멍을 내 놓았다고 노발대발하며 항의했다. 오스트레일리아의 치과 의사들은 최대한 많은 이에 드릴을 박는다는 부당한 평판을 얻어 온 터였다. 그렇게 해서 이문을 많이 내고 꾸준히 찾아오는 고객을 유치하는 것이었다. 길크리스트는 스코틀랜드 사람이면서도 의료 과실이라고 여겨지는 이 오스트레일리아식 치료 방법을 시전하는 것으로 이름나 있었다. 또 동네 과부인 해리슨 부인은 마취 가스를 마셔 의식이 없는 상태에서 길크리스트에게 성추행을 당했다며 야단야단을 하고 다니기도 했다. 하지만 해리슨 부인은 늘 모든 남자가 침을 흘리며 자기를 쫓아다닌다고 생각하는 이상한 여인이었고, 그리하여 그녀의 고발은 별로 심각하게 받아들여지지 않았다. 게다가 그녀는 경찰에 신고도 하지 않았던 데다가, 들어 주는 사람만 있으면 모두 붙잡고 얘기만 했을 뿐이었기에 해미시 맥베스로서는 이 문제를 더 생각할 이유가 없었다.

하지만 옷을 입을 무렵에는 통증이 어찌나 극심해졌는지, 그는 이 하나를 희생시켜 보자고 스스로를 어르고 달래기에 이르렀다.

그는 길크리스트 치과로 전화를 걸었다. 접수원인 매기 베인이 전화를 받아, 도움을 구하는 해미시의 미친 듯한 호소에 일단 와서 진료를 받을 수 있는 운이 따를지 두고 보자는 쌀쌀 맞은 대답을 내놓았다. 길크리스트 씨는 매우 바빠서 3시쯤에 오면 어쩌면 그를 봐 줄 수도 있으리라는 것이었다.

해미시는 아스피린을 찾으려고 욕실로 가서 수납장을 뒤졌지만 단 한 알도 없었다. 그는 걷잡을 수 없이 화가 나서 수납장 문을 쾅 닫아 버렸다. 수납장이 벽에서 떨어져 자기로 된 세면대를 부수고, 수납장 유리가 산산조각이 나서 욕실 바닥으로 떨어졌다.

그는 이루 말할 수 없는 분노를 느끼며 손목시계를 들여다보았다. 오전 8시였다. 세상에, 오후까지 살아 있을 수나 있을까? 그는 다 닳은 경찰 제복을 입고 가련한 몰골로 흐느적거리면서 해안가를 따라 브로디 선생의 집으로 서둘러 발걸음을 옮겼다.

브로디 선생의 부인 앤절라가 실내복 가운을 입은 채로 문을 열어 주었다. "어머, 해미시, 웬일로 이렇게 일찍 왔어요?"

"도움이 필요해요." 해미시가 끙끙거렸다. "저 죽어 가고 있어요."

"들어와요. 남편은 부엌에 있어요."

낙타털 가운을 두른 브로디 선생이 부엌으로 들어오는 해미시를 올려다보았다. 토스트와 마멀레이드를 입으로 반쯤 가져가던 참이었다. "해미시! 꼴이 말이 아니네."

"뭐라도 좀 빨리 주세요." 해미시가 브로디 선생의 팔을 붙들며 허둥댔다. "죽을 것같이 아파요. 치통이에요."

"광우병에라도 걸린 사람 같군." 브로디 선생이 해미시의 팔을 뗄쳐 내며 심술궂게 말했다. "그래, 좋네, 좋아, 해미시. 내 진료 가방을 가져올 테니 앉아서 기다리게나."

해미시는 의자에 털썩 주저앉아서 턱을 그러쥐었다. 앤절라의 고양이 한 마리가 식탁 위로 사뿐히 뛰어올라 해미시를 호기심 어린 눈으로 보더니 단지에 담긴 우유를 마시기 시작했다.

브로디 선생이 가방을 가져와 열고는 조그만 손전등을 꺼내 들었다. "자, 입 크게 벌려 보게, 해미시. 어떤 이인가?"

"전부 다인 것 같아요." 해미시가 입을 벌리고서 왼쪽 아랫니들을 가리켰다.

브로디 선생이 전등을 그의 입 안에 비추었다. "아, 그러네. 형편없군."

"어떻게 형편없는데요?"

"여기 농양이 생겼어. 여기 왼쪽 아래 어금니에. 어휴! 이 농양을 들어내지 않고서는 치과 치료가 될지 모르겠군. 항생제를 한 대 놔 주지. 난 진료소에 가야겠네. 자네는 여기 있고. 앤절라가 커피를 가져다줄 거야. 나는 옷 좀 갈아입어야지."

"주사는 어디에다 맞나요?"

"엉덩이."

"그럼 저도 선생님과 함께 가겠습니다."

"왜?"

해미시가 얼굴을 붉혔다. "부인께서 제 맨엉덩이를 보는 건 원하지 않습니다."

브로디 선생이 웃었다. "이 마을에 자네가 엉덩이를 까 보이고 싶어 하지 않는 여자가 한 명이라도 남았다니 다행이군."

브로디 선생이 옷을 갈아입으러 2층으로 가자 해미시가 끙끙거리며 말했다. "커피는 됐어요, 앤절라. 너무 심하게 아파서 커피를 입으로 가져가지도 못하겠는걸요."

"다 큰 아기 같네요, 해미시 맥베스." 앤절라가 말했다. 그녀의 갸름한 얼굴이 재미있다는 듯이 환해졌다.

"여자들이란!" 해미시가 쓰라리게 내뱉었다. "모성애라느니, 여자다운 동정심이라느니 그런 온갖 설은 다 근거 없는 신화라니까요."

"농양이 그렇게 심해진 거라면 왜 그 지경이 되도록 내버려 둔 거예요?"

"약간 찌르르하기는 했어요." 해미시가 중얼거렸다. "하지만, 휴, 그냥 얼굴 쪽으로 오한이 나나 보다 싶었죠."

앤절라가 그에게 다시 미소를 짓고는 커피 테이블 앞에 앉았다. 그녀는 고양이의 목덜미를 잡아 우유 단지에서 얼굴을 떼고는 커피를 붓고 책을 한 권 집어 들었다. 책을 읽기 전에 그녀가 한마디 했다. "당신은 지금 얘기 나눌 기분이 아니겠죠."

해미시는 그녀를 노려보고서 턱을 어루만졌다. 마침내 브로디 선생이 나타났다. "병원으로 가세, 해미시. 그리고 그렇게 얼굴 붉힐 것 없네."

그들은 말없이 해안을 따라 걸어갔다. 날은 춥고 잠잠했다. 굴뚝들에서 나오는 연기가 하늘을 향해 일자로 올라갔다. 왜가리 한 마리가 로흐두만 위를 날았다. 서덜랜드의 로흐두 마을, 영국 땅 최북단에 자리한 이곳은 파리한 햇살을 받으며 한 서글픈 순경이 요란한 통증의 폭동에 시달리게 내버려 둔 채로 꿈에 잠겨 있었다.

병원에 이르자 브로디 선생은 해미시에게 뻐근한 항생제 주사를 한 방 놔 주었고, 항생제 처방전을 써 주며 집에 가서 누워 있으라고 말했다. 해미시는 그에게 길크리스트 치과에 예약을 했다고 말했다. "취소하는 게 좋을 거네." 브로디 선생이 말했다. "농양이 깨끗이 없어질 때까지는 말이야. 어쨌거나 길크리스트에게는 가지 않는 게 좋아. 그는 이를 뽑을 거야. 요즘 세상엔 그럴 필요가 없는데 말이지. 인버네스로 가는 게 더 나아. 길크리스트를 둘러싸고 말도 못 하게 고약한 얘기들이 떠돌고 있으니까."

해미시는 경찰서로 엉금엉금 돌아왔다. 오는 길에 파텔 씨네 잡화점에서 아스피린 한 통을 샀다. 그는 위스키 한 잔과 함께 아스피린 세 알을 삼켰다. 그러고는 느릿느릿 옷을 벗고 나서 의지로 통증을 몰아내기를 기원하며 침대로 다시 기어 올라 갔다. 그는 통증에서 마음을 떼어 내기 위해 길크리스트와 그를 둘러싼 온갖 소문을 생각하기 시작했고, 그러다가 불현듯 잠이 들었다.

두 시간 후에 그는 잠에서 깼다. 통증이 거의 사라져 있었다. 하지만 무시무시한 통증이 또 맹렬한 기세로 돌아올까 봐 침대에서 빠져나오기가 겁이 났다. 그는 깍지를 껴 뒤통수를 받치고 천장을 물끄러미 올려다보았다. 너무도 느닷없이 세상을 떠 버린 자신의 개 타우저가 그리웠다. 타우저가 살아 있었다면 침대 끝에 누워 꼬리를 흔들고 있었을 테고, 그, 해미시는 이 드넓은 세상에서 자신의 고통에 신경을 써 주는 존재가 있음을 느꼈을 것이다. 프리실라 할버턴스마이스, 한때 그에게 필생의 사랑이었던 여자는 친구들과 지낸다고 런던으로 가 버렸고, 그녀가 떠난 자리를 메워 줄 다른 어떤 여자도 아직 그의 인생에 나타나지 않았다. 그들은 한때 비공식적으로 약혼을 했다. 하지만 그는 사랑을 나누려고 시도했을 때 프리실라가 보인 이상한 차가움 때문에 관계를 깨 버리고 말았다. 그녀가 그리웠다. 하지만 프리실라를 그리워하는 것은 이제 그저 습관이 된 것뿐이라고 스스로를 타일렀다.

그의 생각이 이번에는 길크리스트에게로 돌아갔고, 그러자 고지인다운 호기심이 완전하게, 분연히 솟아올랐다. 해미시는 그를 한 번도 본 적이 없었다. 그는 전화기를 들어 그날 치료를 받지 못하게 됐지만 다시 예약을 잡겠다고 말하기로 했다. 만약 길크리스트가 이를 빼려는 조짐을 조금이라도 보인다면 치과 의자를 박차고 나와 인버네스로 가면 된다. 하지만 어쨌거나 그 치과 의사를 볼 수 있고 자기 나름의 관점으로 생각해 볼 거리가 생길 것이었다. 여기 하일랜드 지역에서는 과장된 이야기 하나가 부풀려지고 돌아다니다가 또 다른 사람이 추임새를 넣으면서 한 사람이 평판을 잃게 되는 건 일도 아니었다.

경찰서 사무실에서 전화가 새되게 울려 댔다. 그는 조심조심 침대에서 나와 전화를 받으러 갔다. 25킬로미터 떨어진 레어그로路의 호텔 주인에게서 걸려 온 전화였다. 전날 밤에 도둑이 들었다는 신고였다.

해미시는 최대한 빨리 출동하겠다고 다짐을 주고, 다시 옷을 입고 랜드로버 경찰차에 올라타 절도 사건이 일어난 스코츠먼 호텔로 차를 몰았다. 그는 기물이 파손되고 유리창이 깨지고 바가 엉망이 된 광경을 예상했으나, 침입은 전문 절도범의 소행인 듯했다. 사무실의 안전금고가 열려 있었고, 일주일치 소득이 도둑을 맞은 상태였다.

안전금고는 무겁고 육중해 보였고, 문도 손상되지 않았다.

"어떻게 된 일이죠?" 그가 경찰모를 뒤로 눌러쓰며 불타는 듯한 붉은 머리를 긁적였다.

지배인인 브라이언 맥빈이 남자 두 명에게 고갯짓을 하자 남자들이 금고를 획 열어 보였다.

"아이고, 세상에." 해미시가 말했다. 안전금고 뒤판은 합판으로 만들어져 있었고, 절도범은 그곳을 그냥 톱으로 잘라 냈을 뿐이었다.

해미시는 수첩을 꺼냈다. "앉읍시다, 맥빈 씨. 제가 몇 가지 받아 적겠습니다. 그다음에 스트래스베인에 전화를 걸어서 감식반을 보내 달라고 하죠. 금고 안에 얼마가 있었습니까?"

"25만 파운드가 있었습니다."

"세상에, 무슨 생각으로 그만한 금액을 구내에 둔 겁니까?"

"토요일 빙고의 밤 행사에 걸린 상금이었죠. 이런, 하일랜드 전역에서 사람들이 온단 말입니다."

"그러니까 누군가 돈에 관해 알았다는 거군요. 안전금고 뒤판에 대해서도 알았고요."

듬성듬성해져 가는 머리에 땅딸막하고 다부진 체구의 맥빈은 시무룩한 표정을 지었다. "이 대단한 이벤트는 모든 지역 신문에 났습니다. 그러니까 지역 사람들 모두가 돈에 관해 알았다는 얘기죠."

"하지만 왜 현금으로 두셨습니까?" 해미시는 영문을 알 길이 없었다. "수표로 두면 될 일을요."

"그게 흥행 미끼였어요. 전부 20파운드짜리 지폐였습니다. 모든 언론사의 사진기자들이 몰려올 거였어요. 굉장한 그림이 됐겠죠. 그 지폐를 다 들고 있는 우승자라니 말이에요."

해미시는 연필 끝을 핥았다. "그럼 금고 뒤는 왜 나무판으로 되어 있습니까?"

"금고가 필요하던 참에 인버네스의 경매소에서 이 금고를 봤습니다. 이 정도면 문제없을 거라고 생각했지요."

"그러고는 호텔 주인들에게는 진짜 금고값을 청구했을 거고요."

맥빈은 바닥을 물끄러미 바라보며 대꾸를 하지 않았다.

해미시는 도난 사실을 언제 알게 되었는지부터 하나하나 차근차근 묻고서 말했다. "금고 뒤판이 나무로 만들어진 걸 또 누가 압니까?"

"바텐더 조니 킹과 웨이터 중 한 명인 피터 샘슨입니다. 그들이 나를 도와 인버네스에서 금고를 가져왔습니다."

"선생님 가족은요?"

"당연히 알죠. 아내 애그니스하고 딸 달린이 압니다."

해미시는 맥빈의 가족에 대해 들었던 무슨 소문이 없었는지 마음속을 헤집어 보았다. 하지만 딱히 생각나는 것은 없었다. "바텐더, 웨이터와 얘기를 나누어 보아야겠습니다. 그다음에 선생님 부인과 따님과 얘기를 나누겠습니다."

"뭐라고요! 내 가족은 빼 주시오."

"말도 안 되는 말씀 하지 마십시오, 맥빈 씨. 부인과 따님이 뭘 봤거나 들었을 수 있습니다. 달린은 몇 살입니까?"

"스물두 살이요."

"지금 어디에 있죠?"

"브레이키의 치과에 엄마랑 있습니다."

다시 길크리스트라니, 해미시는 생각했다. 그러고는 기쁘게도 기적 같은 일이 일어났다. 치통이 가라앉은 것이다.

"하일랜드의 일개 호텔이 그만한 현금을 무슨 수로 미련힐

15

수 있었나요?"

"우리는 1년 내내 작은 빙고의 밤을 운영합니다. 그리고 거기서 나온 이익금을 은행에 넣죠. 이번 주 중반쯤에 그 큰돈을 은행에서 찾아온 거고요."

"저기 전화기를 좀 쓰겠습니다. 스트래스베인에 연락한 뒤에 이곳을 좀 둘러보기로 하죠."

전화 연결이 되었을 때 블레어 경감은 사건 때문에 바쁘니 부하 형사인 지미 앤더슨과 감식반을 보내겠다고 했다.

해미시는 호텔 사무실을 조사했다. 금고 뒤에 난 구멍을 제외하고 다른 침입 흔적은 전혀 보이지 않았다. "오늘 아침에 발견하셨다는 말이죠. 어젯밤 이곳에 무슨 행사라도 있었습니까?"

"사교 행사가 하나 있었습니다."

"몇 명이 왔습니까?"

"100명쯤요. 하지만 사무실 문은 잠겨 있었어요."

해미시는 사무실 문을 살펴보았다. 불투명 유리가 끼워진 나무 문에는 쉽게 딸 수 있는 평범한 잠금쇠 하나가 달려 있었다.

바텐더와 웨이터가 불려 왔다. 해미시는 그들에게 꼼꼼하게 질문을 던졌다. 그들은 새벽 1시가 되어서야 근무를 마치고 곧장 잠을 자러 갔다고 했다. 바텐더인 조니 킹은 30대에 범죄자 인상이었다. 머리는 포니테일로 묶고 갸름한 얼굴에는 보기 싫은 기다란 흉터가 나 있었다. 웨이터인 피터 샘슨은 작고 말간 얼굴의 스무 살 청년이었다.

그들을 상대로 질문을 마치고 나서 해미시는 호텔 중앙 홀을 둘러보았다. 더없이 우울한 호텔, 하일랜드의 전형적인 호텔이었다. 모든 것이 소나무에다가 플라스틱이고, 샴푸로 머리를 감기듯 빨아야 할 필요성이 절실한 조야한 카펫들이 깔려 있었다. 타탄 커튼이 창에 달려 있고, 벽은 플라스틱 모조품으로 된 스코틀랜드의 전통 검과 방패들로 장식되어 있었다. 컬로든 전투*와 글렌코 학살** 같은 우울한 역사적인 사건을 그린 형편없는 벽화도 있었다. 그림을 그린 화가는 보니 프린스 찰리를 좋아하지 않는 게 분명했다. 컬로든 전투화에 그려진 그는 허연 얼굴에 겁을 집어먹은 모습이었다. 화가는 또 캠벨가 사람들도 좋아하지 않은 것 같았다. 글렌코의 맥도널드 사람들을 학살하는 그들의 표정이 흉포하고 신이 나 있는 것을 보면 말이다.

"경찰이 여기서 뭐 하는 거죠?" 해미시 뒤로 새되게 따지는

---

*1746년 스코틀랜드 북부 인버네스 부근의 황야 지대인 컬로든에서 스코틀랜드 스튜어트 왕가의 군대가 잉글랜드 군에게 궤멸당한 전투이다.
**1692년 스코틀랜드 서부에 자리한 글렌코 골짜기에서 잉글랜드의 왕 윌리엄 3세에게 불충을 저질렀다는 죄로 맥도널드 가문이 오랜 숙적 캠벨 가문에게 절멸된 사건을 말한다.

목소리가 들렸다.

그는 몸을 돌렸다. 키가 작은 금발의 중년 여인이 그를 노려보고 있었다. 그녀의 머리에는 분홍색 플라스틱 헤어롤이 잔뜩 감겨 있었고, 오렌지색으로 칠한 얇은 입술에는 담배가 물려 있었다. 그녀 옆에는 초미니스커트에 허벅지까지 올라오는 스웨이드 부츠를 신고, 술이 달린 스웨이드 재킷과 보라색 블라우스를 입은 키가 큰 젊은 여자가 부루퉁한 표정으로 서 있었다. 죽은 시체처럼 허연 분을 바르고 보라색 립스틱을 칠하고, 검은 머리는 젤을 발라 삐죽삐죽 세우고 있었다.

"맥빈 부인이신가요?"

"그래요, 무슨 일로 오셨죠?"

"지난밤에 사무실 금고가 털렸습니다, 맥빈 부인." 해미시가 화를 꾹 참고서 설명했다.

"빙고 상금! 그게 없어졌다고요?"

"싹 사라졌습니다." 해미시가 말했다.

"끝내주네." 달린이 말했다. 밋밋한 그녀의 눈은 죽은 사람 같았다. 신경안정제를 먹었거나 아니면 그냥 멍청하고 우둔한 거겠지, 해미시는 생각했다.

"그 사람 어디 있어요?" 맥빈 부인이 따져 물었다.

"사무실에요." 해미시는 대답하고서, 바깥에서 차들이 올라오는 소리를 듣고 몸을 돌렸다.

그리고 스트래스베인에서 온 사절단을 맞이하러 나갔다.

지미 앤더슨 형사의 여우 같은 얼굴이 해미시를 보고 미소로 환해졌다.

"사신死神께서 친히 행차하셨군요." 그가 쾌활하게 말했다. "시신은 어디 있습니까? 위대한 해미시 맥베스가 현장에 납셨다면 분명 시체가 있을 텐데."

"시체는 없습니다. 이미 보고한 대로 어젯밤에 이곳 금고가 털렸어요. 내 생각에는 호텔 사람 누군가가 한 짓이지 싶어요."

"그래요, 아마도요, 해미시. 하지만 왜 그렇게 생각해요?"

"그냥 느낌이에요."

"로흐두의 예언가." 지미가 조롱했다. "참, 난 지금 술 한 잔에 살인이라도 저지를 수 있을 것 같은데. 혹시 호텔 바는 열었답니까?"

"근무 중에 술 마실 생각을 하면 안 되지요." 해미시가 근엄하게 말했다.

"아이구, 해미시. 그런 텔레비전에서나 나오는 얘기는 하지 마시지."

"그리고 경찰 규정에도 있죠."

"당신이 경찰 규정에 조금이라도 관심이 있다면, 그 형편없는 제복부터 매만지라고요. 바지가 어찌나 반질반질한지 내 얼굴이 다 비칠 지경이니까."

"이거 수사할 겁니까?" 해미시가 쏘아붙였다. "아니면 종일 여기 서서 서로 기분이나 상하게 할까요?"

"그렇다면 시체는 어디 있을까요?" 지미가 한숨을 내뱉으며 말했다.

"금고를 말하는 거라면 사무실에 있어요. 들어가기 전에 말입니다, 지미, 맥빈에 관해 뭐 알아 온 거 없어요?"

"내가 들은 바로는 없어요. 글래스고에 있는 소맷 엔터프라이스라는 회사가 이 호텔의 소유주인데, 2년 전에 그를 고용했다고 합디다. 음식이 끔찍하고 술이 범죄 수준이라면 모를까, 다른 건 없어요. 하지만 여기는 사람들이 빙고를 하고 춤을 추러 오는 데죠. 어쩐지 당신도 알잖아요, 해미시. 서덜랜드란 곳이 활기차게 쌩쌩 돌아가는 곳은 아닌 거. 어디와 비교하자는 얘기는 아니지만. 어휴, 어쨌거나 앞장서요."

맥빈은 사무실 바깥 입구 복도에 서 있었다. 열린 문 사이로 하얀 가운을 입은 감식반이 지문을 찾으려고 붓질을 하느라 부산했다.

"젠장." 해미시가 중얼거렸다. "직원 두 사람이 금고를 돌려놓았어요. 그 사람들 지문이 거기 묻어 있을 겁니다."

"감식반 친구들한테 내가 말하죠." 지미가 말했다.

"이런 바보 같으니." 맥빈 부인이 남편의 면전에 대고 난데

없이 고함을 질렀다. 헐거워져 흔들리던 분홍색 헤어롤 하나가 그녀의 분노에 카펫으로 떨어졌다. "내가 저 금고는 말도 안 되는 물건이라고 말했잖아. 하지만 당신이 기어코 우기면서 싸구려 물건을 샀지."

"입 다물어." 맥빈이 으르렁거렸다. "가서 당신 일이나 봐. 그 헤어롤 만 꼴, 아주 그냥 딱 섬뜩하기 그지없군."

불길하게도 해미시의 이에 찌릿한 통증이 찾아왔다. "잠깐만요, 맥빈 부인." 그가 말했다. "부인께서는 브레이키에 있는 치과에 가셨다고 했죠?"

"그래요."

"길크리스트는 어떤 사람입니까?"

그녀는 무슨 영문이냐는 듯이 그를 바라보았다. "나 때문에 간 게 아니에요. 달린이 치통이 생겨서 간 거지."

해미시는 의문을 담은 눈으로 달린을 돌아보았다. 달린은 벽에 푹 기대어 자신의 보라색 손톱을 유심히 들여다보고 있었다.

"달린?"

그녀는 갑자기 입을 열더니 텅 빈 아랫니 부분을 가리켰다.

"그 사람이 당신 이를 뽑았어요?"

"당연하죠."

"이를 살려 둘 수는 없었답니까?"

"뭐 하러요?"

"왜냐하면 이제는 이를 살려 둘 수 있는 세상이니까요."

달린이 하품을 억눌렀다. "그랬군요, 홈스 씨."

"내 금고를 누가 털었는지 알아내야 할 판국에 시답잖은 치과 의사에 대한 질문은 도대체 왜 하고 있는 겁니까?" 맥빈이 을러댔다.

"제가 다른 사건도 좀 맡고 있어서요." 해미시가 말했다.

지미 앤더슨이 사무실에서 나왔다. "좋아요. 제가 여러분을 한 분씩 맞이하겠습니다. 해미시, 당신은 이제 여기 있을 필요 없어요. 돌아가서 세양액 처리든 뭐든 로흐두에서 당신이 신날 일을 하면 돼요."

해미시는 내키지 않는 발걸음으로 호텔을 떠났다. 이 호텔에는 기이한 악행의 냄새가 풍겼다. "내가 적은 메모를 타자로 쳐서 줄게요." 그가 지미에게 딱딱하게 말했다.

"안 그래도 돼요." 지미가 명랑하게 말했다. "저기 바는 언제 문을 연답니까?"

해미시는 떠났다. 그는 로흐두로 돌아왔지만 경찰서로 곧장 가지 않고 마을 바로 외곽에 있는 토멜성 호텔에 들렀다. 호텔은 프리실라의 아버지인 할버턴스마이스 대령 소유였다. 대령은 지주였으나 파산 위험에 처하자 해미시의 제안에 따라 가족이 살던 집을 호텔로 개조했다. 호텔은 성공했다. 처음에는 프리실라의 노력이, 그다음에는 지배인인 존슨 씨의 효율적인 경영 덕분이었다. 그는 존슨 씨가 컴퓨터 자판을 탁탁 치고 있는 호텔 사무실로 들어갔다. 그러고는 의자를 책상으로 당겨 와 지배인 건너편에 앉았다. "커피는 직접 따라 마셔요, 해미시." 구석의 커피 추출기가 있는 쪽으로 고개를 젖히며 지배인이 말했다.

해미시는 일어나서 머그잔에 커피를 가득 따르고 다시 앉았다. "이제 끝났어요." 존슨 씨가 한숨을 내쉬었다. "프리실라가 그립군요. 회계에는 선수잖아요. 무슨 일로 왔어요, 해미시? 아니면 공짜 커피를 찾아온 건가?"

"스코츠먼 호텔에 절도가 발생했어요."

"인버네스의 약쟁이들이 한 짓?"

"아니에요. 금고가 털렸어요. 빙고 상금이었답니다. 25만 파운드."

"폭파시킨 거예요?"

"아니요. 맥빈이 인버네스의 경매장에서 싸구려 금고를 샀어요. 뒤가 나무판으로 된 금고요."

"그 금고 생각나는군요. 나도 그 경매에 갔었어요. 듣도 보도 못한 회사가 만든 금고였어요. 뒤를 나무판으로 댄 금고라니, 기가 막히더라니까요."

"맥빈에 대해 뭐 들은 얘기 없어요?"

"바가지 박박 긁어 대는 마누라에 덜떨어진 딸을 둔, 화가 가득한 남자죠. 이곳에는 한 2년 전에 왔어요. 소맷 엔터프라이스는 보니까 그에게 전권을 주는 것 같던데. 스코틀랜드계 그리스 사람이 운영하는 회사예요. 너저분한 식당과 끔찍한 호텔을 아주 많이 가지고 있죠. 내가 아는 것만 말한다면, 스코츠먼 호텔이 이윤을 내는 한 회사는 맥빈에게 간섭하지 않아요. 맥빈이 아마 이윤을 좀 퍼다 주었을지도 모르지만, 그는 내가 생각하는 것보다 똑똑한 것 같아요. 왜냐하면 소맷은 인정사정 봐주지 않는 회계 감시 팀을 두고 장부를 정기적으로 점검하니까요. 맥빈은 빙고의 밤을 생각해 내고, 지금껏 큰 성공을 거뒀어요. 그런데 대령이 우리도 같은 걸 하자고 제안할 만큼 어리석은 거 알아요? 이곳에 오는 사람들이 낚시를 하고 수렵이나 하고 시골 생활을 즐기려는 거지, 웬 농부들이 복작거리는 곳에 가려고 왔겠느냐고요."

"직원들은요?"

"모르겠어요. 이 동네에서 직원을 구한다는 게 어떤지 알잖아요, 해미시. 안달복달하면서 추천장에 엄청나게 주의를 기울이는 사람은 없잖아요."

"뭐, 이 사건은 이제 저하고는 아무 상관 없어요." 해미시가 커피를 홀짝이다 뜨거운 액체가 아픈 이에 닿자 얼굴을 찡그렸다. "지미 앤더슨이 사건을 맡았어요. 긴 씨름이 될 거예요.

맥빈의 과거를 캐내고, 직원들의 과거를 캐내고, 맥빈의 통장을 캐내자면."

"당신을 사건에서 떼 내는 건 블레어가 할 법한 짓인데요, 해미시."

"그렇죠. 근데 블레어의 간이 맛이 갔다는 얘기가 돌고 있고, 지미 앤더슨은 승진 냄새를 맡으면 늘 성격이 바뀌거든요." 그가 다시 얼굴을 찡그렸다.

"치통?"

"농양이 있대요. 브로디 선생님이 항생제 주사를 놔 줬어요. 길크리스트 치과에 가려고 했는데. 이런, 예약을 취소한다는 걸 깜빡하고 안 했네요."

"나라면 그 도살자 근처에도 안 갈 거예요, 해미시. 일이 좀 있었어요. 브레이키에 사는 작 매카이라는 사람이 거기서 이를 뽑았는데, 길크리스트가 그 사람 턱을 작살내 놨답니다. 작의 이는 뿌리가 덧나 있어서 이를 반으로 잘라 내 한 번에 조금씩 빼내야 했대요. 그런데 나중에 보니 길크리스트는 애초에 엑스레이조차 찍지 않은 거였어요. 사람들이 고소를 하라고 말했지만, 당신도 어떤지 알잖아요. 이곳 사람들은 대부분 의사와 변호사와 치과 의사들은 작은 신이라고 생각하면서 자란다는 거요. 그들도 그저 정육점 주인이나 빵집 주인과 다를 바가 없는 사람들이라고는 절대 생각하지 않죠. 싱한 고기를 사면 다른 정육점을 찾기라도 할 텐데, 세상이 끝나도록 나쁜 의사나 치과 의사를 고수한단 말이에요.”

“전화 좀 써도 될까요? 내일 내가 직접 가 보고 싶어요. 이제는 구실도 생겼고. 길크리스트는 어떻게 생겼죠?”

“하얗죠.”

“나도 그가 아프리카나 인도 사람이라고는 생각하지 않는데요.”

“아니, 내 말은 온통 하얗다는 거예요. 하얗고 커다란 얼굴에 손은 익히지 않은 소시지처럼 하얗고 커다랗고, 눈동자 색도 아주 연하고, 숱 많은 머리도 하얗고, 눈썹도 하얗고, 미국 치과 의사들이 입는 것 같은 하얀 가운을 입고 있어요.”

“나이는요?”

“어림잡아 50대. 아주 바람둥이랍니다. 전화는 얼마든지 써요. 하지만 검진만 받겠다고 해요. 안 그랬다가는 그 사람이 펜치를 들고서 당신 이를 모조리 뽑아 버릴 테니까.”

해미시는 길크리스트 치과의 전화번호를 돌렸다. 매기 베인이 전화를 받았다. 그는 그 치과 의사만큼이나 그녀와는 생면부지였다. 그녀의 이름도 알고 얘기를 들은 적도 있기는 했지만 말이다. 전화상으로 들리는 그녀의 목소리는 날카롭고 고압적이었다. 해미시는 뽀글뽀글 파마를 하고 번쩍거리는 안경을 썼으며, 깡말라 뼈밖에 남지 않은 중년 여인이 상상되었다. "맥베스입니다." 그가 말했다. 제 목소리가 움츠러들다 못해 사과하는 투가 담긴 데 어이가 없었다. "제가 어차피 오늘 못 갈 거였군요. 사건을 맡게 되어 미리 전화드리지 못했습니다."

"우리도 여기 일이 넘친다고요." 매기가 쏘아붙였다. "예약을 취소하는 사람들을 상대하는 일 말고도 말이에요. 사람들이 진실을 말해 주면 좋을 텐데요. 무서워서 취소를 하는 거라고."

"전 무섭지 않습니다." 해미시가 부르짖었다. "들어 보세요. 저는 이에 농양이 났고, 의사가 말하기를, 치과를 찾아가기 전에 항생제가 들을 때까지 기다려야 한답니다."

매기의 목소리가 냉소로 가득 찼다. "아, 그게 언제쯤 될 것 같나요?"

해미시는 숨을 깊게 들이마셨다. 불현듯 이 불미한 평판을 지닌 치과 의사를 봐야겠다는 단호한 결심이 섰다. 이 못 돼먹은 접수원도. "내일요." 그가 단호하게 못을 박았다.

"네시 커리 양이 3시 예약을 취소했어요. 그 시간에 오시면 되겠군요."

"감사합니다." 해미시는 수화기를 쾅 내려놓았다.

네시 커리와 언니 제시는 마을 노처녀들이었다. 스코틀랜드 같은 나라에서조차 그녀들이 누처녀의 운명에 처한 이유

27

는 야단스럽고 남의 말을 하기 좋아하는 성격 때문이었다. 스코틀랜드에서 결혼을 벗어난 여자들은 때로 운이 좋게 여겨지기도 했다. 결혼이란 가족이라는 이름으로 노예가 되는 것이며, 아이들이라는 짐덩어리를 줄줄이 다는 것을 의미했던 나날에서 나온 생각이었다.

해미시는 네시 자매의 집에 들러 보기로 했다.

네시와 제시는 앞뜰에 꾸며 놓은 작은 텃밭에서 일을 하고 있었다. 1제곱미터짜리 잔디밭과 경계선을 이루는 좁은 화단에 식물이 열 지어 서 있었다. 하일랜드의 많은 집들이 그렇듯이 새빨간 베리 열매가 잔뜩 달린 마가목 한 그루가 대문 옆에 서 있었다. 나쁜 요정과 마녀, 악귀를 몰아내는 부적의 의미였다.

"저기 해미시 맥베스가 왔네." 제시가 말했다. "해미시 맥베스." 그녀는 모든 말을 두 번씩 반복하는 짜증스러운 습관이 있었다.

네시가 몸을 펴고 원예 장갑을 벗었다. 햇빛이 그녀의 안경에서 반짝거렸다. "스코츠먼 호텔에 도둑이 들었다는 얘길 들었는데, 왜 거기 가 있지 않은 거죠?"

"거기에 말이지." 제시가 잡초를 뽑으며 말을 따라 했다.

"사건은 수사하고 있습니다. 치과 예약은 왜 취소하신 거예요, 네시 아줌마?"

"그게 범법 행위는 아닐 텐데."

"범법 행위라니." 화단 쪽에서 연극 해설자 같은 목소리가 말을 되풀이했다.

"그냥 궁금해서요." 해미시가 짜증이 나거나 언짢을 때면 늘 그렇듯이 고지의 치찰음이 더 크게 묻어나는 말투로 성질 급하게 말했다.

"그게 순경하고 무슨 상관인지 모르겠네. 하지만 사실은 말이지, 길크리스트 씨가 난봉꾼이라는 평판이 있는데, 내가 마취를 해야 한다잖아요. 누가 알겠어? 그가 나를 건드릴지."

"나를 건드릴지." 제시가 소리 낮추어 말했다.

해미시는 네시의 언니와 그 납작한 가슴을 보고서 이 길크리스트란 사람이 아닌 게 아니라 대단한 평판을 지녔다는 생각이 들었다.

그는 모자를 툭 건드리고는 그곳을 벗어났다. 해가 로흐두 협만 위를 비스듬하게 비추었고, 이내 북방의 때 이른 밤이 시작될 것이었다. 그는 갑자기 외로움을 느꼈고, 프리실라와 애기를 할 수 있으면 얼마나 좋을까 생각했다. 이어 몇 년 전에 끊었던 담배 생각이 당장 간절해졌다.

"왜 이렇게 풀이 죽어 있어요." 브로디 선생 부인 앤절라가 그의 앞에 멈추어 섰다. "아직 이 아파요?"

"아니요, 지금은 괜찮아요. 프리실라가 돌아오면 좋겠디는 생각을 하고 있었어요. 우린 늘 이런저런 얘기를 하곤 했으니까요. 거기다 더할 나위 없이 빌어먹게 말이죠, 담배를 피우고 싶어진 거예요."

앤절라가 미소를 지었다. 그녀의 갸름한 얼굴이 환해졌다. "왜 당신이 손을 놓아 버린 모든 일에는 결국 당신이 할퀸 자국이 새겨져 있는 걸까요?"

"놓을 수밖에 없었어요." 해미시가 기분이 상해 말했다. "제 생각엔 그저……"

"그리고 내 생각에는 순경님에게는 차 한 잔과 스콘이 좀 필요할 것 같은데요. 가죠, 나 집에 가는 길이었어요."

해미시는 그녀 옆에서 걸어가면서 앤절라가 집에서 직접 구운 스콘이란 늘 벽돌처럼 딱딱했음을 문득 떠올렸다. 앓는 이가 통증의 전조를 알리며 찌릿해 왔다.

앤절라가 식탁에 내놓은 스콘은 가볍고 버터가 담뿍 든 것처럼 보였다. "웰링턴 부인의 선물이에요." 앤절라가 말했다.

해미시의 얼굴이 밝아졌다. 목사 아내인 웰링턴 부인은 음식을 잘했다.

그는 버터를 발라 스콘 두 개를 먹고 차 두 잔을 마셨다. 그러나 앤절라가 블랙베리 잼이 든 병을 꺼내 와 스콘 하나를 더 먹으라고 다그쳤을 때 재앙이 닥쳐왔다. 해미시는 스콘에 버터를 바르고 잼으로 듬뿍 덮고는 베어 물었다. 통증이 작렬하더니 머리 꼭대기를 곧장 뚫고 솟아오르는 것 같았다. 그가 비명을 쏟아 냈다.

"내가 그러잖아요. 이가 아픈 게 맞다니까." 앤절라가 말했다. "아마도 잼 때문이겠지. 블랙베리에는 산이 워낙 많으니까. 여기요." 그녀가 찬장 서랍을 뒤지더니 칫솔 한 줌을 꺼내 하나를 그에게 건넸다. "욕실에 가서 이를 닦고 입을 잘 헹궈 내요. 그다음에 아스피린 두어 알 줄게요."

해미시는 칫솔을 쥐고서 길고 좁은 욕실로 들어섰다. 고양이 두 마리가 욕조에서 자고 있었고, 다른 한 마리는 변기 시트 위에 몸을 말고 누워 있었다. 그는 칫솔 포장지를 뜯고서 이를 닦고, 수납장에서 구강 청결제를 찾아내 입을 헹궜다. 부엌에 돌아올 무렵에 통증은 참을 수 있을 만큼 가라앉아 있었다. 그는 감사하는 마음으로 아스피린 두 알을 삼켰다.

"해미시가 스코츠먼 호텔에 가 있을 줄 알았는데." 앤절라가 말했다.

고양이들이 해미시를 따라 욕실에서 나왔다. 한 마리가 그의 바지에 애정을 담아 발톱을 갈기 시작했고, 그는 부엌 저쪽으로 고양이를 내던지고 싶은 충동을 내리눌렀다. 앤절라는 고양이들에게 애정이 매우 깊었고, 해미시는 앤절라를 좋아했다.

"지미 앤더슨이 사건에 들어가면서 전 빠졌어요. 블레어의

간이 말썽인지라 지미가 영광을 꿈꾸고 있거든요."

앤절라가 손가락으로 찻잔을 감싸 쥐었다. "당신이 그 호텔에 진작 불려 가지 않은 게 놀라워요."

"왜죠?"

"이런 말 당신에게 하면 안 될 것 같지만, 맥빈이 아내를 때린다는 소문을 들었거든요."

"이런 몹쓸!"

"그런데 정말 그런 것 같아요. 두 달 전에 그녀의 뺨이 멍 든 걸 봤거든요. 그가 두어 대 후려친 게 아닌가 싶게."

해미시는 의자 뒤로 몸을 기대어 뒤통수에 깍지를 꼈다. "근데 문제가, 매 맞는 아내와 25만 파운드가 금고에서 사라졌다, 그 돈을 가지고 있다면야 그녀는 이미 아주 멀리 가 버렸어야 한다는 거죠."

"매 맞는 아내들은 보통 탈출하려는 배짱을 가지고 있지 않은 경우가 많아요. 다른 남자가 나타나지 않는 이상은요."

해미시는 매서운 맥빈 부인을 떠올렸다. 그녀의 립스틱 발린 가느다란 입술과 분홍색 헤어롤을 생각하고는 한숨을 내쉬었다. "아니요. 저는 이 일이 그녀와는 아무런 상관이 없다는 생각이 들어요. 차하고 이것저것 다 감사드려요, 앤절라. 저는 이만 경찰서로 가 보는 게 좋겠어요."

지미 앤더슨이 그를 기다리고 있었다. "절도 사건에 대한 당신의 수사 내용을 타이핑했나요?"

"하지 말라면서요."

"그게, 이제는 그게 있으면 좋겠어서요." 지미가 해미시를 따라 경찰서로 들어와 사무실로 왔다. "위스키 좀 없나요?"

지미가 평소의 자신으로 돌아가는 모습을 보고서 해미시가 말했다. "그럼요. 제일 아래 서랍에 한 병이 있어요. 잔 가져다 드리죠."

"해미시도 한 잔?"

"나는 됐습니다." 그가 몸서리를 치며 말했다. "치통이 있어서요."

"다 뽑아 버려요, 해미시. 내가 그렇게 했잖아. 아주 훌륭한 의치 한 쌍을 해 넣었다고요. 의사더러 심지어 니코틴으로 변색을 좀 해 달라고도 했죠. 진짜 이처럼 보이게 하려고."

그가 가지런한 가짜 이를 내보였다.

해미시는 잔을 가지고 나와 지미에게 듬뿍 한 잔 따라 주었다.

"그래, 절도 사건은 어떻게 돼 가고 있습니까?"

지미가 골치를 썩고 있는 게 보였다. "아무것도요. 맥빈과 직원들에 대한 보고서를 기다려야 해요. 그중에 누가 범죄 전과가 없는지 보려면요."

"맥빈이 이내를 팬다는 얘기를 들었는데요."

"여기는 하일랜드요, 이 사람아. 기나긴 겨울밤에 그 사람들이 그럼 그거 말고 뭘 할까?"

"그래도 형사님에게 그 얘기를 해 드리고 싶었던 거죠. 나로서는 아주 인심을 베푼 겁니다. 형사님이 온갖 조롱과 함께 나를 쫓아낸 걸 감안하면 말이죠. 염증덩어리 블레어와는 연락이 됐나요?"

"사람들 하는 말에 계속 귀를 바짝 기울이고 있어야 해요, 해미시. 안 그러면 우리 둘 다 멍청이 블레어가 끼어드는 꼴을 당할 테니까."

"내가 할 수 있는 일을 찾아보죠."

"해미시 당신이 내일 다시 호텔로 가 보는 게 좋겠어요."

그리고 해미시는 너무도 당연하게 다음 날 아침에 스코츠먼 호텔로 곧바로 달려갈 생각이었다. 그런데 문제가 하나 있었다. 지미에게 줄 메모를 타이핑했는데, 그다음에 얼굴 전체가 통증 때문에 불타오르고 욱신거리는 것이었다. 그는 길크리스트에게 달려가 지체 없이 이를 뽑아 달라고 하기로 마음먹었다. 예약 사이에 시간이 나지 않겠나 싶었다. 인간이 견딜 수 있는 아픔에는 한계가 있는 법이다.

그는 랜드로버 경찰차에 올라타고 브레이키로 이어지는 좁은 1차선 도로로 나섰다. 날씨는 다소 온화해져 있었다. 이런 날씨에는 가느다란 보슬비가 차 유리창에 뿌옇게 서리고, 서덜랜드의 산등성이들로 구름이 낮게 걸리게 마련이었다.

브레이키는 어두운 회색 집들 벽에서 칼뱅파 신앙이 스며나오는 듯한 스코틀랜드의 여느 작은 마을 중 하나였다. 한쪽 끝에 호텔이 있는 주도로가 있었고, 호텔 건너편에는 음산한 분위기를 풍기는 교회가 서 있었다. 축 늘어진 원피스, 다양한 냉동 생선을 파는 작은 상점들도 드문드문 자리했다. 이곳 경찰서는 폐쇄된 터였다. 브레이키는 해미시 맥베스의 관할 구역이 될 만큼 가까운 곳이었다. 하지만 그는 브레이키에는 거의 간 적이 없었는데, 갈 이유가 생기지 않았던 것이다. 브레이키는 형편없는 마을일지언정, 그의 기억에 생전 범죄란 게 저질러지는 곳이 아니었다.

그는 지나가던 동네 사람에게 치과가 어디에 있느냐고 물었고, 교회 옆에 있다는 답을 들었다. 치과는 촌스러운 드레스들을 터무니없는 가격에 팔고 있는 옷 가게 위층에 자리하고 있었다. 귀중한 상품을 햇빛에서 보호하기 위해 노란 셀로판지를 뒤덮어 붙인 창에 옷들이 진열되어 있었다. 안 그래도 음침한 날들이 시시각각 더 어두워지고 있었음에도 말이다. 가게 옆에 치과로 향하는 돌계단이 나 있었다. 누구든 치과 의자로 향하는 순간에 통증이 사라진다는 그 마법으로, 해미시의 치통도 불현듯 사라져 있었다. 하지만 해미시는 덕을 쥐고서 천천히 계단을 올랐다.

그는 다 올라가서 발걸음을 멈추고 머리를 곧추세웠다. 조용했다. 안에서는 아무런 소리도 흘러나오지 않았다.

길크리스트의 이름이 새겨진 불투명 유리가 그의 눈앞에 있었다. 그 층계참에 있는 문은 그것이 유일했다.

그는 작게 한숨을 내쉬고서 문을 밀었다. 대기실은 비어 있었다. 접수대에도 사람이 없었다. 절대적인 정적. 어항 하나가 한쪽 구석을 장식하고 있었으나, 물고기들은 죽어서 배를 위로 보인 채 둥둥 떠다니고 있었다. 아주 오래된 《스코티시 필드》 몇 권이 놓인 테이블이 방 한가운데 있고, 벽에는 딱딱한 수직 등받이 의자가 늘어서 있었다.

또다시 날카로운 통증이 쥐어짜듯 일어났고, 그는 신음을 억누르며 진료실 문을 열었다.

한 남자가 진료 의자에 해미시에게서 등을 돌린 채 앉아 있었다.

"안녕하세요." 해미시가 망설이며 말을 걸었다. "의사 선생님은 어디 계신가요?"

답이 없었다.

그는 의자 앞으로 갔다.

백발과 하얀 가운을 보고서 해미시는 자신이 지금 길크리스트를 마주 보고 있음을 깨달았다.

하지만 그의 얼굴은 하얗지 않았다. 끔찍하게 변색되고 일그러져 있었다.

해미시는 그의 손목의 맥을 짚고, 목에 손을 대 보았다.

길크리스트 씨는 죽어 있었다.

제2장

나의 이름은 죽음이다.
나, 최후의 절친한 벗.
로버트 사우디

해미시는 충격에 빠져 잠시 가만히 서 있었다. 그러고는 육중하게 가라앉아 있던 정적이 깨졌다. 마치 그가 시신을 발견하기를 이 작은 마을 전체가 기다리기라도 했다는 듯이.

저 아래 길에서 개가 짖고, 개 주인이 화난 목소리로 개를 불러 대고, 낡은 차가 숨넘어가듯이 컥컥거리며 굴러갔다. 그리고 바깥 계단에서 하이힐 소리가 들려왔다.

바깥문이 열리고 하이힐이 또각거리면서 안으로 들어서는 소리가 들렸다. 그는 진료실 문을 열었다. 한 아름다운 여자가 코트를 한쪽 옷걸이에 걸고 있었다. 흑단같이 까맣고 윤기 나는 머리에 하얗고 말간 안색, 커다란 푸른 눈동자를 가진 여자였다. 중키에 S자 몸매가 육감적이고, 다리가 정말로 예뻤다.

"무슨 일로 오셨죠?" 그녀가 쏘아붙였다. 그리고, 아, 그 목소리는 그녀의 얼굴이나 몸매와는 연결이 되지 않았다. 의심할 것도 없이 접수원, 매기 베인의 목소리였다.

"누구시죠?" 그녀가 말을 이었다. 해미시는 경찰 제복을 입고 있지 않았다.

"해미시 맥베스입니다."

"흠, 맥베스 씨. 지금은 길크리스트 선생님이 모닝커피를 마시는 시간이고, 그분은 방해받는 걸 좋아하지 않으세요."

"그분 돌아가셨습니다."

그녀는 그의 말을 듣지 못한 것 같았고, 옷걸이에서 하얀색 가운을 빼서 걸쳤다. "무슨 일이 있든지 간에," 그녀가 말을 이었다. "당신 예약은 오늘 오후 3시예요. 아침 11시가 아니고요."

"그분이 죽었다고요!" 해미시가 부르짖었다. "길크리스트 씨가 죽었습니다. 제가 보기에는 독살 같습니다."

그녀의 커다란 파란색 눈이 크게 뜨였다. 그녀는 황급히 그를 지나쳐 진료실로 달려 들어갔다. 그러고는 치과 의사의 죽은 몸을 뚫어져라 보았다. 그녀는 말 한 마디 없이 서 있기만 했다. 마치 다시는 움직이지 않을 것처럼.

"베인 양!" 해미시가 날카롭게 말했다. "저는 경찰관입니다. 아무것도 만지지 마십시오. 경찰 본부에 전화를 걸어야겠습니다."

그는 그녀에게 다가가 어깨를 잡고서 그녀를 접수대 책상까지 데려다주었다. "앉으세요. 그리고 움직이지 마십시오." 그가 지시했다.

그녀는 멍하게 앉더니 정면의 허공만 물끄러미 바라보았다.

해미시는 스트래스베인 경찰서에 전화를 걸었다. 블레어 경감이 받았다. 그는 시신을 발견하게 된 경위를 서둘러 설명했다. "내가 곧장 가지." 블레어가 심한 글래스고 억양으로 말했다. "자네가 시체를 또 찾아낼 거라고 내 믿고 있었지. 그렇지 않아도 내 손에 쥐어진 살인 사건이 충분하지 않기라도 하다는 듯 말이야."

해미시는 수화기를 내려놓고 매기 베인에게 주의를 돌렸다. "몇 가지 질문에 대답하실 수 있겠는지요, 베인 양?"

그녀는 꼼짝도 하지 않고 앉아 있었다.

"베인 양?"

그 아름다운 눈이 마침내 그에게 맞춰졌다. "믿을 수가 없어요." 그녀가 작은 목소리로 말했다. "전 원장님에게 모닝커피를 가져다드리고 쇼핑을 하러 갔어요. 아, 다음 환자가 오네요."

해미시가 문으로 재빨리 몸을 움직였다. 한 여자가 어린아이의 손을 잡고 서 있었다. "유감스럽게도 사고가 있었습니다."그가 말했다. "저는 경찰입니다. 성함과 주소를 알려 주십시오. 곧 연락을 드리겠습니다."

그는 놀라서 묻는 그녀의 질문에 최선을 다해 답하면서 그녀의 이름과 주소와 전화번호를 받아 적었다. 그러고 나서 진료 의자에 시체가 누워 있는 진료실로 서둘러 들어갔다. 커피잔을 살펴보기 위해서였다. 스테인리스 개수대 옆에 커피 잔이 놓여 있었다. 잔과 받침은 씻겨 있었다.

그는 매기에게 돌아왔다. "길크리스트 씨는 보통 커피를 마시고 나서 손수 잔과 받침을 씻었나요?"

"아니요." 그녀가 떨리는 목소리로 말했다. "원장님이 그냥 놔두면 제가 씻어서 찬장에 넣었어요."

"베인 양은 이곳에서 얼마 동안 일하셨습니까?"

"5년요."

"이따가 당신의 집 주소와 전화번호를 주셔야겠습니다, 베인 양. 지금으로서는 너무 많은 질문으로 당신을 괴롭히고 싶지 않군요. 길크리스트 씨는 몇 시부터 일을 시작했습니까?"

"9시요."

"베인 양은요?"

"같아요."

"오늘 그분 기분이 어땠습니까? 우울증이나 고민이 있는 기미는 없던가요?"

"뭐라고요? 그러니까 원장님이 자살을 할 기미가 있지 않았나 묻는 거겠죠? 여느 때와 조금도 다르지 않으셨어요."

해미시는 바깥쪽 문으로 가서 문을 열고 안쪽 손잡이에 달려 있던 '진료 마감' 표지판을 빼서 바깥쪽 손잡이에 걸어 놓았다. "스트래스베인에서 수사 팀이 오기 전에 지금 당장 예약 목록이 필요합니다. 오늘 첫 예약 환자가 누구였습니까?"

"로흐두 사람이었어요." 그녀가 장부를 앞으로 내밀었다. 그녀는 이제 기이할 만큼 차분해 보였다. "아치볼드 매클레인 씨네요."

어부 아치, 해미시가 속으로 되뇌었다.

"그는 치료를 얼마 동안 받았습니까?"

"치료받지 않았어요. 오지 않았으니까요."

"커피를 마시기 전에 길크리스트 씨가 만난 사람이 누가 있습니까?"

"해리슨 부인이요."

"로흐두 외곽 브레이키로에 사는 해리슨 부인 말입니까?"

"네, 그분이에요."

"하지만 그분은 길크리스트 씨가 자기를 성적으로 희롱했다는 소문을 퍼뜨리고 다니지 않았습니까?"

"그 여자는 꼴통이에요. 언제나 원장님 곁을 맴돌았다고요."

해미시는 영문을 알 길이 없어 머리를 긁적였다.

"그녀가 자기 얘기를 어떻게 하고 다니는지 길크리스트 씨가 몰랐을 리 없습니다. 그런데도 대체 왜 그녀를 치료해 주었답니까?"

"돈을 잘 내는 고객이었으니까요."

"그럼 당신의 행적을 살펴보기로 합시다. 당신은 9시에 출근했을 때 길크리스트 씨가 여느 때와 조금도 다름이 없었다고 말했습니다. 매클레인 씨는 예약 시간에 나타나지 않았고요. 다음은 해리슨 부인이었죠. 그녀는 무슨 치료를 받았습니까?"

"이를 하나 뽑았어요."

"그녀가 의사분과 얼마 동안 함께 있었습니까?"

"30분요."

"그럼 그다음에 커피를 마셨겠군요. 당신이 그에게 커피를 가져다주었나요?"

"맞아요. 10시에요. 그리고 전 물건 몇 가지를 사러 외출을 하겠다고 원장님께 말했어요."

"제게 커피용품을 두는 곳을 보여 주십시오."

그녀는 일어나서 죽은 물고기들이 떠다니는 어항 옆의 낮은 찬장으로 갔다. "물고기들은 왜 죽었나요?" 해미시가 물었다.

"모르겠어요. 저는 모든 설명을 제대로 따랐는데, 저번 주에 죽어 버렸어요."

해미시는 탁한 어항의 깊숙한 곳을 들여다보았다. "필터가 분명히 있었을 거고, 어항은 깨끗하게 청소하며 관리했을 것 아닙니까?"

"제가 원한 어항이 아니에요." 찬장 옆에 쭈그리고 앉으며 매기가 말했다. "원장님 생각이었죠. 물고기들이 죽자 원장님이 제게 어항을 비우고 물고기를 내다 버리라고 했지만, 저는 그분더러 직접 하시라고 말했어요."

"그가 그러겠다고 했습니까?"

"그게 이제 와서 무슨 상관이죠?" 매기가 특유의 새되고 듣기 싫은 목소리로 따져 물었다. "원장님이 저 방에 죽어 있는데 말이에요."

"그 문제는 나중에 다시 얘기하기로 합시다." 해미시는 찬장 앞으로 몸을 숙였다. "그러니까 여기가 당신이 커피용품을 넣어 두는 곳이군요." 인스턴트커피 캔 하나와 잔 세 개, 받침 세 개, 숟가락 두 개, 각설탕 그릇, 우유 한 팩이 있었다. "감식반이 도착할 때까지 저는 아무것도 만지지 않는 게 좋겠군요." 그가 말했다.

그는 밖으로 나가 아무나 붙잡고 10시 이후에 누가 병원에 들어가는 것을 본 사람이 없는지 물어보고 싶은 마음에 몸이 달았다. 하지만 그는 그녀를 혼자 이곳에 남겨 두고 싶지 않았다. "길크리스트 씨는 커피에 각설탕을 몇 개씩 집어넣었습니까?"

"여섯 개요."

"여섯 개라니! 비스킷 봉지가 뒤에 있는데요." 그가 찬장 깊숙한 안쪽을 들여다보며 말했다. "그가 저걸 먹었습니까?"

"보통 커피와 함께 두 조각을 먹었어요. 하지만 오늘 아침에는 비스킷은 가져오지 말라고 하더군요."

"이유는 말해 주던가요?"

매기 베인이 일어서더니 갑자기 눈물을 터뜨렸다. 해미시도 천천히 일어섰다. "가서 앉아 계시는 게 좋겠군요." 그녀의 눈물이 진심에서 우러나오는 것이 맞는지 의심스러운 마음을 억누르지 못하면서 그가 말했다. 매기의 듣기 싫은 목소리는 그녀에게 여성성을 빼앗아 버리고, 어떤 부드러움도 느껴지지 못하게 만들어 버렸다.

해미시는 진료실로 돌아와 죽은 남자를 내려다보았다. 이 사람이 만약 독살을 당했다면…… 그는 그럴 가능성이 높다고 생각했다. 그렇다면 살인사는 진료실에서 길크리스트가

45

죽기를 기다렸다가 잔과 받침을 가져다 씻었을 것이다. 해미시는 머리를 흔들었다. 길크리스트가 죽고 난 다음에 의자에 옮겨진 것은 아닐까? 중독이 된 사람이라면 몸을 뒤틀고 토를 하며 도움을 구하려고 비틀거리며 문까지 갔을 게 틀림없다.

잠깐, 해미시는 생각했다. 그는 11시가 약간 넘어서 도착했다. 맥을 짚어 보았을 때 시신은 여전히 따뜻했다.

그는 접수대로 다시 갔다. 매기는 울음을 멈추고 담뱃불을 붙인 터였다.

"당신은 뭘 사러 외출을 했다고 말했죠." 해미시가 말했다. "그런데 11시가 지나서야 돌아왔습니다. 휴식 시간이 길기도 하군요. 휴식 시간에 늘 외출을 합니까?"

"아니, 거의 없는 일이에요."

"커피 마시는 시간은 늘 한 시간이었습니까?"

"30분이에요."

"그럼 오늘은 어쩌다가 그렇게 늦었습니까?"

"아까 온 여자와 아이 전에는 예약 환자가 한 명도 없었어요. 앨버트 부인과 꼬마 제이미 말고는요."

"하지만 당신은 내가 예약할 때 병원이 온종일 바쁘다는 식으로 말했잖습니까."

"비즈니스잖아요." 그녀가 힘 빠진 목소리로 말했다. "원장님은 고객들이 예약이 꽉 차지 않았다는 걸 알게 되는 걸 바라지 않았어요."

경찰차 사이렌이 거리를 내달리며 울려왔다. "본서에서 오는 사람들입니다." 해미시가 말했다.

얼굴에 늘 조소를 띠고 있는 것만 같은 육중한 블레어가 수하인 앤더슨과 맥내브 형사를 대동하고서 어슬렁거리며 들어왔다. 그 뒤로 감식반과 병리학자와 사진사가 따라 들어왔다. 해미시는 발견한 것을 후다닥 설명하고서, 얼른 나가서 사람들을 붙들고 뭐라도 본 것이 없는지 물어보는 게 어떻겠느냐고 말했다.

"그래, 좋아." 블레어가 무시하는 어투로 딱딱거렸다. "우리는 자네가 전문가들 하는 일에 지장을 주지 않았으면 좋겠으니까 말이야."

해미시는 병원 바깥 층계참으로 나갔다. 계단은 위층으로 이어져 있었다. 한 남자가 난간에 기대어 아래를 내려다보고 있었다.

"무슨 일이오?" 그가 물었다.

해미시가 계단을 올라갔다. "사고가 좀 있었습니다. 저는 경찰관입니다."

"그래요, 당신 잘 알아요. 저 로흐두의 해미시 맥베스란 사람 아닙니까."

손가락에 굳은살이 박인 작은 노인은 잠옷과 잠옷 가운을 입고 트위드 모자를 쓴 희한한 차림새였다.

"들어와요." 해미시가 위층 층계참에 다다르자 그가 말했다. 해미시는 그를 따라 작고 깔끔한 집으로 들어섰다.

"성함이 어떻게 되십니까?"

"프레드 서덜랜드요."

"그렇군요, 서덜랜드 선생님. 무슨 일이냐면, 길크리스트 씨가 죽은 채 발견되었습니다."

"살해당한 겁니까?"

"아직 모릅니다. 오늘 아침 10시에서 11시 사이에 아래층에서 뭔가 이상한 소리가 나지는 않았나요?"

"별 특별한 건 없었어요. 늘 들리던 치료 소리 정도?"

"하지만 그 시간에 병원에는 환자가 한 명도 없었는데요. 치료할 때 나는 소리라니, 무슨 말씀이십니까?"

"그냥 그 빌어먹을 드릴 소리지 뭐겠어요. 내가 틀니를 했거든. 오래됐지. 하지만 내 거짓말 아니고, 친구, 그 드릴 소리가 들릴 때마다 내 가짜 이에 치통이 다 생긴다오."

"다시 찾아뵙겠습니다." 해미시는 집을 뛰쳐나가 계단 아래를 쏜살같이 달렸다.

병원은 경찰로 발 디딜 틈이 없었다. 해미시는 사람들을 밀치며 안으로 들어가 병리학자에게 말했다. "치아 살펴보셨습니까?"

키가 크고 침울한 인상의 병리학자가 해미시를 올려다보았다. "이 사람 치과 의삽니다. 다른 사람들의 이를 들여다보며 먹고산다고요."

"그냥 한번 봐 주세요." 해미시가 간청했다. "사후경직이 너무 심하게 진행되기 전에 말입니다."

"막 입을 살펴보려던 중이긴 했어요." 병리학자는 길크리스트의 입을 비틀어 열고서 등으로 비추어 보았다.

그러고 나서는 깜짝 놀란 표정으로 해미시를 올려다보았다. "당신 이걸 어떻게 알았습니까?"

"알긴 뭘 알아?" 블레어가 고함을 쳤다.

"이에 죄다 드릴 구멍이 나 있습니다."

"사후에 말입니까?" 해미시가 물었다.

"그건 알 수 없어요." 병리학자가 천천히 말했다. "얼굴이 변색되었죠. 그래요. 하지만 난 지금 저항을 했다는 표시나 멍을 찾고 있었어요."

"자네가 어떻게 그걸……?" 블레어가 말문을 열었다.

하지만 해미시는 그의 말을 묵살했다. "다른 게 또 있습니다. 그가 만약 독살을 당한 것이라면 분명히 온몸을 뒤틀었을 겁니다. 누군가 그가 죽은 후에 그를 들어 올려서 저 의자에 앉히고 이에 드릴을 박았을 수도 있을까요?"

"그럴 수도 있죠."

블레어가 간신히 끼어들었다. "저자 이가 드릴로 뚫린 건 어떻게 알았지?"

"여기 병원 위에 사는 영감님이 드릴 소리를 들었답니다. 그 시간에 병원에는 환자가 한 명도 없었는데요."

"하지만 예약하지 않고 그냥 온 환자가 있을 수도 있지."

"그렇죠. 하지만 저는 길크리스트 씨가 사람들의 미움을 받았을 것이라는 느낌이 들기 시작하던 차라서요."

"내 직접 가서 자네의 대단치 않은 목격자를 만나 보도록 하지." 블레어가 자리를 떴다.

해미시는 아래층 옷 가게로 내려갔다. 문을 열자 문 위에 달린 종이 쨍그랑거렸다. 성마른 인상의 자그마한 여인이 나왔다.

"경찰입니다."

"위층에서 무슨 난리예요?"

"길크리스트 씨가 사망했습니다."

그녀는 단정하고 뚜렷한 이목구비에, 하얗게 센 머리는 영원히 풀리지 않을 것 같은 파마가 되어 있었다. "이런, 세상에. 제가 뭐 도울 일이라도 있을까요? 심장마비였나요?"

"아닙니다. 부인 성함이 어떻게 되시죠?"

"엘시 에드워드슨이에요."

"옷 가게는 부인 소유이십니까?"

"그래요."

"혹시 위층 치과로 누군가 올라가는 걸 보지 못하셨습니까? 10시에서 11시 사이 정도에요."

"살인 사건인가요?"

"아직 모릅니다."

"흠, 생각해 보자. 이런, 동네 사람들 모두 난리가 나겠는데요." 그녀의 눈이 반짝거렸다. "브레이키에서는 보통 아무 일도 일어나지 않거든요. 브레이키가 어디 붙어 있는지 아는 사람도 없죠. 내가 한번은 스카버러로 휴가를 갔는데, 사람들은 브레이키만 들어 본 적이 없는 게 아니라, 서덜랜드라는 지역 자체를 아예 들어 본 적이 없더라니까요. 그 접수원 있죠, 성질 더러운 매기 베인. 그 여자가 나가는 걸 봤어요. 하지만 정확한 시간은 모르겠어요."

"들어가는 사람은 없었습니까?"

그녀가 머리를 저었다. "나는 그 시간에 가게 뒤편에서 제품에 가격표를 붙이고 있었어요."

"위층에서 무슨 이상한 소리가 들리지는 않던가요?"

"내가 기억하기로는 없는데요."

하얀 불빛이 가게 진열창에 일렁거렸다. "이런, 저게 뭐죠?" 에드워드슨 부인이 물었다.

"그램피언 텔레비전 방송국 사람들이 온 것 같네요."

"아, 텔레비전! 우리 가게가 텔레비전에 나온다니! 들어가서 립스틱이라도 조금 발라야겠어요." 에드워드슨 부인은 이제 얼굴이 상기되고 기분이 좋아져 있었다. "내 가게에 큰 홍보가 될 거야."

해미시는 우울한 가게 진열창을 바라보며, 설령 이 가게의 옷은 다이애나 왕세자비가 입고 나타난다고 해도 단 한 벌도 팔리지 않을 것이라고 생각했다.

"부인과는 다시 말씀 나누러 오겠습니다." 그가 말했다. 하지만 에드워드슨 부인은 벌써 파우더를 꺼내 작은 거울을 들여다보며 분홍색 립스틱을 바르고 있었다.

그는 길 양쪽에 있는 상점들을 돌며 질문을 계속했다. 간간이 지역 언론사 사람들이 그를 쫓아왔다. 모두 그를 알고 있는 사람들이었다. 치과 의사의 죽음, 게다가 이토록 섬뜩하게 세팅된 죽음은 곧 전국 일간지에 날 것이고, 해외 토픽에도 날 일이었다. 블레어는 압박을 느낄 것이고, 압박감을 받는 블레어의 모습은 참으로 볼썽사나웠다.

마침내 해미시는 병원으로 돌아왔다. 블레어가 매기 베인에게 심문을 위해 스트래스베인까지 동행해 주어야겠다고 말하고 있었다. 그는 그녀를 유력한 용의자로 보고 있는 게 분명했다. 해미시는 별다른 성과가 없었다고 보고했고, 블레어는 툴툴거리더니 마을을 돌아다니며 길크리스트의 뒷얘기를 파보라고 말했다.

"결혼은 했습니까?" 해미시가 물었다.

"했었지. 하지만 10년 전에 이혼했어."

"전 부인은 어디에 산답니까?"

"저기 인버네스에."

"이름이 뭡니까?"

"자네가 알 바 아니야." 블레어가 사납게 말했다. "이제 어서 가서 뭔가 쓸모 있는 일을 좀 해 보라고."

해미시가 계단으로 다시 나오는데 지미 앤더슨이 올라오고 있었다.

"기자 놈 때문에 돌아 버리겠네." 그가 투덜거렸다.

"저기요," 해미시가 황급하게 계단을 지나쳐 가려는 앤더슨의 팔을 붙들었다. "전 부인 이름이 뭐랍니까?"

"지니 길크리스트요."

"그리고 인버네스 어디쯤에 가면 그녀를 찾을 수 있을까요?"

"인버네스 경찰이 찾을 수 있겠지."

"당신 몫의 위스키는 이제 없어요, 지미."

"아이쿠, 그렇게 관심이 있다면 말해 줘야죠. 그녀는 앤스트루서로 851번지에 살아요."

"고마워요."

"해미시!" 지미가 해미시의 뒤에 대고 외쳤다. "그 여자 근처에도 가지 말아요. 그랬다가는 블레어가 당신 경찰복을 벗기고 말 테니까."

해미시는 대답 대신 손을 흔들고 밖으로 나가 랜드로버 경찰차로 갔다. 인버네스에는 꼭 갈 생각이었다. 치통이 다시 시작되었기 때문이다. 그는 원래 다니던 치과에 갈 것이고, 길크리스트 부인에게도 들러 볼까 생각했다. 차를 몰고 지나가는 그의 얼굴 위로 다양한 카메라 플래시가 터졌다. 그는 언론이 모든 사람, 모든 물건을 사진으로 찍는 짜증스러운 습관이 있음을 일찍부터 알았다. 신문에 실지도 않을 사진들을 말이다.

그는 인버네스로 가는 긴 길에 제한속도를 어기려고 경찰 사이렌을 울리며 달렸다. 차를 몰고 가는 동안 그는 자신이 소설 속 사립 탐정이면 참 좋겠다고 생각했다. 그의 지혜 앞에 런던 경찰국이 고개를 숙이고, 그 덕분에 수사의 모든 단계에서 정보를 얻을 수 있는. 하지만 그는 일개 하일랜드 경찰이었다. 살인 사건 수사의 작은 톱니에 불과했다. 블레어는 병리학자의 보고서와 진술서를 전부 받을 것이고, 그러면 해미시는 위스키로 지미 앤더슨을 이용해 결과를 알아낼 수 있을 터였다.

인버네스에 도착한 해미시는 평소 다니던 치과로 직행했다. 원장은 머친슨 씨였다. 치과에 도착한 그는 접수원에게 치통이 너무 심해 죽을 지경이라고 하소연했다.

"다들 그렇게 말한답니다." 접수원이 쌀쌀맞게 말했다. "앉아서 기다리세요. 알아봐 드릴게요."

"원장님께 제가 시간이 별로 없다고 말해 주세요." 해미시는 간계를 발휘했다. 대기실에 여섯 명이 기다리고 있었기 때문이다. "브레이키의 치과 의사 길크리스트 씨가 방금 전에 살해를 당했어요. 저는 한창 수사 중에 왔단 말입니다."

"아휴, 이런! 무슨 그런 끔찍한 일이. 거기 계셔 보세요."

그녀가 진료실로 들어갔다. 얼마 지나지 않아 그녀가 다시 나타났다. "원장님이 순경님을 바로 봐 주시겠답니다. 방금 전에 환자 한 명이 치료가 끝났어요."

한 남자가 턱을 쥐고 나왔다. 해미시는 악의에 찬 환자들의 시선을 뒤로하고 진료실로 들어섰다.

"이게 다 무슨 일입니까?" 머친슨 씨가 물었다.

"여기 이 이 때문이죠." 해미시가 입을 벌렸다.

"그거 말고 살인이라니요?"

"저기요, 원장님. 이 통증만 멎게 해 주시면 뭐든 다 말씀드리겠습니다."

"그래요. 의자에 앉으세요."

이후 30분 동안 농양을 뽑아내고, 탈이 난 치아에 구멍을 뚫고 메우고 나서 머친슨 씨가 말했다. "이제 말해 주시죠." 해미시는 주사 때문에 아직 얼굴이 뻣뻣했음에도 성심을 다해 얘기해 주었다.

"놀랍지도 않군요." 머친슨 씨가 이윽고 입을 열었다. "그가 치료했던 환자들을 내가 좀 치료했는데, 그렇게 엉망진창인 꼴은 생전 처음 봤네요. 그렇지 않아도 동료들을 좀 모아서 보건국에다 그를 신고할 생각이었어요."

"그나저나 원장님은 그를 죽일 만큼 싫어할 사람을 떠올리실 수 있는지요?"

"한 명도 없어요. 왜 그런 건지는 경찰관님도 아시지 않습니까. 사람들은 말하죠. '저놈 내 손으로 죽이겠어.' 하지만 누가 실제로 사람을 죽입니까?"

"그런데 누가 죽였네요." 해미시가 말했다.

그는 접수원에게 가서 진료비를 계산하면서 참 비싸기도 하다고 불평했다. 요즘에는 도대체 의료보험으로 보장이 되는 게 있는지 궁금해하면서 말이다. 그리고 밖으로 나와 인버네스의 네스호 쪽에 있는 앤스트루서로로 차를 몰았다. 막 앤스트루서로로 꺾어 드는데 경찰차가 보였다. 그는 잽싸게 한쪽 코너로 방향을 틀었다. 차에서 내려 앤스트루서로까지 걸어서 가기로 한 것이다. 그는 길을 천천히 걸어 올라갔다. 남자 경찰, 여자 경찰 한 명이 길크리스트 부인의 집에서 나와 차를 몰고 가는 모습이 보였다.

그는 잘 관리된 빅토리아풍 단독주택으로 가서 대문을 열고 현관으로 가 종을 울렸다. 현관문은 옆부분에 스테인드글라스 유리창이 달려 있었다.

예의 여자가 문을 열었고, 해미시는 뜻밖이라고 생각했다. 파란색 티셔츠와 청바지를 입고, 검은 머리는 포니테일로 묶은 여자는 굉장히 젊어 보였다. 이목구비가 오밀조밀하고 여렸다.

"저는 맥베스 순경입니다." 해미시가 말했다. "길크리스트 부인이 댁에 계시는지요?"

"제가 길크리스트 부인인데요."

"어이쿠, 너무 젊어 보이셔서요." 해미시가 저도 모르게 불쑥 내뱉었다.

그녀의 얼굴이 사랑스러운 미소로 환해졌다. "방금 전에 경찰이 왔다 갔는데요."

"저는 로흐두에서 온 경찰입니다." 해미시가 말했다. "그리고 지금 브레이키에서 막 오는 참입니다."

"들어오세요. 그런데……" 그녀가 의구심에 찬 얼굴로 그를 올려다보았다.

"그런데요?"

"술 드셨어요?"

"아닙니다! 왜 그러시죠……? 참, 제가 오늘 인버네스 치과에 다녀오는 길입니다. 그래서 말이 어눌할 겁니다. 아지도 얼굴이 얼얼하고 멍멍하네요."

"말씀하시는 게 술 취하신 것처럼 들려서요. 그럼 들어오세요."

길크리스트 부인은 엄청나게 매력적으로 보이기는 했지만, 전 남편이 살인을 당했을 가능성에도 전혀 흔들림이 없다는 것 또한 확실하게 눈에 띄었다.

거실이 스코틀랜드풍으로 모던하게 꾸며져 있네, 그는 생각했다. 껍질을 깎은 소나무 가구와 아주 많은 식물이 놓여 있고, 벽에는 현대 화가들의 그림 인쇄본이 걸려 있었다.

"길크리스트 부인," 해미시가 말했다. "남편분의 죽음에 틀림없이 크게 충격을 받으셨겠지요."

"그렇지도 않아요. 나중에야 그럴지도 모르지만."

"부인이 이혼하자고 하신 겁니까, 남편분이 이혼하자고 하신 겁니까?"

"제가 했어요."

"무슨 이유 때문이었는지요?"

"나는 그가 싫었어요." 그녀가 대수롭지 않게 대답했다.

"이유는요?"

짜증스럽다는 표정이 그녀의 어여쁜 얼굴을 일그러뜨렸다. "있을 수 있는 일이잖아요. 결혼 생활에서 사소한 것들이 짜증스러워지기 시작하고, 그러고는 그게 아주 큰 부분을 차지하고 마는 일이요."

"가령 무엇이요?"

"그의 죽음이 살인일지도 모른다는 것과 그게 무슨 상관이 있는지 모르겠군요."

해미시는 한숨을 쉬었다. "저는 남편분이 어떤 분인지 알아보는 중입니다."

그녀가 그를 따라 한숨을 내쉬었다. "최선을 다해 볼게요. 그와 만났을 때 저는 의회 사무실에서 일하고 있었어요. 그는 지방세 문제를 문의하려고 왔죠. 그리고 그가 절 저녁 식사에 초대해 데이트를 했고, 그냥 그렇게 된 거예요. 저에게 그는 자신이 어디로 향해 가고 있는지, 자기가 무슨 일을 하는지 아는, 아주 강하고 심지가 뚜렷한 사람처럼 보였어요. 그리고 저는 독신 생활에 질려 있던 터였고요. 그는 저보다 나이가 아주 많았어요. 열다섯 살 연상이었죠. 하지만 그게 또 매력 중 하나였어요. 우리는 몇 주 후에 결혼을 했어요. 이내 그가 심성이 사납고 거만한 인간이란 게 차츰 보이더군요. 나를 짜증 나게 한 거요? 아, 아침 밥상머리에서 신문을 소리 내어 읽고, 신문 기사를 읽으며 쯧쯧거리고, 자기라면 세상을 어떻게 더 좋은 곳으로 만들었을지 설명을 하는 거? 내 옷차림을 트집 잡기도 했죠. 그는 짧은 치마와 하이힐, 조그만 블라우스, 그런 걸 좋아했어요. 저는 저 좋을 대로 입겠다고 했고요. 그리고 언어적인 학대가 시작됐어요. 나는 망가지는 기분이 들기 시작했죠. 직장은 그만두지 않았어요. 하느님께 감사하게도요. 그래서 이곳으로 이사를 왔고, 별거한 지 2년이 지나 이혼이 성립된 거죠."

"그분은 몇 살이었습니까?"

"쉰 살요."

"그분이 전에 결혼한 적이 있습니까?"

"네, 그런 것 같아요. 하지만 그는 비밀이 많은 사람이었어요. 그냥 왠지 그가 결혼한 적이 있다는 느낌이 들었어요."

"그분의 고향은 어딥니까?"

"덤프리스요."

해미시는 그녀를 잠시 살펴보고 물었다. "만약 이게 살인으로 판명이 난다고 칩시다. 저는 살인이 틀림없다고 생각하지만요. 살인이라는데도 부인은 놀라거나 충격을 받지 않으시네요?"

"꼭 아셔야 할 게 있는데요." 그녀가 부드럽게 말했다. "저는 그가 독처럼 여겨질 정도로 증오하기에 이르렀답니다. 다른 여자들도 죄다 그렇게 될걸요."

"저는 상상이 되지 않습니다. 한 여자가 그가 죽는 모습을 지켜보고 그를 들어 올려서 진료 의자에 그를 뉘고 그의 이에 드릴을 박고, 그러고는—"

"뭐요?"

"이런, 저는 이곳에 왔던 경찰이 부인에게 말씀드렸을 거라고 생각했는데요. 그나저나 그렇게 된 일인 듯싶습니다."

"웬 탈주 중인 미치광이 짓일 게 틀림없어요."

"그렇다면 아주 냉혹하기 짝이 없는 미치광이겠죠. 제 생각에는 진료실에서 살인 흔적이 치워진 것 같아요."

"가 주실 수 있겠어요?" 그녀가 난데없이 말했다. "지금은 더 이상 말을 받아 줄 수가 없을 것 같네요."

해미시가 문으로 향하다가 돌아섰다. "오늘 아침에 어디 계셨나요? 지금 직장에 계셔야 하는 것 아닙니까?"

"하루 휴가를 냈어요. 여자들 문제 있잖아요. 아주 나쁜 건 아니지만, 뭐 제 직업은 따분해요. 아뇨, 저를 본 목격자는 없죠. 하지만 저는 여기에 하루 종일 있었어요."

차를 몰고 가는데, 이 기이한 살인이 지닌 어마어마한 무게가 문득 해미시를 내리쳤다. 그는 풀고 싶은 의문이 너무도 많았다. 매기 베인은 왜 그렇게 오래 나가 있었을까? 그처럼 치통을 앓는 사람이 병원으로 무턱대고 들이닥쳤으면 어쩌려고? '진료 마감' 표시. 그 자신이 표지판을 돌려놓았었다. 만약 살인자가 들어와서 해미시 자신이 했던 것처럼 바깥의 표지판을 그렇게 바꾸어 놓았던 것이라면?

그는 브레이키로 곧장 돌아와 외곽에 차를 세운 뒤 치과로 걸어가기 시작했다. 스트래스베인에서 온 경찰 하나가 그에게 다가왔다. "블레어가 순경을 찾느라 폭발 직전이에요."

"저는 동네방네 다니며 탐문을 하고 있었습니다." 해미시가 말했다. "그분은 보통 제가 사건에서 빠지기를 바라는데 말이죠."

"그게요, 당신을 발견하면 스트래스베인으로 재깍 달려오라고 말하라고 하더군요. 경찰 제복도 입고 오라고 했습니다."

해미시는 로흐두로 가서 제복을 입고 샌드위치와 커피 한 잔을 만든 다음, 더없이 차분한 속도로 스트래스베인으로 나섰다. 그는 블레어를 좋아하지 않았다. 블레어의 화와 윽박지름, 가장 손쉬운 사람을 살인자로 지목하는 방식을 좋아하지 않았다. 하지만 스트래스베인의 여느 범죄에 관해서라면 블레어도 능력 있는 형사라는 걸 해미시는 알았다. 그는 분위기가 어떻게 돌아가는지 주의를 게을리하지 않았고, 범죄자란 범죄자는 모두 알았다.

랜드로버가 히스가 무성한 봉우리에 다다르자 그 아래로 러디어드 키플링의 시 「무서운 밤의 도시」처럼 누워 있는 스트래스베인이 내려다보였다. 너덜너덜한 검은 구름이 바람이 휘몰아치는 하늘을 질주하고, 간혹가다 축축한 햇빛이 스트래스베인 교외의 고층 아파트 창문을 비추었다.

어쩌다 저런 꼴불견이 서덜랜드의 풍경을 해치게 되었는지 해미시로서는 알 수 없는 노릇이었다. 1950년대 산업 부흥기에 제지 공장이니, 벽돌 공장이니, 전자제품 공장이니 하는 곳이 들어섰다. 그리고 글래스고와 에든버러 같은 도시에서 대이동한 노동자들을 재우기 위해 저런 고층 아파트들이 솟아났다. 하지만 노동자들은 파업에 대한 애정을 북부까지 가지고 왔고, 다음 세대들은 차츰차츰 실업수당에 의지해 사는 편을 더 좋아하게 되었다. 일하는 척조차 하지 않았다. 공장들은 문을 닫았고, 서덜랜드의 바람이 공장 창문을 후려치고, 폐허가 된 빈자리에는 잡초만이 무성하게 자라났다. 무정부주의가 지배하고 깡패들이 거리에 판을 치는 그런 21세기를 그린 공상과학 영화에 나올 법한 곳이 된 것이다. 이곳에서 마지막으로 사망한 산업은 어업이었다. EU가 할당량을 정하고 제한하는 조치를 내린 탓인데, 그 규정은 어째 영국만 따르는 것 같았다. 동네에 퍼진 무력감도 한몫을 했다. 그리고 마약이 있었다. 마약이 산악을 가로지르며 새로 생긴 고속도로를 타고 북부까지 스멀스멀 올라왔다. 마약은 전염병과 같았다. 마약은 범죄를 유발했고, 새로운 종으로 부상한 영양실조에 걸린 것 같은 깡마른 백인 아이들과, 더러운 주사를 함께 쓰다가 생긴 에이즈와 죽음을 낳았다.

치과에서 받은 처벌 탓에 턱이 다시 아리기 시작했다. 그는 문득 길크리스트 부인에게 자신이 방문했던 사실을 인버네스 경찰에게 말하지 말아 달라고 부탁할 걸 하는 생각이 간절하게 들었다. 그 사실이 블레어의 귀에 들어갔다가는 상명하복을 어겼다고 여겨질 것이기 때문이었다.

해미시는 음침한 건물로 들어섰다. 이 건물의 퀴퀴한 공기에는 경찰서 구내식당에서 풍겨 나오는 음식 냄새가 배어 있었다.

그는 수사과 문을 열고 뿌연 담배 연기 사이를 들여다보았다. 지미 앤더슨이 책상 위에 발을 올려놓고 담배를 뿜으며 혼자 있었다.

"아, 해미시, 이 사람, 당신 아주 똥통에 빠졌어요." 그가 해미시에게 환영 인사를 건넸다.

"블레어는 어디 있습니까?"

"여전히 매기 베인을 심문하고 있죠. 용의자 1번."

해미시는 그의 건너편에 앉았다. "컴퓨터 좀 써도 되겠습니까? 보고서를 작성하는 게 아주 좋을 것 같아서요."

"그래요. 어디에 있다 왔어요?"

"브레이키를 돌며 사람들에게 질문을 하다가 로흐두로 가서 제복으로 갈아입고 왔죠." 해미시가 컴퓨터를 켜며 말했다. 그리고 길크리스트의 시신을 발견한 일에 관한 보고서를 타이핑하기 시작했다.

"한 가지는 당신이 옳았던 것 같군요." 지미가 돌리지 않고 말했다. "감식반은 그의 커피에 독이 들었다고 추측하고 있어요. 그는 몸부림을 치며 구토를 했어요. 그러고는 바닥에 쓰러졌죠. 자기가 내뱉은 토사물에 뒹굴기라도 한 듯이 입고 있던 가운 뒤에 구토 자국이 있었대요. 누군가가 최선을 다해 그를 깨끗하게 닦고 의자에 끌어 올리고는 이에다 드릴 구멍을 내고서 냉혈하게도 바닥을 닦은 거예요. 리놀륨 바닥 사이에 구토 흔적이 남아 있었답니다."

해미시는 동작을 멈추었다. 그의 손가락이 자판 위를 맴돌았다. "어느 누가 그 온갖 수고를 마다하지 않았을까요?"

"무슨 말이죠?"

"그러니까, 뇌가 반쪽이라도 있다면 경찰이 이에 구멍을 낸 것과 바닥의 토사 잔여물을 찾아낼 걸 알았을 거라는 얘기죠."

"살인자가 아마 증오에 가득 차 눈이 멀었던 걸지도 모르죠. 분노 때문에 너무 돌아 버려서 발각되건 말건 상관하지 않았을 수도 있잖아요."

해미시가 머리를 흔들었다.

"이 하나하나에 깔끔한 구멍을 내려면 흥분하지 않은 손이 필요해요. 미친 듯이 화난 사람은 그의 이를 몽땅 박살 내고 진료실까지 작살을 냈을 겁니다."

"그럴 수도 있죠. 하지만 그러자면 힘이 얼마나 세야 할지! 그럼 매기 베인은 용의 선상에서 제외되는 거 아녜요? 내 생각에는요."

"그게 아니라면," 해미시가 말했다. "공범이 있었을 수도 있죠."

제3장

그 스코틀랜드인은 용감하고 기개 있게 서 있었다.
오래된 양고기와 클라레 와인이 있군,
그에게 와인을 마시게 하자,
잉글랜드인 정치가가 외쳤다.
그는 그 독을 마셨고, 그의 기백은 죽었다.
존 홈

해미시는 보고서를 바삐 쳐 나갔다. 컴퓨터란 게 그에게 깊고도 어두운 수수께끼였던 시절도 있었다. 이제는 타자기로 치는 것보다 편했다.

문이 홱 열리고는 블레어가 육중한 몸을 이끌고 힘겹게 들어섰다. 그가 우뚝 서서 해미시를 내려다보았다. "어디 갔다 왔나?"

"마을 사람들에게 질문을 하고 다녔습니다." 해미시가 말했다. "그다음에 제복으로 갈아입고 여기 와서 보고서를 쓰고 있는 중입니다." 프린터가 그가 작성한 보고서의 마지막 장을 뽑아 내고 있었다. 그는 보고서를 한데 모아서 블레어에게 건네 주었다. "제 보고서입니다."

블레어는 보고서를 받아 들고 해미시를 쏘아보았다. "상관이 말하는 중인데 일어서지 못하겠나!"

해미시는 고분고분하게 일어섰다.

블레어가 갑자기 한숨을 내쉬더니 의자에 내려앉았다. "아이고, 그냥 앉아, 맥베스." 그가 툴툴거렸다. "자기가 하나도 쓸모없다는 듯한 표정으로 멀거니 서 있지 말란 말이야."

해미시가 다시 앉았다. 지미가 키득거렸다.

"매기 베인은 어디에 있나요?" 해미시가 물었다.

"돌려보내야 했어." 블레어가 앙심을 감추지 못하고 대꾸했다. "내 장담하는데, 그 여자는 이 사건과 뭔가 관련이 있어. 하지만 진술을 조금도 뒤집지 않더군."

"그녀는 쇼핑을 하러 나갔다고 했죠." 해미시가 말했다. "하지만 그녀가 병원으로 돌아왔을 때 빈손이었어요. 장바구니나 뭐나 아무것도 없었어요."

"그것도 설명을 하더군. 집에 들러서 산 걸 놔두고 왔다는 거야. 그녀가 갔다는 가게들을 확인해 봤는데, 얘기가 다 맞아. 식료품점에 가서 식료품을 샀고, 텔레비전 할부 금액을 내고, 비디오 가게에서 테이프 두 개를 빌리고, 공공도서관에서 책 두 권을 반납하고 다시 책을 빌리고. 전부 확인됐어."

"하지만 왜 오늘 아침이었을까요?" 해미시가 물었다. "그녀가 늘 한 시간씩이나 쉴 시간이 있었을까요?"

"그냥 계속 환자가 너무 없어서 그 틈에 좀 길게 나갔다 왔다는 거야. 길크리스트에게 허락을 구했고, 그가 괜찮다고 했다더군. 이런, 그 많은 환자들에게 질문을 해야 하다니. 그런데 아까 보니까 해리슨 부인은 집에 없었어. 그녀에게 들러 진술을 받으면 자네도 좀 쓸모가 있을 텐데 말이야. 그리고 그 어부, 아치 매클레인에게서도 진술서를 받아 와."

"수사 팀이 심문을 하면서 진술서를 받았는 줄 알았는데요." 해미시가 말했다.

사실이 그랬다. 하지만 욕을 해 대면서도 블레어는 이 흐느적거리는 하일랜드 경찰의 머리를 남몰래 높이 평가하고 있었다. 블레어가 발휘할 수 있는 기지란 보통 해미시를 이용하고, 동시에 어떤 번뜩거리는 통찰력이든 자기 것으로 만드는 게 전부였다.

"혹시 길크리스트 씨가 빚을 지고 있지는 않았나요?" 바로 전에 한 질문에도 블레어가 트림으로 답했을 뿐임에도 해미시는 또다시 물었다.

"강도를 당한 건 아니야." 심사가 꼬일 때 으레 그러듯이 블레어의 글래스고 사투리가 심해졌다. "그런 건 왜 물어?"

"그냥 문득 떠올라서요." 해미시가 문가로 가며 말했디.

그가 경찰 본부를 떠나는 동안에 살풍경한 스트래스베인 위로 밤이 내렸다. 오렌지색 나트륨등이 하일랜드의 하늘을 더럽히고, 도통 잠이라고는 없는 것 같은 더러운 갈매기들이 머리 위를 맴돌며 꽥꽥거렸다.

빨간 신호등에 차를 멈추는데, 초췌한 얼굴의 10대 아이 한 명이 휘청거리며 오더니 랜드로버 경찰차를 사납게 걷어찼다.

불이 초록색으로 바뀌었고 해미시는 차를 몰았다. 경찰차를 걷어차거나 경찰차에 침을 뱉는 스트래스베인의 껄렁거리는 놈들을 다 체포하러 다니다가는 다른 일은 아무것도 할 수 없다는 게 그의 생각이었다.

서덜랜드의 변덕스러운 바람이 잦아들어 있었다. 도로에 벌써 서리가 반짝거리기 시작했다. 로흐두에 닿을 무렵 그는 마을을 지나쳐 해리슨 부인이 산다는 브레이키로로 갔다. 지금쯤이면 틀림없이 그녀도 살인이 났다는 얘기를 들었을 것이었다. 하일랜드인들의 떠벌리기 좋아하는 입이라면, 그 소식이 서덜랜드에서 케이스네스로, 인버네스셔로, 로스크로머티까지 북처럼 다 울려 퍼졌을 것이었다.

그는 작고 낮은 농가에서 멈추어 섰다. 창으로 불빛이 밝게 새어 나왔고, 바깥에 다 낡아 빠진 복스홀 차 한 대가 주차되어 있었다. 해리슨 부인은 집에 있는 듯했다. 그는 대문에 손을 올리고 망설였다. 그녀의 명성을 감안할 때 여경을 보냈어야 옳았다.

하지만 그는 어깨를 으쓱하고는 낮은 문으로 다가가 초인종을 울렸다. 문이 불쑥 열리고 자그마한 여인이 그를 올려다보았다. 그녀의 머리는 검은색으로 염색되어 있었다. 새까만, 치명적으로 새까만 색이었다. 주름진 피부는 누리끼리했다. 검은색과 갈색 중간쯤인 애매한 빛의 짙은 눈동자가 무겁게 늘어진 눈두덩 아래에서 반짝거렸다. 늙고 실망의 기색을 띤 가느다란 입은 꼬리가 영원히 내려가 있을 듯싶었다. 그녀는 에드워드슨 부인네서 산 게 아닌가 싶은 드레스에, 그 위로 두터운 카디건을 걸치고 있었다.

"경찰이죠, 맞죠? 여기 올 때쯤도 됐지." 그녀가 말했다. "왜 평상복을 입고 있지 않은 거요?"

"왜냐하면 저는 경찰이기 때문입니다. 안으로 들어가도 될까요?"

"안 돼, 그럼 안 되지. 나에게는 생각해야 할 평판이란 게 있으니까."

문 옆 마가목 가지에 서리가 내려앉아 있었다. 마가목이 마녀들과 요정들을 쫓아내려고 심는다지, 해미시는 생각했다. 이 집에서는 자기 할 일을 제대로 해내지 못했군.

"그럼 저와 함께 서까지 동행해 주셔야겠습니다." 그가 진지하게 말했다. "경찰 수사를 방해하셔선 안 되지요."

"나는 이런 야심한 시간에 시골을 신이 나서 돌아다니기에
는 너무 늙었다오. 들어와도 돼요."

그는 거실 겸 부엌으로 그녀를 따라 들어섰다. 한쪽 벽을 따
라 늘어선 검은색 구식 화덕에서 검은 토탄이 타고 있었다. 방
한복판에는 비닐 천을 덮은 테이블이 놓이고, 그 주위로 등받
이가 꼿꼿하게 세워진 의자 네 개가 놓여 있었다. 화덕 건너편
에는 참나무로 만든 서랍장이 있고, 은색 액자에 끼워진 사진
들이 올려져 있었다. 그 위로 역사상 가장 성공적인 전도사로
남은 미국 침례교 목사 빌리 그레이엄의 사진이 걸려 있었다.
석판 바닥에는 카펫 하나 깔려 있지 않았다.

그는 경찰 모자를 벗어 테이블에 올려놓고 수첩을 꺼냈다.

"해리슨 부인," 그가 말문을 열었다. "전체 이름을 말씀해 주
실 수 있을까요?"

"메이블 해리슨이에요."

"연세는요?"

"그게 자네하고 무슨 상관이지, 젊은이."

"부인 연세를 알아야 합니다."

"왜 묻는지 이유를 모르겠네. 아휴, 좋아요, 쉰 살이에요."

일흔 가까이는 되었을 텐데, 해미시는 생각했다. 지금은 그
냥 넘어가기로 했다.

"오늘 아침에 길크리스트 치과에 가서 이를 하나 뽑으셨죠? 길크리스트 치과에는 왜 가신 겁니까? 언젠가 그가 부인을 성희롱했다며 불평을 표하신 걸로 아는데요."

그녀가 해미시에게 내숭 섞인 눈길을 보냈다. "뭐 딱히 희롱을 했다고는 할 수 없지. 하지만 나를 무슨 나쁜 여자라고 생각하는 듯한 환상에 빠져 있더라고."

"그분이 부인에게 무슨 제안이라도 했나요?"

"그 사람이 나한테 데이트를 신청하려던 때가 있었지. 내가 알아. 그런데 그년이 나타나더니 거기 주저앉아서 갈 생각을 안 하는 거 있지."

"매기 베인요?"

"자기가 간호사라나 뭐라나, 그래도 제까짓 게 접수원밖에 더 돼? 나한테 질투를 하더란 말이야."

나는 왜 이 직업을 택했던가, 해미시가 넌더리 나는 심정으로 생각했다. 왜 이 추운 부엌에 앉아서 이 미친 여자의 얘기를 듣고 있는가?

"길크리스트 씨의 태도는 어땠습니까?"

"무슨 말이죠?"

"걱정하거나 겁에 질렸거나 초조해하거나, 뭐 그러지는 않았는지 말입니다."

"아니, 평소와 같았어요."

"저는 부인이나 길크리스트 씨나 이해가 가지 않습니다." 해미시가 말했다. "부인은 피해자가 부인을 성추행했다는 이 야기를 분명히 했습니다. 그 이야기가 로흐두까지 다 퍼졌으니까요. 또 그는 그 얘기를 들었을 게 틀림없습니다. 왜 그 치과에 가셨습니까? 그리고 왜 그는 부인을 계속 치료해 주었습니까?"

"아니, 우리 말도 못 알아들어요?" 그녀가 고약한 말투로 대꾸했다. "내가 벌써 말했잖아. 그 사람 나한테 환상을 품고 있었다고."

"그게 사실이라고 치고 말입니다. 그가 좀 평소 같지 않은 모습을 보이지는 않았나요?"

"아니, 그 사람은 평소와 다를 바가 없었고, 그 여자는 거기 죽치고 앉아서 잡지를 읽었어요."

"진료실 안에서 말입니까?"

"그래요. 내가 거기 있는 동안 내내. 질투에 눈먼 몹쓸 년!"

"그럼 그때 매기 베인이 길크리스트 씨에게 뭐라고 말했거나, 길크리스트 씨가 매기 베인에게 뭐라고 하진 않았습니까?"

"아니…… 가만있자, 그 사람이 그년에게 말했지. '해리슨 부인을 배웅해 드리고 나서 나갔다 와도 되겠어.'"

"그게 전부입니까?"

"뭐, 입 좀 더 벌리세요, 그런 거 말고는 말이요."

해미시가 수첩을 닫았다. "부인에게 진술서를 또 받으러 다른 형사가 올 겁니다. 이 동네를 벗어나지 마십시오."

"그런 말은 왜 하는 거죠, 동네를 벗어나지 말라니?"

"제가 늘 벗어나고 싶거든요." 해미시가 중얼거렸다. 자신도 해리슨 부인만큼이나 어떨 때는 제정신이 아니지 않을까 하는 궁금증이 문득 들었다.

"뭐 더 알고 싶은 게 있으면 그냥 또 와요." 그녀가 그에게 미소를 보냈고, 그는 문을 향해 물러났다. 그녀의 이는 대부분 빠져 있었다. 저 이를 다 뽑을 필요가 있었을까? 이 성질머리 더러운 여인이 탐욕스럽고 돈에 눈먼 치과 의사 한 명을 계속 보기 위해 이를 뽑은 건 아니었을까? 치과 의사 입장에서도 발치는 충전재를 채우는 것보다 힘이 덜 들고, 또 의료보험에서 돈을 더 타 낼 수 있었다.

그가 문 앞에서 돌아섰다. "딱 한 가지만 더요. 부인은 과부십니까?"

"우리 빌은 벌써 20년 전에 죽었어요."

그녀가 서랍장으로 가서 사진 하나를 들었다. "나와 빌이 에어셔의 캠핑장에서 휴가를 보냈을 때 찍은 거지."

잘생긴 젊은이가 예쁜 여자에게 팔을 두르고 있는 사진이 액자에 담겨 있었다. 이 사진 속의 매력적인 젊은 여자가 해리슨 부인이라고는 믿기 어려웠다. "부군은 어떻게 돌아가셨습니까?" 사진을 돌려주며 그가 물었다.

"심장마비."

"그렇군요. 그럼 저는 가 보는 게 좋겠습니다."

그는 다시 문으로 가서 모자를 툭 건드리고는 밤 속으로 나왔다. 그는 그 집 대문에 잠시 서서 차가운 공기를 들이마셨다. 해리슨 부인이 한 진술 중에 흥미로운 점이 한 가지 있었다. 길크리스트가 매기에게 나가도 좋다고 했다는 점이었다. 충분히 대수롭지 않은 일일 것이었다. 만약 그녀가 허락을 구한 게 맞는다면 말이다. 설령 그렇다고 해도……

그는 생각에 잠겨 로흐두로 돌아와 경찰서 바깥에 차를 세우고, 어선들이 항해를 준비하고 있는 항구로 걸어갔다. 아치 매클레인은 그 무서운 부인 때문에라도 나와 있을 것이었다. 그는 작업복 아래 꽉 조이는 양복과 칼라 달린 셔츠에 타이를 매고 바다로 나가는 유일한 어부였다.

"자네군, 해미시." 그가 침울하게 말했다. "올 줄 알았지. 그 치과 의사 때문이지?"

"그렇죠. 예약을 왜 취소했죠, 아치?"

"아휴, 치통이 그렇게 심하지가 않더라고."

"길크리스트 치과는 왜 간 거죠? 무슨 말인지 알죠? 그다지 소문이 좋지 않잖아요."

"싸잖아." 어부가 말했다. "요즘 치과 가면 돈이 얼마나 드는지 생각해 봐. 의료보험이 되는 치과 치료를 받은 지가 언제인지 기억할 수도 없다니까."

해미시는 수첩을 꺼내 살인이 일어나던 시간에 아치가 어디에 있었는지 상세히 받아 적었다. 아치는 아닌 게 아니라 로흐두 술집에 있었고, 그 사실을 목격자로서 증언해 줄 동네 사람이 50명쯤은 되었다.

"그 사람 이에다 구멍을 내 놨다는구먼." 아치가 말했다.

"그 얘기 어떻게 들었어요? 뉴스에 나왔어요?"

"아니. 하지만 브레이키에서 장을 보고 있던 웰링턴 부인한테 어떤 사람이 말해 줬대. 웰링턴 부인은 네시 커리에게 말해 주고." 하일랜드의 북이 역시 울려 대고 있었군, 해미시는 생각했다.

"길크리스트 치과에 전에도 가 본 적 있어요?"

"아니, 이는 몇 년간 괜찮았어. 내 얘기했잖아. 거기가 싸다고 누가 말해 주더라고."

"가 보세요, 아치. 아, 하나 더."

"응?"

"외출할 때마다 그런 칼라 달린 셔츠와 타이와 양복을 입어요?"

아치가 씩 웃었다. "내 마누라의 망원경에서 벗어나기기 무섭게 벗어 던지지."

해미시도 씩 웃어 주고는 경찰서로 향했다. 문득 걸신이라도 들린 것처럼 배가 고파졌다. 경찰 식료품 저장고는 연어와 콩 통조림 몇 개뿐, 텅 비어 있었다. 그는 마을 이탈리아 레스토랑에 가기로 했다. 경찰 출신인 윌리 러몬트가 지금은 지배인으로 일하는 식당이었다. 윌리는 해미시가 잠깐 경사로 승진했을 때 그의 부하였다. 그러다 이탈리아 레스토랑 주인의 친척과 결혼을 했고, 레스토랑 사업에 안착했다. 그는 미친 듯이 위생 관념이 투철했다. 그리하여 나폴리라는 이름의 이 레스토랑은 음식은 훌륭했지만, 늘 살균제 냄새가 배어 있었다.

해미시는 레스토랑에 들어가 창가 자리에 앉았다. 프리실라와 저녁 식사를 하러 이곳에 올 때면 보통 앉던 자리였다. 손님 몇 명이 있었다. 찌르는 듯한 외로움이 또다시 느껴졌다.

윌리가 다가왔다. "뭐 드시겠어요?"

"스파게티하고 샐러드나 줘, 윌리. 루차는 어때?" 루차는 윌리의 아름다운 아내였다.

"아주 잘 지냅니다."

레스토랑 문이 열리고 어깨에 배낭을 멘 여자가 들어왔다. 윌리가 눈살을 찌푸렸다. 그는 배낭족을 좋아하지 않았다. 그런 사람들이 이 레스토랑의 품위를 떨어뜨린다고 생각했기 때문이다. 이를 알고 있는 해미시가 황급히 말했다. "괜히 저분 괴롭힐 생각일랑 하지 마, 윌리. 여기 오늘 조용하고 좋잖아."

"안녕하세요?" 윌리가 다그치듯 인사를 했다. "배낭 조심해서 두셔야겠습니다. 그것 때문에 테이블 위로 뭘 쓰러뜨리고 싶지 않거든요. 바깥에다 두시는 게 좋을 것 같은데요."

"누가 훔쳐 가면 어떻게 하죠?" 여자가 물었다.

"여기 안에 경찰분이 계십니다."

"하지만 내 가방은 바깥에 있을 텐데요?" 그녀가 합당한 논리를 폈다.

"죄송하지만 모든 테이블의 예약이 다 찼습니다." 윌리가 말했다.

해미시가 일어섰다. "그렇다면 아가씨, 제 테이블을 함께 쓰셔도 좋습니다." 그가 윌리에게 눈을 부라렸다.

경찰 제복을 보고 안심한 그녀가 말했다. "고맙습니다." 해미시는 그녀가 배낭을 벗는 것을 도와주고 바깥쪽으로 돌출된 창가의 바닥에 놓았다. 그녀가 머리에 쓴 울 모자를 벗었다. 찬란한 갈색 고수머리가 그녀의 어깨로 털썩 퍼져 내렸다. "여기 화장실 있나요? 이거 벗어 버리고 싶어서요. 더워 죽겠거든요." 그녀가 입고 있던 빨간색 스키복을 가리켰다.

"저쪽 구석에 있어요." 해미시가 말했다.

그는 그녀가 사라지기를 기다렸다가 주방 문으로 고개를

들이밀고 외쳤다. "월리!"

월리가 앞치마에 손을 닦으며 왔다.

"내 주문 취소해."

"가시려고요?"

"아니, 그녀가 뭘 주문하나 보려고. 그녀에게 저녁을 사 줄까 해."

"프리실라 할버턴스마이스 양과 데이트를 할 때도 그러실 수 있었건만. 저런 배낭족하고 노닥거리다니."

"아이고, 입 다물어, 월리. 자네 경찰이었을 때는 이렇게 속물이 아니었는데 말이야."

그는 부엌에서 빠져나와 테이블로 돌아왔다.

여자가 스키복을 어깨에 걸치고 돌아오자 해미시는 정중하게 일어섰다.

그녀는 예쁜 얼굴에 화장을 하고 있었다. 커다란 회색 눈동자에, 그 아름다운 머리칼이라니. 입은 작고 부드러웠고 모양이 예뻤다. 그녀는 이제 검은색 스키니 진에 맞춤 블라우스 차림이었다. 손목에는 금시계를 차고 있었다.

"정말 친절하시네요, 경관님." 그녀가 아름답고도 격조 있는 억양으로 말했다. "여기 테이블들은 예약이 되어 있지 않겠죠. 저 속물 같은 웨이터는 그냥 배낭족을 싫어하는 거예요."

"신경 쓰실 필요 없습니다. 월리는 동네에 소문난 괴짜예요. 그리고 경관님이라고 부르시지 않아도 됩니다. 근무 중도 아니니까요." 그가 악수를 청했다. "제 이름은 해미시, 해미시 맥베스입니다."

그녀가 해미시의 손을 잡았다. "저는 세라 허드슨이라고 해요."

"잉글랜드에서 오셨군요, 허드슨 양……"

"세라라고 불러 주세요."

"세라. 어쩌다가 하일랜드까지 오게 됐나요?"

"런던을 벗어나고 싶어서요. 최고로 멀리요. 그래서 그냥 떠났죠."

월리가 메뉴를 들고 나타났다. 그는 달라진 세라의 모습을 의외라는 눈길로 바라보았다.

"드릴 말씀이 있습니다." 그가 말했다. "방금 전에 빈 테이블이 났다는 걸 알았지 뭡니까."

"허드슨 양은 내 손님이야." 해미시가 엄하게 말했다.

"정말 친절하시네요." 세라가 말했다. "하지만 제가 어떻게……"

"괜찮습니다." 해미시가 말했다. 그들은 메뉴판을 살펴보았다. "와인 한 병 할게, 월리. 괜찮다면 발폴리첼라가 어떤지요, 세라?"

"아주 좋아요. 저는 큰 접시에 담긴 볼로네즈 스파게티와

마늘빵, 채소 샐러드를 주문하고 싶은데, 당신은 어떠세요?"

"나도 같은 걸로, 월리." 해미시가 말했다.

"담배 피워도 될까요?" 세라가 말했다.

"아, 그럼요." 월리가 말했다. "재떨이 바로 가져다드리겠습니다." 해미시는 고소한 기분이 들었다. 월리는 이 레스토랑에 금연을 시행하려고 시도한 적이 있었다. 하지만 스코틀랜드의 이 하일랜드란 곳은 흡연에 관해서라면 제3세계이고, 이 레스토랑의 주인조차 흡연을 허가해야 한다고 우겼다.

"범죄 세계는 어떻게 되어 가나요?" 월리가 가고 나서 세라가 물었다.

그녀의 속눈썹이 정말이지 말도 안 되게 길다고 해미시는 생각했다. 그는 자신이 그녀를 뚫어져라 보고 있음을 깨닫고는 재빨리 대답했다. "꽤 안 좋습니다."

그녀가 웃었다. "저는 이곳이 범죄가 없기로 유명한 곳인 줄로 알았는데요."

"오늘 살인 사건이 났습니다."

"이 마을에요?"

"아닙니다. 이웃 마을에요. 이곳에서 30킬로미터쯤 떨어진 곳에 있는 브레이키라는 마을요."

"누가 살해를 당했는데요?"

"그 마을 치과 의사요." 와인병을 들고 다시 나타난 월리가 열심히 말했다. "끔찍한 일이죠."

"그냥 병이나 따, 윌리." 해미시가 거슬리는 마음으로 말했다. "그 얘기는 내가 할 테니까. 자네가 뭐 아직도 경찰인 것도 아니고 말이야."

"방해하려는 건 정말 아니었습니다." 윌리가 발끈했다.

"방해됐어, 윌리." 해미시가 와인 한 모금을 홀짝였다. "그래, 이거면 되겠네."

윌리가 커다란 유리 재떨이를 세라 앞에 두고 다시 가자, 세라가 담배에 불을 붙였다. 해미시는 한 대 달라고 말하고 싶은 갑작스러운 충동에 맞서 힘겹게 싸웠다. "계속 얘기해 주세요." 그녀가 말했다. "치과 의사 얘기요."

그리하여 해미시는 자신이 겪은 치통이며, 치과에 간 일이며, 시신을 발견한 일이며, 구멍 뚫린 이며, 자신이 알고 있는 모든 것을 말했다.

"이상하기도 하지!" 그가 말을 마치자 그녀가 말했다. "정말로 다 너무 이상해요. 생각해 봐요. 그 치과는 누구라도 예약을 하지 않고 들어갈 수 있었을 텐데요. 접수원은 또 왜 그렇게 오랫동안 외출을 했을까요? 제가 보기에는 치과 의사가 누군가의 방문을 기다리고 있었고, 그 사람하고만 있고 싶어서 접수원에게 휴식 시간을 길게 준 게 아닐까 싶은데요."

"그랬다면 그녀는 누가 방문하는지, 왜 자기가 밖에 나가 있어야 하는지 알았겠죠." 해미시가 지적했다. "그런데 왜 그녀는 모든 게 평상시 같지 않았다고 말하지 않았을까요? 그녀는 손님이 없는 날이었고 해야 할 일이 많지 않았다는 얘기만 고수하고 있단 말이죠."

"아, 우리 음식이 나왔네요." 그녀가 담배를 비벼 껐다. 그들은 잠시 말없이 먹기만 했다.

그러다 해미시가 물었다. "로흐두에 온 무슨 특별한 이유라도 있습니까? 아니면 하일랜드를 그저 돌아다니고 있는 건가요?"

"이곳은 원래 오려고 했었어요. 런던의 친구가 아름다운 곳이라고 하더군요. 저는 런던에서 금융 자문으로 일해요. 대개는 해외로 휴가를 가죠. 하지만 올해는, 그러니까 약간 문제가 있어서요. 건강에 좋은 운동이 좀 필요하다고 느꼈죠."

"친구 이름이 뭐죠?"

"프리실라 할버턴스마이스요."

해미시의 가여운 심장이 요동쳤다. "제 얘기를 하던가요?"

"아니요. 이곳에서 가족이 호텔을 운영한다는 얘기는 했어요. 저는 배낭여행을 할 거니까 아마도 조식 민박집에 묵게 될 거라고 말했죠. 추천해 주실 곳 있나요?"

"마을에 여러 개가 있어요. 겨울에는 보통 손님을 받지 않죠. 토멜성 호텔은 겨울에는 그렇게 비싸지 않고, 편안하게 지내실 수 있을 겁니다. 저녁 드시고 나서, 괜찮으시면 제가 모셔다 드릴까요?"

"그렇게 해도 좋겠네요. 저는 엄청나게 오래 걸었고, 조금은 편안함을 누려도 괜찮다 싶네요. 조식 민박집은 프라이버시도 별로 없고요. 지난번에 묵었던 곳은 꽥꽥 소리를 지르는 아이들로 가득 차 있었다니까요." 그녀가 그에게 미소를 지어 보였다. 찬란한 미소였다. 프리실라의 이름을 듣고 느꼈던 찌르는 듯한 고통이 따뜻한 햇볕 앞의 스코틀랜드 안개처럼 사라져 버렸다.

"살인 사건 얘기를 더 해 주세요." 그녀가 말을 이었다. "언론에 사방팔방 다 났겠군요."

"네, 조금 있으면 그러겠죠. 이곳에는 한동안 아무 일도 일어나지 않았거든요. 그런데 처음에는 절도 사건이 났죠. 25만 파운드가 스코츠먼 호텔 금고에서 도둑을 맞더니, 이제는 이 살인 사건이 일어난 거예요."

"북부의 죄악이 결집된 곳이로군요!"

"그래요, 그렇게 말할 수도 있겠죠. 잠깐만요…… 뭔가가 있어요."

"뭐예요?"

"스코츠먼 호텔의 지배인 맥빈요. 그의 아내와 딸이 어제 그 치과에 갔다고 했어요. 제장, 오늘 그 호텔에 가 봤어야 하는데, 살인 사건 때문에 깜빡 잊었네요."

"무슨 관련이 있을 것 같아서요?"

"아뇨. 하지만 맥빈의 아내나 딸이 뭔가 들었거나 봤을 수도 있죠."

"다른 환자들도 뭘 듣거나 봤을 수도 있고요. 경찰관님은 치과 장부에서 모든 이름과 주소를 뽑아내서 하나하나 살펴보기만 하면 되겠네요."

"스트래스베인 본부에서 그 일은 할 겁니다. 전 그저 면담하라는 지시를 받은 사람과 면담을 할 뿐입니다." 하늘에 간절히 부탁하나니, 그가 인버네스에 다녀온 일을 블레어가 모르기를. "내일 아침에 맨 먼저 스코츠먼 호텔부터 다녀와야겠네요."

그들은 다른 주제로 옮겨 갔다. 그녀는 런던에서 하는 일 얘기를 해 주었지만, 사생활은 전혀 입에 올리지 않았다. 그녀는 다시는 프리실라를 입에 올리지 않았고, 해미시로서는 그녀 얘기를 물었다가는 망할 터였다. 그는 이 아름다운 여자와 함께하는 즐거운 저녁을 망치고 싶지 않았다.

저녁을 먹고 나서 해미시는 그녀의 사양에도 극구 자신이 식사 비용을 내겠다고 했고, 그녀는 스키복을 다시 입으러 화장실로 사라졌다. 해미시가 그녀의 배낭을 걸머졌고 그들은 레스토랑을 나섰다. "잠깐 여기서 기다리세요. 차 가지고 올 테니까." 해미시가 말했다. 용의자가 아닌 사람을 경찰차에 태우면 안 되었지만, 오늘 밤 그의 나머지 시간은 블레어로부터 안전할 것이었다.

처음에 그는 그녀가 가 버린 줄 알고 맥이 탁 풀렸다. 하지만 그녀는 레스토랑 옆 어둠 속에서 나왔다. 그는 그녀를 차에 태우고 출발했다. 그녀는 아까는 분명 뿌리지 않았던 웬 이국적인 향수를 뿌리고 있었다. 그는 그것이 자신에게 잘 보이기 위한 것이기를 바랐다.

호텔에서 그는 존슨 씨에게 그녀를 소개하고 그녀가 묵을 만한 저렴한 방을 청했다.

"허드슨 양, 맥베스는 마을의 부랑자랍니다." 존슨 씨가 말했다. "하지만 당신이 프리실라의 친구라고 하니 저렴하고 작은 방을 하나 내드릴 수 있습니다."

"그럼 저는 가 보겠습니다." 해미시가 어색하게 말했다. 그녀에게 언제 다시 만날 수 있는지 간절하게 묻고 싶었지만 문득 부끄러워졌다.

"내일 저녁은 제가 밥을 살 차례예요, 해미시." 세라가 말했다. "8시 어때요?

그의 개암나뭇빛 눈동자가 환해졌다. "좋아요, 그거 아주 좋습니다."

그녀는 그의 볼에 입을 맞추고 잘 가라는 인사를 했다. 그는 얼굴에 얼빠진 미소를 띠고는 행복한 꿈에서 빠져나왔다.

바닥에 내려앉은 서리가 반짝이고 머리 위로 별들이 반짝거렸고, 꼭 크리스마스 같았다. 그는 아주 오랜만에 아주 행복하고 신이 나는 기분이 들었다.

다음 날 아침 그는 뭔가 기대되는 기분으로 잠에서 깼다. 저녁 데이트가 기억이 났다. 하지만 일이 먼저였다. 그는 스코츠먼 호텔로 향하는 레어그로로 차를 몰았다.

호텔은 겨울의 스코틀랜드 호텔이 그렇듯이 버려지고 허름한 분위기를 풍겼다. 바람이 다시 불어오며 하늘을 가로질러 구름을 흩날렸다. 하지만 날은 평소 같지 않게 포근했다. 곧 내릴 비를 알리는 축축한 공기가 그의 뺨에 느껴졌다.

그는 호텔로 들어갔다. 바텐더인 조니 킹이 맥주 상자를 내리고 있었다.

"맥빈 씨는 어디 있습니까?" 해미시가 물었다.

조니는 사무실 쪽으로 고갯짓을 했다. 맥빈은 책상 앞에 앉아 있었다.

"금고는 어디 있습니까?" 해미시가 물었다.

"당신네 경찰이 와서 가져갔습니다." 맥빈이 말했다. "금고에 무슨 짓을 해 놓을는지."

"설마 금고를 수리해서 다시 쓰려는 생각은 아니실 테죠!"

"아니요." 맥빈이 찔린다는 듯이 말했다. "그게 아니라 내일 인버네스에 가서 새 금고를 사 오려고 했죠. 왜 오셨습니까? 질문이라면 아주 질리도록 답을 했단 말입니다."

해미시는 모자를 벗어 책상 위에 놓고는 건너편 의자에 앉았다. "지배인님 부인과 따님을 좀 뵈려고요."

"왜요?"

"브레이키에서 일어난 살인 사건 얘기 못 들으셨습니까?"

"들었죠."

"선생님 부인과 따님이 길크리스트 치과에 갔었습니다. 두 분이 길크리스트를 어떻게 생각했는지 들어 보았으면 해서요."

"어딘가 나돌아 다니고 있겠지. 두 사람 다 당신에게 아무 말도 해 줄 게 없을 거요."

"저는 단지 길크리스트가 어떤 사람인지 단서를 좀 얻으려는 것뿐입니다."

맥빈이 웃기는 소리 하지 말라는 듯이 콧방귀를 뀌었다. "아니, 진료 의자에 앉아서 이를 뽑는 마당에 치과 의사가 어떤 사람인지 궁금해하는 사람도 있습니까?"

"있습니다." 해미시가 말했다. 그 자신이 마주치는 사람마다 어떤 사람인지, 어떤 성격인지 가늠해 보는 버릇이 있는 하일랜드인의 호기심을 지닌 남자였다.

"찾아오라고 사람을 보내겠습니다."

"돈 말입니다." 해미시가 말했다. "절도에 대비한 보험을 들어 놓으셨습니까?"

"네."

"25만 파운드를 보장할 수 있는 조건으로요?"

"그래요. 그 빙고 상금이 도둑맞을 때를 대비해서 비싼 보험을 들어 확실히 조치해 두었습니다."

"그렇다면 결국 이 호텔은 그 대단한 밤을 치를 수 있겠네요?"

"언제가 될지 모르지만, 보험 회사가 조사를 마치고서 돈을 줄 때가 되면 그러겠죠."

"이런 생각이 들지 않을 수 없는데요." 해미시가 말했다. "보험 회사가 나무판으로 뒤를 댄 금고는 도둑을 초대한 것이나 다름없다고 생각하지 않을까 하고요. 보험금을 확실히 받아 낼 수 있다고 생각하십니까?"

맥빈의 눈이 분노로 이글거렸다. "받아 내야 내가 살겠죠. 보험 회사가 대체 무슨 수로 금고 뒤판이 나무란 걸 알아낸답니까?"

이 사람 정말로 이렇게까지 멍청한 걸까, 해미시는 생각했다.

"보험 회사는 경찰 보고서를 전부 손에 넣을 수 있고, 자기들도 따로 조사관들을 보낼 겁니다. 그 후에는 이 호텔을 소유한 회사가 지배인님이 왜 그토록 안전하지 않은 금고를 샀는지 알고 싶어 할 테죠."

맥빈의 눈에서 분노가 사라졌다. 그는 툴툴거렸다. 이윽고 그가 입을 열었다. "이보시오, 마누라와 얘기를 하고 싶으면 가서 하시오. 내게 이런 질문을 하는 수고일랑 접어 두고. 조니더러 그들이 어디에 있는지 말해 달라고 해요."

해미시는 일어서서 모자를 집어 들어 겨드랑이에 끼고는 사무실 바깥으로 나왔다. 조니는 여전히 맥주 상자를 내리고 있었다.

"맥빈 부인과 따님과 얘기를 하고 싶습니다." 그가 말했다.

"제가 찾아 드리죠."

바텐더가 바에 놓인 수화기를 들고서 내선번호를 돌렸다. "맥빈 부인, 경찰이 부인을 뵈러 왔습니다. 달린도요." 그가 말했다. 전화선 끝에서 꽥 하는 소리가 들렸다.

바텐더가 수화기를 내려놓았다. "좀 있다가 오신답니다."

"누가 돈을 훔쳤는지 짐작 가는 데가 있나요?" 해미시가 물었다.

"아니요. 제가 무슨 수로요?"

"당신은 틀림없이 다른 직원들과 그 절도에 대한 얘기를 나누었을 테죠."

"얘기 하나 해 주죠." 조니가 문신을 새긴 강인한 팔로 상자를 들어 올리며 말했다. "나는 내 일이 아닌 건 끼어들지 않으려 하고 있어요. 뭐 가십을 찾는다면 다른 직원들을 찾아보시죠."

그는 해미시에게서 등을 돌리고 상자를 들고서 아래쪽 구역으로 가 버렸다.

바가 있기에는 어울리지 않는 곳이로군, 해미시는 생각했다. 무슨 극장 바처럼 접수대 벽을 따라 자리해 있다니.

또각거리는 하이힐 소리가 나고 맥빈 부인과 딸 달린이 왔다. 맥빈 부인은 이번에는 머리에 노란색 헤어롤을 달고 있었다. 해미시는 그녀가 헤어롤을 푸는 때가 있기는 한지, 옷에 롤 색깔을 맞추는 것인지 하는 말도 안 되는 생각 속을 헤맸다. 그녀가 유황빛 나는 노란색 블라우스를 입고 있었기 때문이었다. 달린은 양 무릎이 찢어진 청바지에 새틴 잠옷 상의를 입고 있었다. 화장을 하지 않아서 훨씬 어려 보였다.

"경찰이라면 신물이 나요." 맥빈 부인이 말문을 열었다. "질문, 또 질문, 끝도 없이 질문을 해 대니."

"이번에는 오래 걸리지 않을 겁니다." 해미시가 살살 구슬렸다. "어디 앉아서 얘기할 곳이 좀 있을까요?"

그녀는 주안내실로 통하는 두 개짜리 문으로 그를 인도했다. 들어서고 보니 식당이었다. 테이블 세 개에 아침을 먹은 잔해가 여전히 남아 있어 추저분했다. "투숙객이 있네요." 해미시가 말했다. "경찰이 그분들에게도 질문을 했겠지요?"

"여기 있는 빌어먹을 모든 사람들을 다 심문했죠."

그녀는 한 테이블에 앉았다. 달린이 그 옆에 긴 다리를 꼬고 해미시에게 윙크를 하며 앉았다. 해미시도 수첩을 꺼내고 앉았다.

"절도가 일어나던 날, 부인과 달린은 브레이키의 치과에 가셨습니다. 그 후 의사가 살해당한 채 발견된 건 아시겠죠. 그래서 저는 길크리스트가 어떤 사람이었는지 좀 알아보고 있습니다. 전에도 그 치과에 간 적이 있나요?"

"엄마는 그 사람한테서 틀니를 했어요." 달린이 말하자 맥빈 부인이 딸을 노려보았다.

"치과 의사가 뭐 그냥 치과 의사지." 그녀가 툴툴거렸다. "이를 뽑는 거 말고는 아무것도 관심이 없잖아요."

스케일링도 있고, 치실도 있고, 치과 기술이 이렇게 발전해봤자 뭐 하나, 해미시는 생각했다. 이곳은 여전히 스코틀랜드였다. 이를 몽땅 뽑아 버리고 멋진 틀니 한 쌍을 끼우면 그만인 곳이었다.

"당신은요, 달린?" 그가 물었다.

달린이 킬킬거렸다. "아주 죽여주게 섹시했죠."

"어떤 면으로요?"

"그는 내 머리칼을 쓸어내리며 나보고 착하다고 말하곤 했어요. 얼마나 멋져."

"이 아이 말은 귀담아듣지 말아요." 맥빈 부인이 쏘아붙였다. "바지 입은 것들은 다 자기를 쫓아다닌다고 생각하는 애니까."

"사실 대개 그렇지." 긴 다리와 젊음에 한껏 우쭐한 달린이 말을 보탰다.

"두 분 중에 그를 치과 밖에서 사교 목적으로 만난 분이 있습니까?"

"무슨 말이죠?" 맥빈 부인의 머리에서 헤어롤 하나가 떨어졌다.

"제 말은, 그가 두 분 중 누구에게 데이트를 하러 가자고 청하지 않았느냐는 겁니다."

"이런!" 맥빈 부인이 새된 소리를 질렀다. "무슨 얘기를 하려는 속셈이죠? 절도 사건도 해결하지 못하는 주제에, 지금 살인 사건에 대한 죄로 나를 엮으려고 하는 거예요?"

"아휴, 아닙니다." 해미시가 그녀를 달랬다. 그녀의 남편이 그녀를 때린다면 뒤섞인 분노와 증오를 참지 못했기 때문은 아닌지 궁금해졌다. 혹시 그가 그녀를 때린다면 말이다. "진료실에 있을 때 그를 죽일 수도 있을 만큼 혐오하는 것 같아 보이는 사람을 보셨는지요?"

"그 치과 의사를 혐오하지 않는 사람은 없었어요."

"달린, 당신은요?"

"그 왜, 그 지독한 할망구 해리슨이 늘 주변을 맴돌았어요. 난 그 여자를 보면 소름이 돋는다니까요."

"또 누가 있습니까?"

"더는 없어요."

"이봐요, 우리는 호텔을 운영한다고요, 경찰 양반." 맥빈 부인이 일어섰다. 그녀가 화를 못 이겨 머리를 흔들었고, 머리에서 헤어롤들이 떨어져 달그락거리며 카펫을 굴러갔다. 이탈리아 휴양지 발롬브로사의 개울을 나뒹구는 가을 낙엽만큼 두터운 헤어롤들이었다. 해미시는 그것들을 주워 주어야 하나 망설였지만, 그녀는 카펫 위에서 빙글빙글 돌고 있는 헤어롤들을 놔두고 벌써 걸어가고 있었다.

그녀가 문가에서 돌아섰다. "이리 와, 달린!"

달린은 해미시에게 다시 윙크를 하고, 엉덩이를 씰룩거리며 어머니를 따라갔다.

그녀들이 나갈 때 일어섰던 해미시는 도로 앉아서 암울한 기분으로 테이블보를 바라보았다. 호텔 테이블이라면 깨끗해야 하는데, 한가운데 커피 자국이 커다랗게 나 있었다. 다종다양한 가루비누 자국이 나 있는 테이블보를 보고 그의 마음에 어떤 광경이 떠올랐다. 웃음꽃을 활짝 피우는 여인들이 더러운 천을 들고 가서 세탁기에 넣었다가 한 시간 뒤에 깔깔 웃으며 세탁기에서 천을 꺼내는 광경이. 이 테이블보는 세탁하고 풀을 먹여 다리기까지 했으나 커피 자국은 여전히 남아 있었다.

해미시는 고개를 흔들며 그 생각을 떨쳐 내고 당면한 문제로 돌아왔다. 그가 사람들의 진술 내용을 얻어 내지 못하는 한 직에 계속 있었던 것은 다른 사람도 아니고 승진을 한사코 피했던 자기 자신의 잘못이었다. 길크리스트는 정말로 섹시했을까, 아니면 달린이 해미시를 골리려는 속셈으로 한 말일 뿐일까? 저렇게 젊은 여자가 중년의 치과 의사를 어떤 눈으로 보겠는가? 길크리스트가 생전에 어떻게 생겼는지는 알 길은 요원했다. 병리학자의 보고서가 나왔을까?

어쩌면 그가 자기 직업에 대한 태도를 바꾸어야 할 때가, 영국 경찰청 범죄 수사과에 지원할 때가 왔는지도 몰랐다. 하지만 형사가 된다는 것은 스트래스베인이라는 지옥으로 옮겨 가 블레어 옆에서 일하는 것을 의미했다. 로흐두에서의 한가로운 나날에 종지부를 찍는 것이었다. 그의 성격에는 무언가 빠진 게 있었다. 그리고 그는 자신이 스스로 그 드문 인간, 진정으로 야심이 없는 사람임을 알았다.

만약 이 절도가 내부자의 소행이라면, 그는 누구일까? 호텔 직원과 맥빈 가족이다. 맥빈에게 채무가 있나? 의문이 너무나 많았다. 스트래스베인에 가서 지미 앤더슨을 붙들고 늘어질 수도 있었다. 하지만 해미시가 스트래스베인에 간 일은 블레어의 귀에 들어갈 테고, 그러면 해미시는 그 번갯불에 콩 볶듯 하는 변덕을 겪은 다음에 사건에서 떨려 날 것이었다.

비가 창을 후드득 때리기 시작했고, 바람이 점점 더 사나워지며 날뛰었다. 서덜랜드의 바람이 습관대로 돌풍으로 변해 갔다. 웅웅거리는 소리를 내다가는 결국에는 천국의 끝에서부터 끝까지를 온통 휘덮는 단말마의 비명을 내질렀다. 이 동네 사람들이 미신에 빠져 사는 것도 무리는 아니었다.

여기 주저앉아 여기서 조금, 저기서 조금 알아내는 게 소용이 있기는 할까? 경찰서로 돌아가 형사 소설이나 들고 불 앞에 앉아 있으면 안 될 게 뭔가? 되도록 미국 형사 이야기, 더 폭력적인 이야기, 주인공이 해미시를 대신해서 그의 답답함을 풀어 줄 수 있는 이야기면 더 좋겠다. 사람들을 벽에다 메어꽂고 두들겨 패서 자백을 받아 내는 것 같은.

하지만 신의 근엄한 딸인 의무감이라는 것이 그의 양심을 비집고 들어왔다. 그는 어차피 브레이키로 돌아가서 뭘 알아낼 수 있을지 알아볼 것이었다.

그리고 시작은 매기 베인부터였다.

매기 베인은 브레이키 자락의 잘 관리된 아담힌 딘충집에 살았다. 그곳에는 '하일랜드 우리 집'이라는 이름이 붙어 있었다.

해미시는 병원에 먼저 전화부터 하고 왔어야 했나 생각하면서 초인종을 눌렀다. 하지만 그녀가 병원에 있을 리는 당연히 없었다. 경찰이 병원을 전부 봉쇄했을 테니까.

초인종 소리를 듣고 나온 매기 베인이 해미시를 보자 고개를 떨궜다. "경찰이라면 진저리가 나네." 그녀가 모질게 말했다.

"그냥 질문 몇 가지만 더 드리려고 합니다." 해미시가 나긋나긋하게 말했다.

"하지만 오늘 아침에 형사 두 명이 벌써 왔다 갔다고요." 그녀가 불평했다. "그리고 어제는, 그 끔찍한 뚱보 아저씨, 블레어란 사람이 나한테 고함을 지르고 온갖 난리를 쳤죠. 날 기소하는 것만 빼고요."

"그게 그렇습니다, 베인 양. 이건 살인 사건 수사니까요. 그리고 저는 베인 양이나 저나 살인자를 찾아내면 좋지 않을까 확신합니다. 저는 이 살인 사건에 대한 답이 길크리스트 씨의 성격 그리고 그가 알았던 사람들과 분명 연관이 있을 거라고 생각해요. 그걸 당신보다 잘 아는 사람이 또 어디 있겠습니까?"

그녀는 문가 계단에서 안절부절못하더니 마지못해 말했다.

"들어오시는 게 좋겠어요."

그녀는 거실로 그를 안내했다. 꽃무늬 친츠 천으로 덮인 3인용 소파가 놓여 있었다. 막대기 두 개가 달린, 전기깨나 잡아먹게 생긴 난로도 있었다. 이 자극적인 시대에 하일랜드 지역의 모든 사람들이 석탄 난로를 막아 놓고 사들이는 물건이었다. 수력발전위원회가 싼 전기를 공급해 줄 것이라는 믿음에 지레 넘어가서 말이다. 그렇지 않은가, 모든 것은 물로부터 비롯되었으니. 오래지 않아 그들은 영국에서도 가장 비싼 전기료를 물게 된 것을 알게 되었지만, 그런데도 전기난로란 것은 아직까지 살아남았으며, 석탄을 때는 난로는 막아 둔 채로 여전히 그 자리에 두었다. 하일랜드 여자들은 뭐랄까, 석탄을 퍼오고 재를 긁어모아 버리는 나날로 돌아가고 싶지 않은 것이었다. 사방에는 요란한 꽃무늬 벽지가 발려 있고, 바닥에는 말라비틀어진 식물과 함께 대나무 장대들이 놓여 있었다. 창가에 놓인 정사각형 식탁 위에는 조화가 담긴 화병이 있었다. 소파 앞에는 낮은 커피 테이블이 놓이고, 그 위에는 병원 대기실 비슷하게 반들반들한 패션 잡지가 무더기로 쌓여 있었다.

"커피 드시겠어요?" 그녀가 물었다.

"괜찮습니다." 원래 천성이 느긋한 해미시가 말했다. 하지만 사실 이곳에 온 목적을 달성하려고 안달이 나 있었다.

그녀가 울기 시작했다. "순경님은 제기 용의자라고 생각하죠." 그녀가 가까스로 추스른 다음에 말했다. "경찰은 한번 범인이라고 생각하면, 조금도 틈을 주지 않더라니까요."

"아닙니다." 해미시가 말했다. "제가 질문드릴 생각에 너무 조바심을 냈습니다. 그거 말고는 없어요. 가서 눈물 닦으시고 커피나 한잔 주십시오."

매기는 눈물을 집어삼키고서 고개를 끄덕였다. 그녀가 자리를 뜨고 나서, 참 아름다운 여자야, 하고 해미시는 생각했다. 하지만 목소리는 왜 그렇게 듣기 싫고 공격적인지. 지금 이 순간에 그녀는 공격적이지 않았으며, 해미시는 매기 베인이 마음만 먹으면 울 수 있는 그런 종류의 여자라는 불편한 감정에 다시 사로잡혔다.

그는 어디에 책상이라도 있는지 방 안을 둘러보았다. 하지만 이곳은 편지나 뭐든 서류라도 담을 만한 서랍이나 찬장마저도 없는 집이었다.

자, 그가 즐겨 읽는 탐정소설의 주인공이라고 치자. 그는 그녀를 유혹해서 잠자리를 함께하고, 그녀가 잠이 들었을 때 그녀의 침실과 핸드백을 뒤질 것이다. 그는 그 생각에 혼자 빙그레 웃었다. 경험에 비추어 보자면, 실제로 그는 그 경우에 세상모르고 잠을 잘 것이었다. 여자가 깨울 때까지.

시간이 흘렀다. 그녀가 도망을 간 것이 아닐까 하는 생각이 들던 참이었다. 문이 열리더니 매기가 설탕과 우유와 커피를 담은 머그잔 두 개를 올린 쟁반을 들고 나타났다.

"길크리스트 씨를 좋아하셨습니까?" 커피를 받아 들고서 해미시가 물었다.

"좋은 원장님이셨어요."

"그분은 이혼을 하셨죠. 누구 사귀는 사람이 있었나요?"

"여자를 좋아하는 분이긴 했죠. 하지만 특별한 사람은 떠올리지 못하겠네요."

"그럼 당신은요, 베인 양? 약혼한 사람이라도 있으세요?"

그녀가 가느다란 왼쪽 손을 내밀었다. "보이세요? 반지 없잖아요."

해미시가 심호흡을 했다. "길크리스트 씨와 사귀는 사이였습니까?"

그녀가 화가 나서 얼굴이 붉으락푸르락해졌다. "아니요. 아니에요!"

"이 질문을 하지 않을 수가 없었습니다." 해미시가 부드럽게 말했다. "경찰이 어떻게 하는지 아시지 않습니까."

"두어 번 저녁 식사를 하러 간 적은 있어요. 그렇잖아요. 완전히 바쁜 하루를 보내고 집에 가기 전에 뭐 좀 먹고 가는 게 뭐 그렇게 이상한 일이라고."

해미시는 수첩에 적지 않고 둘 사이에 무슨 일이 있었다는 사실을 마음속에 담아 두었다. 이 사건에 관한 온갖 소문이 차일랜드 전역을 벌써 뒤덮었을 것이었다. 처음에는 쉬쉬한다. 사람 죽은 지가 얼마나 됐다고, 조심을 하는 것이다. 하지만 그 후로 조금만 시간이 지나고 나면 혀들이 춤을 추기 시작한다.

"그분을 죽이고 싶을 정도로 증오할 만한 사람, 누구 생각 나는 사람 없습니까?"

그녀가 머리를 흔들었다. "제 생각에는요, 그냥 제가 외출 한 사이에 길 가던 웬 미치광이가 치과로 들어온 거예요."

"아, 베인 양이 외출한 일 말인데요. 그 질문은 이미 받으셨죠. 하지만 제가 또 질문을 드려야겠습니다. 왜 하필이면 바로 그날, 그렇게 오래 외출을 하셨나요?"

"진짜 질리네!" 그녀가 그 듣기 싫은 목소리로 식식거렸다. 목소리가 아무 개성 없는 거실을 가로질렀다. "환자가 없는 날 이었어요. 쇼핑 좀 하러 가도 되겠다 싶은 그런 날요. 그게 다 예요."

"부모님은 살아 계시나요, 베인 양?"

"네."

"어디 사시죠?"

"딩월이에요."

"지금 베인 양 때문에 부모님 걱정이 크시겠습니다. 당신을 보러 오셨나요?"

"대학을 나온 후로 부모님하고는 거의 인연이 끊어졌어요."

해미시가 놀란 표정을 지었다. "무슨 대학요?"

"세인트앤드루스 대학교요. 장학금을 받고 다녔죠."

"졸업은 하셨습니까? 학위를 따셨어요?"

"그래요. 수학과 물리학을 전공했어요."

해미시는 의자에 등을 기대고 그녀를 보았다. "그런데 길크리스트 아래서 5년을 일했단 말이죠! 이게 분명 첫 직장이었을 텐데요. 대관절 왜 이렇게 아름답고 고등교육을 받은 여자가 서덜랜드의 이런 작은 마을 치과에 와서 일했던 겁니까?"

"대학을 나왔다고 일이 널려 있지는 않거든요. 대학을 나왔다고 자동적으로 좋은 직업이 따라붙는 건 아니라고요."

"맞는 말이죠. 하지만……"

"맥베스 순경님," 매기가 몸을 일으키며 진지하게 말했다. "순경님은 지금 제가 얼마나 놀라고 지쳤는지 모르시는 것 같네요. 저는 오늘은 더 질문에 답할 정상적인 상태가 아니에요."

해미시도 일어섰다. 그리고 그녀를 유심히 바라보았다. "다시 오겠습니다."

그는 나가다가 정원 문에서 몸을 반쯤 돌렸다. 답이 나오지 않은 의문이 너무도 많았다. 주요한 의문은 그녀가 왜 자진해서 브레이키 같은 따분한 마을의 평판 나쁜 치과에서 접수원으로 일하면서 묻혀 사느냐는 것이었다.

그는 난생처음 사건을 포기하고 스트래스베인에서 해결하게 하고 싶은 마음이 들었다. 하일랜드의 일개 순경이 정보와 진술 전부에 접근하지도 못하면서 무슨 일을 할 수 있겠는가? 그는 길크리스트의 사인조차 알지 못했다.

제4장

나는 너를 혐오에 가까운
무관심으로 바라본다.
로버트 루이스 스티븐슨

해미시는 경찰서에 차를 세우고 암탉들을 단속하고 양들을
확인하고서, 해안을 따라 하일랜드 황혼의 물기 머금은 녹색
빛으로 걸어 들어갔다. 이제는 바람이 누그러진 덕분에 작아
진 협만의 파도들이 자갈 해안을 찰싹거렸다. 항구 옆의 공중
전화 부스가 부드러운 햇빛과 채도가 낮아진 주변의 색 사이
에서 혹독하리만큼 새빨갛게 두드러져 보였다. 타르와 생선
과 경유 냄새가 마을 사람들이 저녁 식사를 준비하면서 풍기
는 음식 냄새와 독한 차 향내 사이로 섞여 들었다.

집 창문 안쪽에서 텔레비전이 빛을 바짝거리며 코흐투에

바깥세상을 데려다주었다. 아마도 지금 마을 사람들은 최근 소말리아에서 벌어진 전투 뉴스를 무심하게 보면서 동네 가까이에서 일어난 더 흥미로운 죽음에 대해 얘기를 나누고 있을 것이었다.

"해미시!" 커다랗고 위압적인 목소리가 들렸다. 웰링턴 목사의 부인이 그에게 저벅저벅 걸어오고 있었다. 그녀는 평소와 다름없이 트위드 정장을 입고, 머리에는 챙에 꿩 깃털을 꽂은 녹색 펠트 모자를 쓰고 있었다.

그는 탈출할 길이 없는지 모색하면서 정신없이 주위를 둘러보았지만, 보이는 것이라고는 그녀밖에 없었다.

그녀가 불도그 같은 얼굴에 힐난의 표정을 잔뜩 짓고서 그에게로 다가왔다.

"이 무시무시한 살인 사건에서 순경님은 뭘 하고 계신가요?"

"하잘것없는 고지 순경이 할 수 있는 일을 하고 있죠. 무슨 불편한 점이라도 있으시면 피터 데이비엇 총경님하고 얘기하세요."

"순경 구역에서 일어난 일이잖아요. 당신은 전에도 사건들을 해결했고."

해미시가 모자를 툭 쳤다. "저는 제가 할 수 있는 일을 하고 있습니다." 그러고서 재빨리 자리를 떴다.

해미시는 마음 저 깊숙한 곳 어디에서 기쁨이 쇄도하기 시작하는 것을 느끼고, 세라와 저녁 데이트 약속이 잡혀 있음을 깨달았다. 이제 살인과 대혼란은 마음속에서 내몰아야 할 시간이었다.

그는 경찰서로 돌아가서 목욕을 하고 중고 의류점에서 산 멋들어진 양복으로 공을 들여 갈아입었다. 스트라이프 셔츠와 프리실라가 사 준 실크 타이도 맸다. 그제야 그는 자신이 가진 단 한 켤레의 좋은 구두를 수선하는 일을 완전히 까먹고 있었음을 깨달았다. 왼쪽 구두 밑창이 너덜너덜해져 있었다. 그는 한숨과 함께 욕설을 내뱉고는 본드를 가지고 와서 아마추어의 솜씨를 발휘해 보았다. 하지만 본드에 손가락들이 딱 붙어 버렸고, 그 손가락은 떨어진 구두 밑창에 들러붙었으며, 피부가 떨어져 나가지 않고는 손가락을 떼 낼 방법이 없게 되고 말았다.

그는 실의에 빠져 브로디 선생 집에 전화를 걸었다. 앤절라가 웃음을 멈추고 난 다음에 자기가 도와줄 수 있을지 보러 오겠다고 말했다.

해미시는 초조하게 시계를 흘긋거렸다. 준비하는 데 시간을 꽤 잡아먹어 이제 8시 15분 전이었다. 앤절라가 부엌문을 두드렸다. "들어오세요!" 그가 소리치고는 그녀를 마중하러 갔다. 그녀는 여전히 신발 밑창에 붙어 있는 해미시의 손을 보고는 피식피식거렸다. "어떻게 해야 합니까?" 해미시가 몹시 분이 나서 다그쳤다.

"앉아요. 안달복달하지 말고." 앤절라가 그를 달래고는 부엌 의자로 데리고 갔다. "매니큐어 제거제로 어떻게 될 거예요."

그녀는 큼지막한 핸드백을 뒤져 매니큐어 제거제병과 솜이 든 봉지를 꺼냈다. 그녀가 솜에 제거제를 적셔서 부지런히 닦자 마침내 해미시의 손이 구두에서 놓여났다.

"앤절라, 당신은 기적이에요. 그냥 부츠나 신어야겠어요."

"당신 경찰 부츠 말이에요, 해미시? 아주 진지하지는 않은 데이트였으면 좋겠네요. 아, 나도 알죠. 토멜성 호텔에 묵고 있는 그 예쁜 여자."

"어떻게 아셨어요?"

"윌리가 사람들한테 다 말했으니까요."

"윌리는 그러고도 남죠." 해미시가 화를 냈다. "누가 내 부츠 따위를 보겠어요. 저는 레스토랑에서 그녀를 만나기로 했어요. 발이야 테이블 아래에 있을 텐데요, 뭐."

"살인 사건은 어떻게 돼 가요?"

"저는 알 길이 없죠, 앤절라. 경찰은 저한테 이 여자, 저 여자한테 가서 심문을 하라고 시키고, 저는 보고서를 타이핑하는 거죠. 다른 진술서는 코빼기도 못 보고요."

"길크리스트는 매기 베인과 사귀었어요."

"그건 또 어떻게 아셨어요?"

"하일랜드의 소문이죠."

"아주 믿을 만한 소문은 아니겠죠. 예쁜 여자란 언제나 입 길에 오르기 마련이니까요."

"내 소식통은 밝힐 수 없어요, 순경 나리. 하지만 꽤나 믿을 만한 거예요. 시뻘겋게 달아오르던 정열이 최근에 식은 것 같아요. 두 달 전쯤에 인버네스의 한 펍에서 둘이 소동을 피웠대요. 매기는 울고 짜고 그는 짜증에 겨워 보였답니다."

"그리고 어쩌다가 로흐두 사람이 그 시간에 그 펍에 있었던 거고요?"

앤절라가 고개를 끄덕였다.

"하지만 매기 베인이라니! 저는 퍽 힘센 남자, 혹은 두 명 이상의 남자들이 냉혹하게 저지른 살인이라고 생각했어요. 바로 그거예요! 두 명 이상이었을 수도 있어요."

앤절라가 부엌을 둘러보았다. 개수대에는 더러운 접시가 높이 쌓여 있었고, 식탁은 사용한 커피 잔으로 뒤덮여 있었다.

"당신이 그 여자를 이리로 데리고 오려는 계획이 아니기를 바라요, 해미시. 무슨 돼지우리 같네."

해미시가 얼굴을 붉혔다. "제가 딴 데 정신이 팔려 있어서 그래요."

"당신을 도와주고 싶지만 나는 돌아가서 저녁을 차려야 한답니다."

해미시가 손목시계를 보고서는 화들짝 놀라서 버럭 소리를 질렀다. "고마워요, 앤절라. 저 서두르지 않으면 늦겠어요."

그는 이내 레스토랑 방향으로 해안을 따라 걷고 있었다. 한 걸음 한 걸음 내디딜 때마다 경찰 지급품인 부츠가 더 커지고 후줄근해지는 느낌이었다.

세라는 이미 와서 창가 테이블에 앉아 있었다. 그녀는 진홍색 모직 원피스를 입고 루비가 박힌 값비싼 금귀걸이를 달고 있었다.

새삼 그녀의 아름다움에 사로잡힌 해미시는 갑자기 수줍은 기분이 들었다.

"좀 늦어서 죄송합니다." 그가 건너편에 앉으며 말했다. "살인 사건 수사를 하느라고요."

"아, 어떻게 돼 가나요?"

월리가 메뉴판을 들고 왔다. 두 사람의 주문을 받고서 월리가 가자 해미시가 유감에 젖어 말했다. "별로 잘 해내고 있지 못해요. 또 말씀드릴 게 있는데, 한 켤레뿐인 좋은 구두의 밑창이 너덜너덜해져서 본드로 붙이려다가 그 빌어먹을 것이 제 손가락에 달라붙는 바람에 의사 선생 사모님이 오셔서 절 구해 주기를 기다려야 했죠."

세라가 웃음을 터뜨렸다. "문을 열고 들어올 때 그 커다란 부츠 봤어요. 신발 갈아 신는 걸 잊었나 보다 하고 생각했죠."

"이렇게 차려입는 게 자주 있는 일은 아니라서요." 해미시가 말했다. 프리실라의 모습이 마음속으로 들어왔고, 그는 창밖을 내다보았다. 그 순간에 그녀가 가까이 있는 것처럼 느껴졌고, 그래서 그는 그녀가 바깥 거리를 걸어 지나가기를 반쯤 기대하는 마음이 되었다.

세라가 그의 슬픈 얼굴을 호기심에 차서 바라보고 말했다. "이 사건 때문에 풀이 죽어 있군요."

"그렇다고 할 수 있죠. 중요한 정보는 하나도 손에 넣지 못하는 평범한 경찰인 게 이렇게 답답했던 건 이번이 처음이에요. 전에는 전화를 걸어서 블레어 경감인 척 속이고는 검시 보고서 내용을 알아냈죠. 위스키로 구슬려서 진술서를 보기도 하고요. 하지만 이번에는 이상하게 그런 꼼수를 다시 쓸 의지가 생기지 않는단 말이죠."

그녀가 그를 잠시 곰곰이 보다가 물었다. "경찰서에 컴퓨터 있어요?"

"네, 요즘에 컴퓨터가 구비되지 않은 경찰서는 없죠."

"제가 컨설팅 회사에서 일한다고 말했던가요?"

"아뇨, 저는 당신이 사람들에게 재정 문제에 관해 자문하는 일을 하고 있다고 생각했는데요."

"저는 시스템 분석가예요. 그것 때문에 프리실라를 만났죠. 제가 몇 년 전에 한 경영대학교에서 컴퓨터 강의를 했거든요."

윌리가 그들의 음식을 내왔다. 그는 음식을 내려놓고도 그들의 대화에 끼고 싶어서 한동안 테이블 주변을 떠나지 않고 맴돌았다. 하지만 그날 레스토랑은 붐볐고, 그는 곧 사라졌다.

"프리실라는 어떻게 지내나요?" 해미시가 물었다.

"제가 알기로는 아주 잘 지내요. 사교 생활을 아주 열심히 하고 있죠."

"사귀는 남자 친구는 있나요?"

"어떤 증권 중개인하고 다니는 모습이 눈에 띈다던데요."

해미시는 음식을 집어 올렸다.

"당신하고 프리실라 사이에 뭔가가 있었나요?" 그녀가 풀 죽은 그의 얼굴을 살펴보고서 부드럽게 물었다.

"아니요, 아니에요." 그는 거짓말을 했다. 문득 프리실라는 잊고 싶어졌다. 그녀라는 유령이 이 밤을 망치고 있었다.

세라가 포크에 파스타를 깔끔하게 말았다. "제가 당신을 도울 수 있을지도 모르겠는데요."

"무슨 말이에요?"

"그러니까 경찰서 메인 컴퓨터를 한번 해킹해 보면 어떨까 생각해 봤는데, 당신이 그걸 불법이라고 생각할까요?"

해미시의 얼굴이 환해졌다. "아, 아니요. 그러니까 제 말은 제가 경찰이잖습니까. 이 사건에 어느 정도는 참여하고 있죠. 그렇게 해 주시면 골칫거리가 상당히 줄어들겠는데요. 해 줄 수 있어요?"

"모르겠어요. 시도는 해 볼 수 있죠."

"그렇다면 아주 좋겠는데요." 해미시는 말을 하다가 자기 집이 얼마나 엉망진창인지 갑자기 기억이 났다. 하지만 이튿날로 일을 미루면 그녀가 마음을 바꿀지도 모른다는 생각이 들었다.

"당신 상관은 어떤 사람이고, 이름이 뭐예요?" 세라가 물었다.

"블레어 경감이라고 합니다. 글래스고 사람이고, 목이 두툼하고 술 문제가 있어요. 고약한 인간이에요. 내가 자기를 대신해서 사건을 풀어 주기를 원하면서도 마지못해 해야 할 때만 빼놓고는 나에게 어떤 정보도 주려고 들지 않아요. 이 좋은 밤을 그 사람 얘기나 하면서 망치고 싶지가 않군요. 당신은 만나는 사람이 있나요?"

"없어요." 그 '없다'는 말은 상당히 퉁명스러웠고, 그녀의 눈꺼풀이 아래로 내리감겼다.

그가 재빨리 말했다. "이렇게 북쪽까지 전에도 와 본 적 있나요?"

"그게요, 스코틀랜드는 태어나서 이번에 처음 와 본 거랍니다. 이렇게 북쪽까지는 고사하고 말이에요. 이곳은 완전히 다른 세상이에요, 그렇죠? 서덜랜드 지역을 약간 걸어 다녔는데, 왼쪽을 봐도 오른쪽을 봐도 인간이 만든 건 아무것도 없는 거예요. 좀 겁이 나더군요. 꼭 다른 행성에 있는 것 같은 기분이랄까. 그러고는 이곳까지 왔는데, 겁이 덜컥 나더군요. 조용한 날에 걷고 있는데, 그러다가 작은 바람이 불더니, 밑도 끝도 없이 어마어마한 돌풍이 갑자기 돌진해 와서는 고함을 지르고 비명을 질러 대며 하늘을 갈라놓는 거예요. 그래서 바람에 얻어맞지 않게 해 달라고 기도하며 앞으로 걸어가는데, 무슨 살아 있는 생명체처럼 달려들어 난도질을 하고, 그러다가는 휙 솟구쳐서는 갑자기 죽어 버리지 뭐예요."

"언제 떠날 계획입니까?"

"며칠 있다가요. 이런 안락함을 다시 누리다니 좋아서 어쩔 줄 모르겠다는 말을 하지 않을 수 없네요. 하지만 이렇게 걸어다녀 본 게 저한테는 좋았어요. 만사에서 놓여나니까 안도감이 들어서요."

그들은 한동안 다정한 침묵 속에서 식사를 했다. 그러다가 그녀가 물었다. "사람들은 왜 살인을 할까요?"

"여기가 스트래스베인이라면, 십중팔구는 술이나 마약 때문이겠죠. 대개는 가정폭력입니다. 남편이 술에 취해 집에 와서 아내를 두드려 패는데 언제 멈춰야 할지를 모르는 거죠. 하지만 작은 마을에서 살인 사건이 일어난다면, 보통 치정이나 돈이 이유예요."

"이번 사건은 어떻게 생각하는데요?"

"아는 게 별로 없어요. 알고 보니 치과 접수원인 매기 베인이 그와 사귀었던 것도 같아요. 하지만 그녀가 범인일 수는 없어요. 10시에서 11시 사이에 잡무를 보러 외출했었으니까요."

"그 시간 전에 살인이 일어났을 수도 있지 않나요?"

그가 머리를 흔들었다. "매기 베인이 나가기 직전에 길크리스트는 해리슨 부인이라는 환자를 보고 있었어요. 그는 10시에는 멀쩡하게 살아 있었습니다."

"시작해 보는 게 좋겠군요." 그녀가 말했다. "경찰서에 가서 커피 한잔 주시죠."

호기심에 젖은 하일랜드 사람들의 눈이 그들이 떠나는 모습을 지켜보았다. 윌리는 총알같이 레스토랑 문으로 튀어 가 몸을 밖으로 빼고 두 사람이 바닷가를 따라 걸어가다가 경찰서로 가는 길로 꺾어 드는 모습을 지켜보았다.

"해미시와 함께 집으로 들어갔어요." 그가 몰려든 손님들에게 발표했다. 동네 사람들이 짓궂게 웃음을 지었다. 한 명의 이방인만 빼고. 육중한 남자는 자기 아내가 아닌 여자와 저녁을 먹고 있었고, 이 동네 뒷소문이 심상치 않음을 깨닫고 불편한 기분이 되었다.

해미시는 부엌 불을 켰다. "아늑하네요." 세라가 재킷을 벗으며 말했다.

부엌은 어슴푸레하게 빛났고, 장작 스토브가 즐겁게 타오르고 있었다. 더러운 접시는 전부 설거지가 되어 있었다. 식탁에 메모가 놓여 있었다. 해미시는 메모지를 집어 들고 읽었다. '즐겁게 보내요, 앤절라가.' 그는 손으로 메모지를 구겨 주머니에 쑤셔 넣었다.

"커피부터 내리고 컴퓨터 있는 데로 안내할게요. 우유하고 설탕?"

"블랙으로 부탁해요."

그는 머그잔 두 개에 커피를 내리고 경찰 사무실로 그녀를 데리고 갔다. 그녀가 컴퓨터 앞에 앉았다. "가서 책을 읽든지, 뭐 딴 일을 하는 게 좋겠어요, 해미시. 이게 시간이 좀 걸릴 수도 있는 일이거든요."

"제가 할 수 있는 일은 아무것도 없나요?"

"기다리면서 기도하는 것 말고는요."

해미시는 거실로 나갔다. 앤절라가 난로에서 재를 다 치우고 불을 붙일 준비를 해 놓은 상태였다. 그는 성냥불을 붙이고 타닥거리며 타오르는 불 앞에 앉았다. 그러다가 일어나서 텔레비전을 틀었다. '대안' 코미디를 한다는 코미디언이 재미없는 농담을 주워섬기고 있었다. 해미시의 마음속에 '대안'이란 '유머가 없음'을 뜻했다. 그는 채널을 돌렸다. BBC 2에서 자연 다큐멘터리가 나오고 있었는데, 그는 프로그램이 끝나기 전에 어떤 피조물이 또 다른 피조물을 찢어발기고 파괴할 것임을 알았다. 다시 채널을 돌리자, 빅토리아 시대를 그린 드라마가 나왔다. 코르셋 아래 노골적인 섹스를 그린 드라마이기 십상이었다. 빅토리아 시대에도 떳떳한 삶을 영위했던 가족들이 분명 꽤나 있었을 텐데, 텔레비전에 따르면 그런 가정은 전혀 없었다. 해미시가 볼 수 있는 마지막 채널에서는 버디 무비, 흑인 경찰과 백인 경찰이 유대감을 쌓아 가는 영화가 나왔다. 해미시는 기분 좋게 등을 기대고 앉아서 로스앤젤레스의 거리에서 일어나는 허구의 아수라장을 감상했다.

눈이 차츰 감기기 시작하고, 그는 깊고 어두운 꿈속으로 빨려 들어갔다. 꿈에서 그는 길크리스트 치과의 진료 의자에 앉아 있고, 길크리스트가 그의 위로 몸을 숙여 드릴을 휘둘렀다. "아프지 않을 겁니다." 길크리스트가 해미시의 어깨를 흔들며 말했다.

해미시는 잠에서 깨어 세라가 자신의 어깨를 흔들고 있음을 깨달았다. 세라는 종이 다발을 들고 있었다.

"성공이에요!" 그녀가 말했다. "당신이 원할 만한 걸 그냥

다 프린터로 뽑았어요."

해미시는 눈을 비비며 똑바로 앉았다. "경이롭네요." 그가 눈을 끔뻑거리면서 종이 다발을 보았다.

"병리학자의 보고서가 가장 위에 있어요." 세라가 뿌듯하게 말했다.

해미시는 일어나서 텔레비전을 끄고 당황스러운 눈으로 시계를 보았다. "미안해요, 세라. 새벽 2시나 되어 버렸네요."

"전 내일 늦잠 자도 돼요. 병리학자의 보고서부터 제일 먼저 읽어요."

해미시는 다시 앉아서 차근차근 읽기 시작했다. "이거였군요." 그가 마침내 입을 열었다. "니코틴 중독. 길크리스트는 담배를 피우지 않았어요. 그는 의자에 끌려가 앉혀졌고, 사후에 이에 드릴질을 당했어요. 이런! 니코틴 중독에 대해서는 아는 게 쥐꼬리만큼도 없는데."

"제가 알기로는 제대로 된 도구만 있으면 시가 세 대에서도 독살에 충분한 니코틴을 뽑아낼 수 있어요." 세라가 안락의자에 앉으며 말했다. "학교 다닐 때 실험실에서 실험을 했던 게 기억나요. 선생님은 단 한 개비의 담배에서 얼마나 오물이 많이 나오는지 가르쳐 주고 싶어 하셨죠."

"매기 베인은 물리학과 학생이었어요."

"그렇다고 화학 공부를 했다는 뜻은 아니죠."

"하지만 뭐 그게 그거겠죠."

"그렇지도 않아요." 세라가 말했다. "제 친구 하나가, 학교 다닐 때 물리는 정말 잘했는데, 화학 시험에서는 낙제할 뻔하기까지 했어요."

"실험실 도구에 손을 댈 수 있는 누군가여야겠군요."

"그게 그렇게 어려운 일인지는 잘 모르겠어요. 여느 학교의 실험실 장비 정도면 할 수 있을 거예요. 증류기 같은 것만 있어도 될걸요."

"증류기! 하일랜드에는 불법적인 증류기가 널려 있을 거라는 데 내깃돈을 걸죠. 그게, 어디서 증류기를 찾아낼 수 있을지 알 것 같아요. 당신을 얼른 호텔에 데려다주고, 난 돌아와서 이 서류를 좀 검토해도 될까요? 아까 레스토랑에는 어떻게 왔습니까?"

"걸어서요."

해미시는 그녀의 하이힐을 바라보았다. "꽤나 먼 길인데. 내가 데리러 갈 걸 그랬어요. 생각을 제대로 하지 못하고 있었네요. 경찰서 메인 컴퓨터는 어떻게 뚫은 겁니까?"

그녀가 빙그레 웃었다. "영업 비밀이에요."

그는 그녀가 어마어마하게 좋아지는 걸 느끼며 마찬가지로 미소를 지었다. 하지만 손에 넣은 서류에 너무 흥분해서 육욕에 대한 탐닉은 더 이상 이어지지 않았다.

그는 밤을 지나 토멜성 호텔에 그녀를 데려다주었다.

"저자 또 시작이군." 네시 커리가 들췄던 커튼을 내려놓으면서 언니에게 말했다.

"누구? 누구?" 껌껌한 더블 침대에서 그녀의 언니 제시가 다그쳤다.

"언니 목소리 꼭 부엉이 같다." 네시가 말했다. "저 해미시 맥베스란 놈, 그놈이지 누구야. 그 토멜성 호텔에서 묵고 있다는 아가씨를 차로 데려다주고 있구먼."

"프리실라는 저자에게 너무도 과분했지, 너무도 과분했어. 그놈은 바람둥이야. 가여운 프리실라, 가여운 프리실라."

세라는 랜드로버 경찰차에서 내려 차를 돌아 운전석 쪽으로 가서 까치발을 들고 열린 차창 너머로 해미시의 볼에 입을 맞추었다.

"내일도 당신을 볼 수 있을까요?"

"저는 나가서 순찰을 돌 겁니다." 해미시가 말했다. "제가 읽은 것을 두고 당신과 얘기를 나누고 싶어요. 점심시간 무렵에 전화 드리겠습니다."

그는 손을 흔들고서 경찰서로 돌아와 진술서를 하나하나 읽어 보려고 자리를 잡았다.

치과 의사의 전 부인인 지니 길크리스트는 경찰 수사국에 해미시에게 했던 것과 거의 똑같은 얘기를 했다. 해리슨 부인의 진술은 그녀가 그에게 했던 그 어떤 말보다도 심지어 더 미친 것 같았다. 이제 매기 베인 차례였다. 그의 눈이 크게 뜨였다. 그녀의 진술서에는 그녀가 길크리스트와 어떤 관계가 있었다는 말은 눈을 씻고 찾아봐도 없었다. 하일랜드에서 비밀로 유지될 수 있는 일이란 아주 적다는 것을 그녀도 모를 리가 없었다. 만약 경찰이 그녀가 길크리스트와 사귀고 있었다는 사실을 알아낸다면 그녀를 한층 더 의심할 것이었다. 해미시가 시신을 발견하고 난 바로 다음에 어린 아들 제이미와 함께 치과에 왔던 앨버트 부인은 길크리스트 치과에는 처음 간 것이라고 진술했다. 그녀도 길크리스트가 사람들 이를 "아작 낸다"는 소문은 들었지만, 느긋하게 스트래스베인이나 인버네스에 다녀올 시간이나 돈이 없었다고 했다. 그리고 길크리스트 치과는 저렴했다.

면담을 한 다른 환자들이 한 얘기도 거기서 거기였다. 그들은 해미시처럼 느닷없이 눈앞이 노래지는 치통의 습격을 받고, 가장 가깝고 싼 치과에 갈 생각 말고는 그 어떤 생각도 할 수 없었다. 사람들은 말하고는 한다. "1930년대나 40년대 영국이 어땠을지 궁금해." 스코틀랜드의 하일랜드 지역에 와 보면 되지, 해미시는 생각했다. 좋지 않은 치아 상태와 소화가 잘 안 되는 음식, 여성해방운동이 발붙일 곳을 찾지 못하는 영국 최후의 구석, 그는 아침 일찍 일어나 호텔 방을 청소하고 아침 식사를 준비하던 한 소작농의 아내를 기억했다. 소작지로 돌아오면 그녀는 양의 분만을 도와야 했다. 저녁이면 호텔로 돌아가 저녁 식사를 준비했다. 그리고 자정이 되어 집으로 돌아온 어느 날 밤에 그녀는 남편에게 말했다. 남편은 벽난로 앞 깔개에 누워 있었다. "나 병원에 좀 가 봐야겠어요, 앵거스. 요즘 말도 못 하게 피곤해서." 앵거스가 말했다. "어휴, 이 여자야. 당신 문제가 뭔지 내 얘기해 줄까? 당신은 그냥 빌어먹게 게으른 거야." 농부의 아내는 자부심과 감탄을 담아 웃었다. 그리고 말했다. "당신들 남자들이 다 그렇지."

해미시는 종이를 넘겼다. 빙고, 찾던 게 나왔다. 마을 주민인 리키 부인이 한 말이었다. "길크리스트 씨는 매기 베인과 사귀고 있었어요. 내 두 눈으로 똑똑히 봤어요. 매일 밤 그녀의 집으로 들어가고 아침이 되어서야 차를 몰고 떠났죠."

이 진술서는 해미시가 매기 베인을 만나고 나서 얼마 지나지 않아 해리 맥내브 형사가 받은 것이었다. 블레어라면 진술서를 읽고서 접수원을 다시 스트래스베인으로 데려오게 한 다음 또 한바탕 닦달을 해 댈 것이었다.

하지만 마을 주민, 환자들이 한 모든 진술에서 하나같이 빠진 것이 있었으니, 꼭 있어야 할 증오였다. 엄청난 힘을 요구하는 살인이 아니었다면, 해미시에게 매기 베인은 당연히 1번 용의자였을 것이다. 그녀에게 공범이 있었다고 한다면 말이다. 그녀가 쇼핑을 하러 간 의문의 한 시간이 있었다. 그녀는 길크리스트와의 연애 말고도 경찰에 얘기하지 않은 무언가가 분명히 있었다. 아니면 그녀가 이 살인 사건과는 아무런 관련이 없다면, 길크리스트가 누군가를 기다리고 있었을 수도 있을까? 매기가 그 사람을 보거나 그 사람과 나누는 얘기를 듣는 걸 바라지 않는 누군가를?

그는 병리학자의 보고서로 되돌아왔다. 범인은 커피에 니코틴을 탔다. 병리학자는 그 점을 확신하는 것 같았다. 다시 매기 베인으로 돌아온다.

그는 그녀의 진술서를 집어 들었다. 그녀는 평소대로 커피를 타서 진료실에 가져다주었다. 그때 그는 커피를 마시지 않았다. 그녀는 커피를 창가에 있는 책상 위에 올려 두고 나갔다. 하지만 그녀는 길크리스트가 커피에 설탕을 넣는 걸 알고 있었어, 해미시는 생각했다. 어떤 독의 맛도 지워 버릴 양의 설탕을 넣는다는 것을.

다른 진술서로 돌아가 보았다. 맥빈 부인의 진술서가 있었다. 이 여인의 성질머리가 종이 위로 튀어나오는 것 같았다. 그녀는 길크리스트 치과에 다닌 지 2년째였다. 그녀의 치아에는 늘 문제가 있었다. 그냥 뽑아 버리는 게 나을 정도였다고 했다.

살인이 일어나기 전날 그녀의 딸 달린은 처음으로 길그리스트 치과에 간 것이었다. 그렇다. 그녀는 치과 밖에서 길크리스트를 만난 적은 한 번도 없다고 했다.

해미시는 피곤에 절어 눈을 비볐다. 검시 보고서와 진술서를 손에 넣었을 때 느꼈던 크나큰 기쁨은 빠르게 시들해지고 있었다. 그 어느 때보다도 뒤죽박죽 혼돈 상태에 빠진 것만 같았다. 하나씩 하나씩 하자, 그는 서류를 옆으로 밀어 놓고 생각했다. 푹 자고 증류기에 대해 물어보러 다녀야겠다고.

아침에 그는 점쟁이 앵거스 맥도널드를 만나러 언덕을 걸어 올라가 봐야겠다고 마음먹었다. 늙은 앵거스가 정말로 미래를 내다볼 능력이 있는지에 대해서 해미시는 매우 회의적이었다. 하지만 앵거스는 자기가 할 수 있는 한 하일랜드의 마지막 소문거리 한 조각까지 다 긁어모은다는 명성을 유지하고 있었다.

동쪽에서 북극풍이 불어왔다. 산봉우리들은 눈에 뒤덮였고, 바람에 실린 금속 같은 냄새가 눈이 더 올 것임을 예고했다. 점쟁이의 집은 한 언덕 꼭대기, 길이 끝나는 곳에 있었다. 꼭 어린이책 삽화에 나오는 것 같은 집이었다.

해미시가 다가가자 앵거스가 문을 열었다. 앵거스는 긴 잿빛 머리와 길게 기른 잿빛 수염 때문에 오히려 더 별 볼 일 없는 예언자처럼 보였다.

"내 도움이 필요할 줄 내 알았지." 그가 짤막하게 말했다. "들어오게."

색이 연한 그의 눈이 해미시를 위아래로 샅샅이 훑었다. 기대하던 선물이 없나 보는 것이었다. 그러더니 몸을 돌렸다. 사람들은 보통 이 점쟁이에게 뭐라도 가져왔다. 위스키나 집에서 만든 케이크 같은 것 말이다. 오직 해미시 맥베스만이 그런 수고를 들이지 않았다.

"자, 해미시. 앉으시오." 점쟁이가 토탄 불 위에 검게 탄 주전자에 매달아 놓은 쇠사슬을 잡아 흔들었다.

"그럼 이제," 그가 눈에 악의를 번뜩이며 말을 이었다. "우리의 해미시 맥베스의 삶에 로맨스가 다시 찾아왔더군. 하지만 내 눈에는 어떤 희망도 보이지 않아. 눈곱만큼도 보이지 않는단 말이야, 친구."

"난 지금 제 애정사에 관심이 있는 게 아닙니다, 앵거스." 해미시가 딱딱하게 말했다. "치과 의사는 치사량의 니코틴에 중독되어 살해당했습니다. 이 니코틴은 증류기를 통해 담배나 시가에서 추출할 수 있었겠죠. 브레이키에서 증류소를 운영하는 사람이 누가 있습니까?"

"그래, 우리 차부터 먼저 들지. 나는 가난한 사람이라네, 해미시. 그리고 슈퍼마켓에서 사다 먹는 양식장 연어는 자연산하고는 다르단 말이지. 그리고 난 강에서 나는 연어를 믹어 본

지가 수십 년은 된 것 같고 말이야."

"이 늙은 거지 같으니." 해미시가 기분이 상해서 내뱉었다.

"아이고, 남 말 하고 있네."

"좋아요. 연어 잡아 드리죠."

"언제?"

"오늘 밤에요. 잡아서 내일 가져올게요."

"착한 친굴세." 앵거스가 난로에서 끓고 있는 주전자를 꺼냈다. 그는 찻주전자를 채우고, 머그잔 두 개에 차를 따랐다.

"자, 보자." 그가 의자에 편안히 기대며 읊조렸다. "불법 증류소를 알고 싶은 거겠지. 나는 정직하게 말한 죄로 체포를 당하고 싶지는 않은데."

"증류소를 운영하는 게 부정직한 짓이라는 거 알잖아요, 앵거스. 그냥 누군지 말해 줘요. 주인에게 몇 가지 물어보고 그들이 살인 사건에 연루된 게 아니라면, 이 문제는 더 따지고 들지 않을 테니까요." 그들이 주민들을 인사불성으로 만드는 물건을 생산하는 게 아니라면 말이지, 해미시는 생각했다.

앵거스가 눈을 감았다. "잠깐만 영의 세계와 의논을 해 보겠네."

해미시는 짜증이 나서 터지려는 고함을 억눌렀다.

"그래, 남자 두 명이 보이는군. 스마일리 형제의 농가처럼 보이는 작고 하얀 집이 있어."

"스투리와 피트 스마일리 말입니까?" 해미시가 날카롭게 답을 요구했다.

앵거스가 눈을 뜨더니 힐난하는 눈으로 해미시를 응시했다. "자네가 혼령들을 겁주어 쫓아 버렸잖아."

"아, 정말로요? 범죄자 혼령들은 아니고요?"

"혼령은 경박한 걸 좋아하지 않아. 그래, 나라도 자네한테 너무 빡빡하게 굴면 안 되는데. 토멜성 호텔에 있는 그 어여쁜 아가씨가 자네에게 고통과 비탄을 불러일으킬 테니까."

"내가 무슨 생각 하는 줄 아세요?" 해미시가 말했다. "내 생각에 당신은 파멸과 비운만을 예보해요. 그게 모든 사람이 당신의 예언에 대해 기억하는 전부이고, 만약 당신이 주야장천 파멸과 비운만을 예보한다면, 그중 어떤 건 실현되고 마는 거고요."

"자넨 그저 나한테 연어를 가져다주겠다는 약속을 지켜야 하니까 빈정이 상한 것뿐이야."

해미시는 잔을 비우고 문으로 걸어갔다. 그 앞에서 난로 옆 의자에 앉아 악랄하게 미소 짓고 있는 점쟁이에게 고개를 끄덕였다.

"당신의 모든 예언은 소문에 기반을 두고 있죠, 앵거스. 토멜성 호텔에 묵는 여자에 대해서는 무슨 얘기를 들었습니까?"

"나는 오지 내 머릿속 목소리들만을 듣는다네, 해미시. 그 목소리들은 그녀가 자네 짝이 아니라고 내게 말하고 있어."

해미시는 신물이 나서 탄식을 뱉어 내고는 언덕을 뚜벅뚜벅 내려왔다. 세라 생각을 할 때가 아니었다. 그는 원하는 걸 손에 넣었다. 브레이키의 불법 증류소. 만약 지금 블레어에게 이 사실을 말한다면, 경찰 특수기동대가 출동해서 스마일리 형제 집을 덮치고 그들의 작은 농지와 집을 쑥대밭으로 만들 것이었다. 그리고 특수기동대는 온갖 법석을 떨며 출동할 것이 분명해서, 그들이 형제의 집에 미처 도착하기도 전에 하일랜드의 북소리가 둥둥 울려 퍼질 것이고, 그들이 도착했을 무렵이면 증류소는 흔적조차 남아 있지 않을 것이었다.

해미시는 매기 베인을 대면하고 싶어서 조급해졌다. 하지만 그녀는 경찰 본부로 다시 불려 갔다고 했다.

그는 경찰차를 가지러 경찰서로 돌아왔다.

지미 앤더슨이 바깥에서 얼쩡거리고 있었다.

"수사는 어떻게 되어 가나요, 해미시?"

"모든 기밀로부터 따돌림을 당하는 동네 경찰이 수사할 수 있는 만큼을 하고 있죠."

"그게, 스트래스베인에서 소동이 일어났어요. 간밤에 어떤 해커가 경찰 컴퓨터에 있는 기록을 열었어요."

"그럼 왜 해커를 찾으러 다니지 않고요?"

지미가 사악한 미소를 지었다.

그리고 해미시의 어깨에 팔을 둘렀다. "당신 집 안을 살짝 둘러볼까요? 그리고 맞아요, 나는 해커를 찾고 있어요. 왜 내가 이곳에 왔을 거라고 생각해요?"

제5장

스코틀랜드인에게 농담을 잘 이해시키려면
외과 수술이 필요하다.
시드니 스미스 목사

해미시의 정신이 맹렬하게 돌아갔다. 어떻게 알아낸 거지?
자신은 보고서를 정리하는 데 꼭 필요한 기본적인 워드프로
세서 말고는 컴퓨터에 대해서는 쥐뿔도 모르는데 말이다.

"당신을 작살내기 전에 화장실부터 써도 되겠습니까?" 지
미가 말했다.

"그래요, 저쪽이에요."

지미가 화장실로 갔고, 해미시는 경찰서 사무실로 달려가
프린트한 서류 더미를 붙들고서 남색 제복 스웨터 아래에 쑤
셔 넣었다. 전화가 울렸다.

"해미시?" 세라의 목소리가 들려왔다.

화장실에서 물 내리는 소리가 들렸다.

"세라," 해미시가 황급하게 말했다. "경찰이 해킹당한 걸 알고 나를 의심하고 있어요."

"정확히는 못 알아내요."

"왜요? 어떻게요? 내가 어떻게 해야 하죠?"

"자백하지 말고 아무것도 모르는 것 같은 표정으로 있어요."

지미가 사무실로 들어왔다.

"그 일은 제가 곧바로 살펴보겠습니다, 부인." 해미시가 말했다.

"나중에 전화해요." 세라가 말하고 전화를 끊었다.

해미시가 지미에게로 얼굴을 돌렸다. "내게 어떤 컴퓨터라도 해킹을 할 만한 전문 지식이 있다고 생각하신다니 영광이군요."

"당신은 영리해, 해미시. 어젯밤에 누군가가 블레어의 기록에 침입했는데, 블레어가 열어 본 건 아니었지."

"누구 컴퓨터광이나 찾아봐요, 지미. 나 괴롭히러 오지 말고. 블레어는 미쳤어요. 그가 어떤 사람인지 형사님도 알잖아요. 무슨 문제라도 하나 생겼다 하면, 그게 틀림없이 나 때문일 거라고 단정 짓는 거."

지미가 책상 앞에 앉아 가장 아래 서랍을 열었다. "위스키는 어디 있죠?"

"말해 주면 안 될 것 같은데요." 해미시가 성마르게 말했다. "그냥 돌아가서 블레어에게 무고한 경찰을 괴롭히지 말고 범죄자들이나 찾으라고 해요."

"그렇게 까칠하게 굴 건 또 뭐예요. 나야 그 고약한 덩치에게서 벗어나는 기회다 생각하고 온 거지."

"좋아요. 위스키 한잔하셔도 됩니다. 그러고 나서 가셔야 해요."

해미시는 부엌으로 가서 식료품 사이에 있는 위스키병을 찾아냈다. 잔 하나를 챙기고 지미가 있는 곳으로 돌아왔다.

"좋아, 친구, 넘치도록 따라 봐요."

"형사님도 블레어만큼이나 술 때문에 골치 아픈 일에 휘말릴 겁니다." 해미시가 한마디 했다.

"나는 아니지. 나야 싫으면 그길로 관두면 돼요. 요즘 술과 관련해서 내가 가진 유일한 문제는, 아무리 마셔도 부족하단 거예요."

"그래, 블레어가 그 해커에 대해 어떤 조치를 하고 있죠? 당신을 보내서 나를 짜증 나게 하고 내 스카치를 축내는 걸로 시간 낭비하는 거 말고?"

"누군가가 자기 암호를 알아냈는데, 누구한테도 암호를 알려 준 적이 없다고 말하고 있죠."

"아마 웬 술집에서 목청껏 떠벌렸겠죠. 암호가 뭐였다고 합니까? 설마 지금은 바꿨겠지만요."

"개소리."

"아니, 지미, 정말로요. 암호가 뭐였냐니까요?"

"난 진지하게 말하는 거예요. 귀 청소 좀 해요. 암호가 개소리였다니까."

세라 같은 품위 있는 숙녀가 대체 어떻게 그걸 알아냈을까, 해미시는 혀를 내둘렀다.

"그래서 뭐 새로운 거 있어요?" 그가 마침내 소리 내어 물었다.

"매기 베인이 길크리스트와 사귀었다는 거요. 그러니까 그녀가 길크리스트와 사귀지 않았다고 말한 건 새빨간 거짓말이었다는 얘기예요. 그런 거짓말을 했다는 건 다른 모든 것에 대해서도 거짓말을 했다는 근거가 될 만하다는 거고요. 그녀는 자신의 좋은 평판을 잃고 싶지 않다는군요. 기가 막힐 일 아니에요? 무슨 빅토리아 시대 소설도 아니고. 어쨌거나 그녀는 다른 모든 진술은 그대로 고수하고 있고, 블레어가 아무리 소리치고 을러대도 꿈쩍도 하지 않아요."

"그럼 누가 또 있나요? 또 길크리스트의 사인은 뭡니까?"

"니코틴 중독요."

"아, 그거였군요. 길크리스트는 담배를 피우지 않았어요."

"그건 어떻게 압니까?"

"어디에도 담배나 재떨이가 없었고, 병원 벽에 커다랗게 금연 표지판이 붙어 있었거든요."

"이봐요, 해미시. 요즘엔 어느 병원을 가나 금연 표지판을 붙여 놓는다고요."

"하지만 그는 접수대에다가 흡연의 유해성을 알리는 포스터까지 두 장이나 붙여 놓았다고요. 흡연자라면 그런 것까지는 붙이지 않았을 겁니다."

"내가 듣기에는 너무 과대 해석인 것 같군요. 매기 베인이 붙였을 수도 있죠."

"하지만 그녀가 붙인 게 아니에요. 그녀 자신이 흡연자니까요."

"그건 그녀가 하는 말이겠고. 아, 좋아요. 길크리스트가 담배 연기를 뿜는 걸 본 사람은 아무도 없으니까. 어쨌거나 그가 만약 담배를 피웠다고 해도, 아무리 담배를 많이 피워도 니코틴 중독으로 죽을 수는 없어요."

"그러니까 매기 말고 경찰에서 가장 총애하는 용의자는 누굽니까?"

"내가 알면 복 받은 거게요?"

"절도 사건은 어떻게 돼 가고 있습니까?"

"조니 킹은 음주운전에 따른 두 가지 혐의로 형을 산 적이 있어요."

"형을 살았다고요?" 해미시는 어리둥절했다. "그냥 면허 취소만 하는 줄 알았는데."

"두 번째 혐의가 경찰서 앞으로 차를 몬 거예요. 피터 샘슨은 전과가 없어요. 가정적인 남자고. 사생활도 깨끗해요."

"맥빈은요?"

"자, 이제 내가 머리를 좀 굴려야겠는데, 위스키 더 없어요?"

해미시는 한숨을 내쉬고서 병을 그에게 밀었다.

지미는 넉넉하게 한 잔 따르고는 의자에 등을 기대고 다리를 책상에 올렸다.

"맥빈은 곤란에 처한 적이 한 번도 없어요. 내 말은 체포된 적이 한 번도 없다는 거죠. 그자는 셀커크에 있는 호텔 하나를 오랫동안 운영했는데, 어느 날 갑자기 잘렸어요. 소유주들은 이익이 끝도 없이 하락했다고 얘기하더군요. 하지만 맥빈을 붙잡을 증거가 아무것도 없었답니다."

"맥빈 부인은요?"

"그쪽도 아무것도 없어요. 결혼 전 이름은 애그니스 맥워터예요. 리스에서 태어났고, 맥빈과는 25년 전에 결혼했죠. 고약한 인종이에요. 뭐든 성질부터 부리고 보죠."

"남편이 그녀를 팬다는 보고서 같은 건 없습니까?"

"없어요. 하지만 그가 주기적으로 그래 주었으면 하는 바람은 있네요. 내가 만약 그런 여자와 결혼했다면, 나라도 주먹이 가만있지 않았을 테니까."

"길크리스트와 매기 베인이 인버네스의 한 펍에서 드라마를 찍었다는 소문이 들리던데요. 만약 두 사람이 헤어졌다면, 어쩌면 새로운 여인이 그들 사이에 등장했다고 추측해 볼 만하지 않은가요?"

"만약 새 여자가 있었다면," 지미가 말했다. "조만간 뭐가 드러나겠죠."

"그리고 전 부인이 있단 말입니다." 해미시가 속으로 하던 생각이 입 밖으로 나왔다. "그녀는 그와 부부였습니다. 괜찮은 여자처럼 보였지만, 겉만 보고서는 절대 모를 일 아닙니까? 그녀는 어쩌면 그를 독이라도 보듯이 증오했을지도 모르죠."

"그에게서 벗어났는데 그를 제거할 이유가 어디 있겠어요?"

해미시가 위스키병을 집어 들고 뚜껑을 닫았다. "형사님을 더 붙잡아 두고 싶지 않네요. 저도 할 일이 있고요."

"아, 그렇군요. 암탉 모이 주는 걸 잊었나 봐요?"

마침내 지미가 떠나는 모습을 보고서 해미시는 사무실로 달려가 전화통을 붙들고 토멜성 호텔로 다이얼을 돌려 세라를 바꿔 달라고 부탁했다.

그녀가 전화를 받자 그가 물었다. "블레어의 암호를 어떻게 알아낸 거예요?"

그녀의 목소리가 즐겁게 흘러나왔다. "당신 사무실에서 한 스무 가지쯤은 되는 비밀번호를 조합해 보면서 죽치고 있었죠. 블레어가 어떤 사람인지 당신이 해 준 말을 듣고 암호가 욕일 거라고 확신했어요. 괜찮은 거예요? 경찰에서는 누가 블레어의 비밀번호를 썼다는 건 알게 되겠죠. 하지만 음주 문제가 있는 사람이라면 자기가 정말로 누구한테 얘기하지는 않았는지 의심이 들기 시작할 테고, 기억해 내지도 못할 거예요. 저라면 걱정할 일 아니라고 하겠어요. 지금은 뭐 해요?"

"몇 명 면담을 하러 가려고요. 아마추어 수사 놀이를 할 기분이 나시는지?"

"제가 당신과 함께 갔으면 한다는 얘기예요?"

"아뇨, 혹시 당신 혼자 스코츠먼 호텔로 가서 거기가 어떻게 돌아가는지 듣고 오고 싶은 생각이 있는지 해서요. 그 사람들은 나를 보면 입을 열지 않을 거예요. 하지만 낯선 관광객 앞에서는 입조심을 덜할 수도 있으니까요."

"좋아요. 해 보고 싶은 마음이 들어요."

해미시는 수화기를 세게 쥐었다. "그리고 혹시 우리 나중에 만날 수 있을까요? 제가 데리러 갈 수 있는데."

"7시가 좋겠어요. 당신 일이 그때까지 끝난다면요."

"아주 좋아요…… 좋습니다. 그때 만나요, 안녕."

해미시는 수화기를 내려놓고 전화기에 대고 바보 같은 미소를 지으며 잠시 서 있었다. 그러다 정신을 차리고서 이제 스마일리 형제를 방문할 때가 됐다고 마음먹었다.

작고 아름다운 눈송이가 얼음처럼 찬 바람에 실려 만을 내리치기 시작했다. 그는 작게 한숨을 내쉬었다. 세라 생각이 났다. 그는 눈이 더 거세지지 않기를 바랐다. 그녀가 레어그로의 웬 도랑에 미끄러지는 장면은 생각하고 싶지 않았던 것이다. 그때 커다란 노란색 트럭이 그의 앞을 막았다. 서덜랜드의 도로에 모래와 염화칼슘을 뿌리는 인부들이 작업에 나선 것이었다. 그는 트럭을 지나쳐 점점 거세지는 눈 속으로 차를 몰았다. 스마일리 형제의 농가에 도달했을 무렵 눈이 갑자기 그치고 노랗고 창백한 햇빛이 하얗게 변한 들판과 나지막한 농가 위를 넘실거렸다.

농가 뒤에 본채와 연결된 별채가 새로 지어져 있었다. 골이 진 양철 지붕에, 창문에 강철 셔터가 달린 길고 낮은 건물이었다.

그가 랜드로버에서 막 내리려는 참에 집 문이 열리고 스투리 스마일리가 마중을 나왔다. 동생 피트도 뒤따라 나왔다. 해미시는 두 사람을 약간 알았지만, 그들의 모습에 새삼 깜짝 놀라고 말았다. 그들은 트롤이 여전히 지구상을 걸어 다니고 있다는 산 증거 같았다. 두 사람 다 땅딸막하고 가슴이 우람한데 팔만 길었다. 그리고 털북숭이였다. 텁수룩한 머리칼이 머리를 뒤덮고, 털 한 줌이 귀 밖으로 튀어나와 있었다. 눈은 작고 번들거리고, 얼굴은 붉었다.

"당신이군, 맥베스." 스투리가 말했다. "무슨 일로 오셨나? 세양액 서류는 드렸는데." 하일랜드의 농가에 경찰이 방문한다는 것은 보통 사망이나 사고 소식을 전달하는 것이 아니라 단지 세양액 서류를 달라는 것을 의미했다.

"잠시 안으로 들어가서 앉을 수 있을까요?" 해미시가 물었다. "두 분의 도움이 필요합니다."

"좋아요." 피트가 말했다. "하지만 너무 오래 걸리면 안 돼요. 우리도 할 일이 있으니까."

그는 농가의 부엌으로 해미시를 데려갔다. 석판 바닥에, 중앙에는 비닐 테이블보가 깔린 테이블이 놓여 있고, 딱딱한 등받이 의자가 몇 개 있는 침울한 부엌이었다.

해미시는 앉고서 모자를 벗어 식탁에 올려놓았다. "저는 두 분이 불법 증류소를 돌린다는 걸 압니다."

"뭐요?" 스투리가 대꾸했다. "누가 그렇게 말합디까?"

두 명의 트롤이 해미시에게 털을 곤두세웠고, 부엌의 냉기가 불현듯 위협의 분위기로 가득 찼다.

"거짓말하시기 전에," 해미시가 말했다. "내 말부터 들어 보십시오. 그 사람 치과 의사, 길크리스트는 니코틴에 중독됐습니다. 증류기를 가지고 있는 사람이라면 누구라도 그것을 이용해서 니코틴을 추출할 수 있죠. 이제 두 분 중 한 분이라도 협조하지 않으면, 제가 스트래스베인에 수색영장을 요청하고 수사대를 출동시키겠습니다. 그다음에는 곧바로 세무국 사람들이 오겠죠. 당신네 술을 약간만 내게 주면 됩니다. 그게 안전하고 누굴 죽일 만하지 않을 것 같다고 판단된다면 당신들을 붙잡아 넣지 않을 겁니다. 하지만 나는 두 사람 중 누구라도 길크리스트에게 원한을 품고 있진 않았는지도 궁금합니다. 이걸 당신들 경쟁자들도 알고 있을 게 분명하니, 그 사람들 이름도 대시고요."

그들은 공격적인 침묵 속에서 해미시를 바라보았다. 그러다 피트의 번들거리는 눈이 해미시를 지나쳐 벽난로로 건너갔다. 해미시는 몸을 홱 돌렸다. 벽에 산탄총이 걸려 있었다.

"꿈도 꾸지 마요, 이 양반아." 그가 말했다. "저것도 또 다른 법규 위반이에요. 저 총은 잠긴 캐비닛 안에 있어야 한다고요. 시노선의 맥그리거 경사는 당신들에게 총이 한 자루 있다고 보고했는데."

"뭐, 그래. 당신보다는 맥그리거를 상대하는 편이 나아." 스투리가 퉁명스럽게 내뱉었다.

맥그리거가 확인을 하기는 한 걸까, 해미시는 의심스러웠다.

"그러니까 이렇게 하루를 허비하지 맙시다." 해미시가 말했다. "두 분 중에 누구든 길크리스트 치과에 간 적 있습니까?"

피트가 갑자기 벙긋 미소를 지었고, 스투리도 따라 웃었다. 해미시는 눈을 깜박였다. 두 사람 다 이가 하나도 없었다. 피트가 개수대 쪽으로 고개를 휙 젖혔다. 해미시가 그쪽을 건너다보았다. 개수대 옆에 물병 두 개가 있고, 각각 의치가 한 쌍씩 담겨 있었다. 틀니가 식탁 너머에 있는 그에게 그로테스크하게 활짝 웃어 보이고 있었다.

"우리 둘 다 스물몇 살 때인가 이를 죄다 뽑았지." 스투리가 말했다. "치과 의사 따위는 필요 없다고."

"그러니까 길크리스트를 모른다는 겁니까?"

"그자가 어떻게 생겼는지도 몰라."

"이렇게 브레이키와 가까운 곳에 사는데, 이상하군요. 브레이키는 작은 마을이에요. 누군가는 당신들에게 그 사람 얘기를 했을 텐데 말입니다."

스투리가 바닥에 경멸적으로 침을 뱉었다. "우리는 브레이키 놈들하고는 말도 섞지 않아."

"그럼 증류기를 갖고 있는 사람이 누가 또 있습니까?"

"우리한테 증류기가 있다는 얘기를 한 적은 없는데." 스투리가 말했다. "하지만 만에 하나 우리가 그걸 갖고 있다고 한

141

다면, 우리는 어떤 경쟁자도 원하지 않는다고 말할 수 있겠지."

"그러니까 증류기를 가진 사람이 당신들이 유일하다는 뜻입니까?"

그들은 뚱하니 입을 다물고 그를 바라보았다.

"좋습니다. 지금으로서는 이 정도로 해 두겠습니다. 당신네 술 주십시오."

그들은 서로 바라보았고, 이윽고 스투리가 작게 고개를 끄덕였다. 피트가 부엌 찬장으로 가서 문을 열고 위스키병 하나를 꺼내고는 물병에 든 틀니 하나를 개수대로 쏟더니 그 병에 위스키를 따랐다.

어이쿠, 그래, 해미시는 생각했다. 알코올이 살균제 노릇을 해 주겠지.

그는 위스키를 시음해 보고는 눈썹을 치켜세웠다. 꽤나 훌륭했다. 퍽 부드러웠다. 합법적인 제조법만큼은 아니어도 누군가를 중독시켜 죽일 가능성은 분명히 없는 재료였다. 해미시는 위스키에 제법 조예가 있었고, 그들이 자신에게 조니 워커나 다른 제품을 자기들이 만든 것인 양 준 것이 아님을 알았다.

"이만 가 보겠습니다." 해미시가 일어섰다. "저기 저거, 이 작은 농가에 붙어 있기에는 큰 별채로군요."

"양 분만실이오." 스투리가 더 덧붙일 생각을 하지 않고 짧게 말했다.

"저 가련한 작은 것들이 어둠 속에서 장님 신세로 자라겠군요." 해미시가 비꼬았다. "창문에 다 셔터가 쳐 있으니."

"양들이 새끼를 낳을 때는 셔터를 올리지." 피트가 조소했다. "당신도 소작을 치니, 그 정도쯤은 짐작할 수 있을 줄로 알았는데."

"자, 좀 들어 보시죠." 해미시 맥베스가 문가에서 몸을 돌렸다. "당신들 하는 짓에 눈감아 주고 있지만, 지금만 그런 겁니다. 두어 달 짐 쌀 시간을 주겠어요. 그때 가서도 당신들이 여전히 위스키를 만들고 있다면, 보고를 올릴 겁니다."

"당신이 경찰이 된 게 놀랍지도 않네, 맥베스." 스투리가 사납게 쏘아붙였다. "왜냐하면 제복 없이는 당신은 아무것도 아닌 꺽다리 얼간이에 지나지 않았을 테니까."

해미시는 불타는 듯한 붉은 머리에 모자를 단단히 눌러썼다. "처신 똑바로 하십시오." 이렇게 쏘아붙이고 나서 그는 추운 바깥으로 나섰다.

날이 다시 흐려지고, 눈송이가 휘날리기 시작하고 있었다. 서쪽에 무리 지어 모인 먹구름 뒤로 찬란한 무지개가 원을 그렸다. 그는 무지개를 보며 섰다. 입술에 반쯤 미소가 걸렸다. 그리더 그는 머리를 움켜잡고 신음을 내뱉었다. 통증이 왼쪽

관자놀이를 쑤셔 댔다. 해미시는 언제 마지막으로 두통이 왔었는지 기억도 못 하는 사람이었다. 위스키 때문일까?

하지만 그는 육체적 질병이란 관심을 주지 않으면 사라지게 마련이라고 굳게 믿는 사상학파류의 인간이었다. 그는 브레이키로 차를 몰고 가서 주도로에 차를 댔다. 통증이 이제는 잠시도 쉬지 않고 몰아쳤다. 어느새 약국 앞이었다. 그는 안으로 들어가 화장품과 비타민 약통들을 올려놓은 선반을 뚫고 지나가 약사가 있는 카운터로 갔다.

카운터 뒤에는 20대 초반의 포동포동하고 키가 작은 여자가 있었다. 터질 듯한 몸이 딱 붙는 하얀 가운에 가려져 있었다. 작은 얼굴과 들창코가 아기 돼지 같았다. 해미시는 들창코가 성적으로 좀 되바라지고 매력적이라는 얘기를 종종 읽은 바 있었다. 실제로는 한 번도 경험한 적 없지만. 하지만 두통을 앓고 있음에도 이 아기 돼지처럼 풍만하고 작은 금발 여자가 굉장히 강렬한 성적 분위기를 발산하고 있는 게 잘 느껴졌다. 그것은 인정하지 않을 수 없었다. 어찌나 강렬한지, 허공에 사향처럼 매달려 있었다.

"두통이 너무 심하네요." 그가 말했다. "뭘 먹어야 될까요?"

"아스피린이 최고죠." 그녀가 말했다.

"그 왜 초강력 진통제라는 것도 있다면서요?"

"그런 건 그냥 아류예요." 그녀가 명랑하게 말했다. "아스피린이 더 싸고 효과는 같아요. 위스키 냄새가 나는데요. 이렇게 이른 시간부터 술을 드시지 않았다면 좋았겠어요."

"사건 때문에 스마일리 형제 집에 다녀왔어요." 자신이 술꾼이라는 이미지를 풍기는 게 싫어서 해미시가 딱딱한 어조로 말했다.

"아, 그래서 생긴 두통이군요. 그건 순경님이 위스키 한 잔을 더 마시는 순간에 사라질 거예요."

해미시가 그녀를 호기심 어린 눈으로 보았고, 그녀는 그에게 맹랑한 윙크를 보냈다. 그 말고 약국에는 손님이 한 명도 없었다. 그가 카운터로 몸을 기울였다. "그러니까 당신은 스마일리 형제가 증류기를 돌린다는 걸 알고 있군요?"

"그 사람들이 문제에 휘말리는 건 바라지 않아요. 하지만 맞아요. 모르는 사람이 없죠."

나 왜 이렇게 헤매냐, 해미시는 생각했다. 게다가 앵거스에게 줄 연어도 깜박했다.

"여기 약사님인 코디 씨가 말씀하시기를, 두통에는 편두통과 긴장성 두통 그리고 스마일리 밀주가 있다고 하죠. 순경님은 아스피린 필요 없어요. 술만 더 마시면 돼요. 그럼 나아요."

머리가 깨질 듯했지만 해미시의 입에 미소가 떠올랐다. 약국 문이 열리더니 작고 부산스러운 남자가 들어왔다. "카일리, 별일 없어?" 그녀가 고개를 끄덕이자 그가 말을 이었다. "좀 쉬고 와."

그가 카운터를 돌아 뒤로 들어갔다.

"나하고 같이 가서 술이나 마십시다." 해미시가 말했다.

"좋았어, 바로 코트 입고 올게요."

잠시 후 그녀가 얇은 노란색 블라우스와 딱 달라붙는 저지 스커트 위에 진홍색 모직 코트를 입고 나타났다. 그리고 아주 높은 하이힐을 신었는데, 해미시는 그 하이힐을 보고 그녀가 그걸 벗으면 정말이지 작겠다는 데 생각이 미쳤다. 두 사람이 펍까지 걸어가는데, 그녀의 키가 그의 어깨에도 미치지 않았던 것이다. 두 사람은 담배 연기가 뿌옇게 찬 드로시 크로프터라는 이름의 음울한 술집에 들어섰다.

"뭐 마실래요?" 그가 물었다.

"순경님과 같은 걸로요. 위스키 스트레이트. 아니, 더블로 하죠."

그는 바로 가서 주문한 술을 받아 들고 카일리가 앉아 있는 구석 쪽 테이블로 가져갔다. 그녀가 어깨를 털며 코트를 벗었다. 깊게 파인 노란색 블라우스가 그녀가 가판대에 쌓인 잡지에서나 볼 법한 가슴골의 소유자임을 드러냈다. 그는 그녀의 가슴에서 가까스로 눈길을 거두고서 잔을 들었다. "이걸로 두통이 낫기를."

그리고 두통이 사라졌다. 거의 곧장. 그는 안도하며 그녀에게 눈을 껌뻑거렸다. "늘 이렇게 손님과 한잔하러 오나요?"

그녀가 킬킬거렸다. "섹시한 사람들하고만요."

해미시는 스마일리 형제의 술이 자자하게 알려져 있다는 사실에도 나서서 신고하는 사람이 아무도 없다는 게 놀랍지도 않았다. 영국의 다른 어느 곳이라면 범죄로 여겨졌을 일이 하일랜드에서는 더러 남부끄럽지 않은 것으로 여겨졌다. 남획을 하지 않는 선에서 연어나 사슴을 밀렵하는 건 하일랜드에서는 불법으로 여겨지지 않았다. 모든 하일랜드인들에게 언덕에서 사슴을 잡고, 강에서 물고기를 잡는 건 태어날 때부터 얻은 권리, 즉 생득권이었다. 그 땅의 소유자가 누구이건 간에 말이다. 그리고 위스키 증류는 집에서 케이크를 굽는 것만큼이나 결백한 일이었다.

그리고 어리고 섹시한 카일리를 보고 있자니, 해미시는 길크리스트가 그녀에게 한 번이라도 수작을 걸지는 않았을까 하는 생각이 들기 시작했다. 길크리스트가 어떻게 애초에 꿈도 꿀 수 없는 매기 베인 같은 미인을 꾈 수 있었을까. 하지만 그는 해냈다. 만약 그랬다면 그를 매력적이라고 생각할 여자가 또 나타나지 말라는 법이 없다. 젊은 여자들이.

"나는 치과 의사 길크리스트 사건을 수사하고 있어요." 그가 말했다.

"아, 그분요." 그녀가 어깨를 으쓱했다. "저는 왜 사람들이 그 치과에 가는지 이해를 못 하겠어요. 거기를 한 번 갔었거든요. 저에게 필요한 건 간단한 충전 치료뿐이란 걸 저도 알겠던데, 아니 이를 뽑아야 한다잖아요. 그건 아니라고 하고 나와버렸죠."

"그러니까 그때 딱 한 번 간 건가요?"

"저를 최고 유력 용의자로 보는 거예요? 아니 왜 제가 용의자가 되어야 하죠?"

"당신을 용의자라고 한 적은 없어요. 당신은 아주 예쁜 아가씨고, 길크리스트는 여자를 좋아했거든요."

"전 그 사람에 대해서는 아무것도 몰라요." 하지만 그녀에게서 색기가 사라졌다. 그것은 그녀의 깊숙한 곳 어디에서 전기 스위치를 내리듯이 사라졌다. 그녀의 눈이 술집 여기저기를 헤맸다. "두통은 괜찮아지셨어요?"

"네, 덕분에요."

"괜찮으시다면 저는 친구들한테 갈게요."

그가 미처 대꾸를 하기도 전에 그녀는 벌떡 일어서서 술집 안의 다른 남자들 일행에 합류했다.

저 아가씨 얘기를 캐 봐야겠군, 해미시는 생각했다. 저 아가씬 내가 길크리스트에 대해 묻기 전까지는 멀쩡했단 말이지.

그는 펍을 나와서 주차한 랜드로버로 갔다. 가는 길에 생선장수가 보여 걸음을 멈추었다. '특별 할인. 신선한 연어.' 그 표지판이 해미시의 눈을 사로잡았다. 파운드당 1.80파운드였다. 점쟁이에게 갖다주기에는 그만하면 되었다. 그는 그것이 당연히 양식 연어임을 확신했지만, 앵거스가 그 차이를 모를 것도 그것만큼이나 확실했다.

그는 상점으로 들어가 연어 10파운드어치를 샀다. 이 정도면 그 늙은 덩치에게도 충분하겠지, 뒤틀린 마음으로 생각하면서.

그는 연어를 경찰서로 가져와서 생선 바구니에 던져 넣고 호일로 싼 다음 차를 타고 점쟁이 집으로 갔다.

그는 점쟁이 앞 식탁에 연어를 내려놓았다. 앵거스는 호일로 싼 연어를 꺼내서 흥미롭다는 눈으로 살펴보았다. 그러고는 말 한 마디 없이 자리를 뜨더니 무슨 끈 끝에 달린 조그만 돌을 가지고 왔다.

"그게 뭡니까?" 해미시가 물었다. "당신 애완 돌멩이입니까?"

"자네는 자네가 이해하지 못하는 건 비웃지, 해미시. 이건 내 수정이야."

그가 연어 위에 돌을 흔들었다. '수정'이 생선 위에서 추처럼 흔들거렸다.

"이건 양식 연어야, 해미시."

"그렇지 않아요!"

"맞아, 이 추는 모든 것을 봐. 자네는 지난밤에 낚시하는 걸 깜빡했고, 날은 춥지, 그래서 가여운 앵거스에게 상점에서 산 생선을 슬쩍 안겨도 넘어가겠거니 생각한 거야."

"실없는 소릴 하시네요." 해미시가 연어를 쌌다. "제가 먹겠습니다."

"내가 자네라면, 해미시 맥베스, 오늘 밤에 앵거스에게 진짜 연어를 가져다줄 생각을 할 거야. 아니면 나쁜 일이 자네에게 일어날 테니까."

"내게 저주를 걸겠다는 뜻입니까?"

"비웃지 마. 하늘과 지상에 더 많은 것이……"

"『햄릿』의 허레이쇼군요."

"그게 누군데?"

"신경 쓰지 마십시오. 저 갑니다."

해미시는 차를 몰고 떠났다. 저 늙은 사기꾼이 나한테 무슨 짓을 할 수 있으려고? 이런 날씨에 낚싯대를 가지고 강으로 갔다가는 얼어 죽기 십상이었다.

바람이 멈추었고, 크리스마스카드에나 나오는 커다란 눈송이가 납빛 하늘에서 소용돌이치며 내리고 있었다. 그는 집으로 돌아와 먹다 남은 것으로 점심을 때웠다. 부엌 조리대에 기대어 통조림 참치를 포크로 찍어 먹는 게 다였던 것이다. 점심을 먹고 그는 다시 브레이키로 나섰다. 그는 치과 건물 밖에서 경비를 서고 있던 경찰에게 고개를 끄덕여 인사하고서 꼭대기 층까지 계단을 올라가 프레드 서덜랜드의 집 문을 노크했다.

해미시가 노크를 하기 무섭게 노인이 문을 열어 주었다. "어서 들어오시오."

해미시는 그를 따라 들어가 앉았다. "살인 사건에 대해 어르신께 여쭙고 싶은 것이 있습니다."

"이런, 이런. 그렇게 된 것이었더군. 독살을 하고 이에다 죄다 드릴 구멍을 내고. 이런, 이런."

"그걸 다 어디서 들으셨습니까? 범행 수법은 신문에 나지 않았는데요."

"여기는 작은 마을이라오. 모든 사람들이 안 듣는 얘기가 없지."

"그래서 제가 댁에 찾아온 겁니다. 약국에서 일하는 젊은 아가씨 있지 않습니까. 카일리 뭐라고."

"카일리 프레이저. 고거 아주 맹랑하지. 나를 노인네라고 부르고 말이야. 아주 까불어!"

"그 애가 언제라도 길크리스트와 함께 있는 걸 본 적이 있다는 얘기 혹시 들으신 거 없습니까?"

"그 사람은 그 애 아버지라고 해도 될 나이야."

"그렇습니다. 하지만 그의 나이기 젊은 여자들 뒤꽁무니를 쫓아다니는 걸 막지는 못했던데요."

"그 애에 대해서는 말들이 아주 많아. 사내 녀석들과 허구한 날 펍에서 죽치고 앉아 있다지. 하지만 길크리스트와 함께 있었다는 얘기는 들어 본 적 없수다."

"뭐라도 들으시면 제게 좀 알려 주시겠습니까?"

"그럼, 그렇게 하지요. 내가 여기 마을회관 고참자 클럽의 정규 회원이오. 거기 나오는 할멈들이 있는 얘기 없는 얘기 다 듣고 다니니까."

"감사합니다, 서덜랜드 씨. 이 일은 아주 은밀하게 해 주시면 고맙겠습니다."

프레드가 굳은살이 밴 손가락을 코 옆에다 가져다 대고는 눈을 찡긋했다. "괜한 걱정 하지 마시오. 내 순경에게 알려 주리다."

해미시는 가벼운 마음으로 아래로 내려가서 옷 가게로 들어섰다. 평소처럼 손님은 한 명도 없었다. 창문의 노란 셀로판지가 가게 내부에 여전히 황달기 도는 빛을 풀어놓았다. 에드워드슨 부인이 그를 맞으러 앞으로 나왔다.

"나, 순경님 기억해요." 그녀가 그를 유심히 바라보며 말했다. "당신이 시체를 발견했죠. 누가 한 짓인지 좀 알아냈나요?"

"아니요, 모릅니다, 에드워드슨 부인. 아무도 제게 길크리스트가 인간으로서 어땠는지 조금도 알려 줄 생각을 하지 않는 것 같습니다."

"내가 그 사람을 약간 알았죠. 자기가 여자들을 잘 다룬다는 공상에 빠져 있었어요. 매끈하고, 번지르르하고, 그렇게 얘기할 수 있겠어요. 능글맞다 싶을 만큼 나긋나긋하고. 그런데 그 사람 집에 그 사람이 어떤 사람이었는지 알려 줄 서류나 편지, 사진 같은 게 분명히 있을 텐데요?"

해미시도 그 생각은 이미 해 보았다. 하지만 경찰 수사국이 사건을 일임하고 있다고 말해서 그녀의 눈에 자신의 위치가 하찮게 보이게 되는 사태는 원하지 않았다. 그가 갑자기 인상을 찌푸렸다. 길크리스트의 집에 어떤 물건들이 있었는지 기록한 보고서가 그 서류에 있을 게 틀림없었다. 그는 세라가 혹시 그 서류에 접근할 수 있을지, 아니면 그건 너무 큰 위험을 무릅쓰는 일이 될지 생각에 잠겼다.

"카일리 프레이저에 대해서는 무엇을 아십니까?"

"약국에서 일하는 그 창녀 같은 쬐그만 계집애 말이에요?"

"맞습니다, 그 아가씨요."

"제 스스로 창녀이고 술꾼이라는 평판을 쌓고 있다는 것 말고는 없어요."

"길크리스트라면 그녀에게 작업을 걸었을 수 있을까요?"

"그럴 수 있는 사람이죠. 하지만 사실 말인데, 나는 별로 나

다니지를 않아서요." 그녀의 얼굴에 서글픔이 어렸다. "하루를 마감하면 너무도 피곤해서 보통 텔레비전 앞에 앉아서 잠이 들고 말죠."

"만약 뭐라도 들으신다면 제게 알려 주십시오."

"당연히 그러지요."

"상기시켜 드리자면, 제 이름은 해미시 맥베스입니다. 저기로흐두의 경찰이고요."

"그래요, 나도 알아요."

그는 주저했다. 그는 그녀에게 이 일은 비밀로 해 달라고 당부하려던 참이었다. 그러다가 이런 생각이 들었다. 그가 자신에 대해 캐고 다닌다는 걸 카일리가 알면 흥미롭겠다는 생각이. 그는 에드워드슨 부인에게 감사를 전하고 상점을 나와 눈이 내리는 바깥에 잠시 서 있었다. 그러고는 펍 방향으로 향했다. 이제 질문을 더 하고, 카일리에 대한 자신의 관심이 그녀에게 전해지기를 기다릴 때였다.

드로시 크로프터는 한쪽에서 쩌렁쩌렁거리는 주크박스만 빼고는 퍽 조용했다. 해미시는 바로 갔다. 바텐더가 그의 제복을 수상쩍은 눈으로 보았다. "여기 고객 중 한 명, 카일리 프레이저에 대해 몇 가지 질문을 드리고 싶습니다."

"아, 그 꼬맹이요? 그 애가 무슨 짓을 했답니까?"

"저는 그저 그녀가 길크리스트와 함께 이곳에 온 적이 있는지 궁금합니다. 살해당한 치과 의사 말입니다."

"아뇨. 그 애는 젊은 친구들과 어울리죠. 장난 잘 치고 재미 있는 여자애예요."

"술에 취하거나 주사를 부린 적은 없나요?"

"아휴, 젊은 애들이 어떤지 아시잖습니까. 보통 알코올이 들어간 레모네이드를 마시고 약간 취하거나 시끄럽게 굴죠. 말씀드리는데, 카일리는 언제나 스트레이트 위스키를 마십니 다. 그 친구들 전부 이 동네에 살아서 여기에 차를 타고 오지 는 않거든요. 그러니 나로서도 뭐 걱정할 일이 있는 것도 아니 고요."

"뭐라도 알게 되시면 저에게 알려 주십시오."

그날 나중에 카일리는 친구인 투시 더피와 함께 에드워드 슨 부인의 상점 바깥에 서 있었다. 에드워드슨 부인은 막 문을 닫고 있었다. "저런 패션 본 적 있어?" 카일리가 까르르거렸 다. "저런 옷들은 죽어서도 입기 싫어. 내 말하는데, 수의로 딱 이라니까."

투시가 억지웃음을 터뜨리며 꽥꽥거렸다. 투시는 뭐라도 재미있다는 생각을 하지 않는 사람이었지만, 친구의 재담에 는 녹음된 것 같은 웃음을 제공해 주었다.

에드워드슨 부인이 휙 돌아서서 경멸 어린 눈으로 카일리를 노려보았다. "조심하는 게 좋을 거야, 아가씨. 그 경찰이 너와 길크리스트에 관해 캐묻고 다니고 있으니까."

카일리가 그대로 멈춰 섰다. 그녀의 작은 입이 약간 벌어진 채로 얼굴에 걸렸다. "무슨 말이에요?"

"말한 대로야." 에드워드슨 부인이 등을 꼿꼿이 세우고 걸어가 버렸다.

투시는 껌을 입 안에서 다른 쪽으로 옮기며 물었다. "너하고 그 늙은 길크리스트가?"

"독기 품은 늙은 멍청이." 카일리가 사납게 내뱉었다. "술이나 마셔야겠다."

두 사람 다 이미 젖어서 언 발은 아랑곳하지도 않고 하이힐을 위태롭게 또각거리며 드로시 크로프터로 걸어갔다. 투시의 가늘고 긴 다리가 추위로 인해 퍼렜다. 하지만 아름다움에는 고통이 따르는 법이다.

카일리는 펍이 빈 것을 보고 부루퉁해졌다. 자기 돈을 쓰는 걸 좋아하지 않던 것이다.

"경찰하고 무슨 문제라도 있나?" 바텐더가 주문을 받고 나서 물었다.

"이거 뭐지?" 카일리가 화가 나서 날카롭게 물었다.

"그 키 큰 붉은 머리 경찰이 여기 와서 길크리스트가 너를 쓰러뜨렸느냐고 묻고 가더군."

"이건 경찰의 월권이야." 투시가 말했다. "너 그 사람 신고해
야 돼, 카일리."

카일리가 짧은 금발을 쓸어 넘겼다. "그래야지." 그녀가 사
납게 말했다. "꼭 할 거니까 두고 봐."

세라는 스코츠먼 호텔의 라운지 한구석에 앉아 책을 읽는
척했다. 하지만 귀는 활짝 열어 놓고 있었다. 형사처럼 보이는
남자 두 명이 호텔 사무실로 들어갔다. 그러더니 화가 난 표정
의 작은 중년 여자가 바로 와서 말했다. "위스키 줘. 제대로 된
걸로."

세라가 호기심에 그녀를 바라보는데, 바텐더가 말했다. "바
로 내드리죠, 맥빈 부인."

맥빈 부인은 원색의 녹색 플라스틱 헤어롤을 머리에 가득
달고 있었다. 그녀가 술을 받아 들고 몸을 돌렸다. 그때 세라
가 자신을 바라보는 것을 알아차리고서 눈을 부라렸다. 세라
는 망설이다 미소를 지어 보였다.

맥빈 부인이 세라에게 왔다. "지금 날 보고 있었어요?"

세라는 미소를 짓다가 표정을 공격적으로 바꾸었다. "저는
관광객이고, 누군가에게 이 호텔이 묵기에 편안하냐고 묻고
싶었던 것뿐이에요."

맥빈 부인의 얼굴에서 화가 사라졌다. 그녀가 세리 긴니펀

에 앉았다. "내가 여기 지배인 부인이에요. 방은 깨끗하고 숙박료는 저렴하죠. 관심이 있다면 말인데, 토요일에 '빙고의 밤'도 있어요."

"그런 건 별로 관심 없어요." 세라가 말했다. "저는 뭘 따 본 적이 없거든요. 뭐 하나 되는 게 없는 인생의 패배자죠."

"나도 그래요." 맥빈 부인이 침울한 표정으로 위스키 한 모금을 마셨다. "남자들이란." 그녀가 쓰라리게 내뱉었다.

"그러게 말이에요. 전부 개자식들이죠." 세라가 부추기듯이 말했다. "우리는 여전히 백마 탄 왕자님이 우리를 돌봐 주러 올 거라고 생각하도록 키워지고 있으니까요."

"하지만 우리가 얻는 것이라고는 말뚱 같은 것뿐이죠." 맥빈 부인이 말했다. 그녀가 사무실 쪽으로 엄지손가락을 젖혔다. "그게 저 사람이 하는 짓의 전부예요."

세라는 보통 이런 대화는 재빨리 끊어 버렸다.

"제 남편도 마찬가지랍니다." 그녀가 말했다.

"결혼반지를 끼고 있지 않네요."

세라가 그녀에게 천천히 미소를 지었다. "변기에 버렸어요. 왜 그랬는 줄 아세요?"

"계속해요. 말해 봐요." 맥빈 부인은 이제 확실히 친근하게 굴고 있었다.

"저를 때렸어요."

"당신은 그냥 있었어요?"

세라가 변명하는 듯한 몸짓으로 손을 쫙 폈다. "제가 뭘 어떻게 할 수 있었겠어요? 그는 나보다 힘이 센데. 그래서 이혼을 했죠."

"이봐요, 이봐요," 맥빈 부인이 머리를 흔들었고, 헤어롤 하나가 위스키 잔 안에 떨어졌다. "그게 남편들이 원하는 거란 거 몰라요? 아내한테 완전히 형편없는 조건으로, 아니면 땡전한 푼 안 주고 이혼하는 거. 남자들은 칼을 쥐고 있을 때 여자보다 강하지 않아요. 명심해요."

세라가 눈을 크게 뜨고 그녀를 보았다. "부인은 아주 용감한 여인 같네요."

맥빈 부인이 위스키를 또 한 모금 마셨다. 세라는 그녀가 잔위에 떠 있는 헤어롤을 통해 위스키를 빨아들이는 모습을 경악에 차서 바라보았다. 하지만 이 흥미로운 대화를 그만두고 싶지 않아서 아무 말도 하지 않았다.

맥빈 부인이 우쭐댔다. "자기 자신을 돌보는 법을 배워야 해요. 브라이언, 그게 저 사람 이름인데," 그녀가 엄지손가락을 사무실 방향으로 다시 젖혔다. "지난주에 나한테 주먹을 썼지 뭐야. 저 사람은 아침에 일어나 핫초콜릿 마시는 걸 좋아하는데, 내가 거기다가 변비약을 잔뜩 넣었지. 그러고 나서 저놈한테 말했지, '다음에 나한테 손댔다가는 변비약이 아니라 독약이 될 줄 알아, 이 자식아.'"

세라는 잘 꾸민 경외감을 담아 그녀를 바라보았다.

"아무짝에도 쓸모없는 인간이야. 그게 저 인간이지. 여기 도난당한 거 알아요?"

"아니요!"

"당했어요. 25만 파운드가 금고에서 사라졌지."

"어떻게요? 폭탄?"

"아니. 저 등신이 뒤판이 나무로 된 금고에 돈을 넣어 뒀어요. 아무도 모를 거라고 생각했다나."

"하지만 보험금을 받겠죠."

"아닐걸요. 보험 회사는 그런 금고는 술집 바 위에다 돈을 두고 간 거나 마찬가지라고 하고 있거든."

"부인에게 얼마나 안된 일인지. 부인 남편이 그게 전부 부인 탓이라고 생각하게 만들었을 게 분명해요."

"바로 그거예요. 그게 바로 그가 한 짓이라고."

"하지만 그가 벗어날 길은 없을걸요. 제 말은, 금고를 산 사람은 부인이 아니잖아요."

"내가 그렇게 말하지 않았을까 봐요? 남편이 그러더군요. 내가 분명 어느 사람한테 금고 뒤판이 나무로 되어 있다는 걸 말했을 거라고. 나라면 그러고도 남을 거라고!"

세라의 아름다운 눈이 연민으로 빛났다. "정말 힘들게 사시네요, 맥빈 부인."

맥빈 부인은 헤어롤 맛이 첨가된 위스키를 또 한 모금 마셨다. "그래요, 그건 사실이죠."

"저는 여기에서 범죄가 일어날 거라곤 생각 못 했어요." 세라가 말했다. "그러니까 이곳은 저 같은 사람이 삶의 질을 찾아서 오는 곳이잖아요."

"삶의 질이라니! 하! 양과 비와 추위와 아주 많은 등신들이다예요."

"등신들이요?"

"하일랜드 놈들 말이에요. 교활하고 적의에 차 있고 멍청한 놈들. 난 이 개자식들을 증오해요."

세라는 어리둥절한 표정을 지었다. "하지만 그들도 다 스코틀랜드 사람들이잖아요. 부인처럼요."

"나를 모욕하지 말아요." 헤어롤 하나가 공중으로 떨어지는 새에 세라는 자신의 잔을 손으로 덮었다. 맥빈 부인이 앞으로 몸을 내밀더니 소곤거렸다. "아마존에 있는 원시 부족 같다니까요. 진화를 하지 못했어."

"부인은 철학자시네요."

"빈틈이 없어진 거죠."

"이곳에 살인 사건이 일어났다는 얘기를 들었어요. 어느 치과 의사가 죽었다고요."

맥빈 부인의 얼굴이 갑자기 오므라들었다. 그녀의 입은 마치 뽀빠이처럼 얇았는데, 그 입이 심지어 코 아래로 사라져 버린 것 같았다.

"가 봐야겠어요." 그녀가 중얼거렸다.

세라는 그녀가 성큼성큼 가다가 바에 멈춰 서서 바텐더에게 무슨 말인가를 하는 모습을 바라보았다. 해미시라면 무슨 생각을 할까, 그녀는 궁금했다. 자신의 결혼 생활에 관한 온갖 비밀과 절도 사건은 몸이 달아서 얘기하더니, 길크리스트가 거론되자 입을 다물었다.

바텐더가 세라에게 다가왔다. "뭐 더 필요하신 것 없습니까?" 말투가 사나웠다.

"아니요, 감사합니다."

"그렇군요." 그가 다 마시지도 않은 잔을 들고 가 버렸다.

항의의 말이 입술을 맴돌다 사라졌다. 세라는 해미시 맥베스를 위한 하루 치의 수사는 충분히 했다고 느껴졌다. 얼룩으로 더러운 창을 통해 눈이 잦아들 기미 없이 점점 더 세차게 내리고 있는 것이 보였다. 그녀는 일어서서 코트를 입었다. 자신이 상상력이 풍부하다고 생각해 본 적은 없었지만, 그럼에도 문으로 걸어가는 동안에 이곳 공기가 위협으로 가득 차 있음을 맹세라도 할 수 있었다.

제6장

나는 이 나라에 대해 대단한 기쁨이 없다.
이 나라는 일종의 살아 있는 무덤 같다.
시드니 스미스 목사

토멜성 호텔에서 쏟아져 나오는 환한 조명을 보자 세라는
안도감이 들었다. 스코츠먼 호텔에서부터 무시무시하게 겁이
나는 길을 감내하고 운전해 온 터였다.

그녀는 호텔에서 빌린 차를 주차하고, 머리를 숙이고 앞이
보이지 않게 휘몰아치는 하얀 장막 같은 눈을 뚫고 내달려 호
텔의 따스하고 안전한 품으로 들어갔다. 해미시 맥베스가 이
런 날씨에도 데이트 약속을 지킬 수 있을지 의문이 들었지만
그녀는 일단 옷을 갈아입었다. 그녀는 옷장 옷걸이에서 단순
한 검은 모직 원피스를 꺼내며 미소를 지었다. 옷을 차려입을

일이 생길 것이라고는 전혀 예상하지 않았는데 말이다. 하지만 이런 날씨에 도보 여행을 계속하기란 불가능했고, 바깥에서 폭풍이 포효하고 있는데 편안하고 따뜻한 호텔에 안전하게 있으니 신기한 기분이 들었다.

7시 정각에 그녀는 지체 없이 접수대로 내려가 기다렸다. 지배인 존슨 씨가 사무실에서 나왔다. "오늘 밤 호텔에서 저녁 식사를 하십니까?"

"그래야 하지 않을까 싶어요." 세라가 대답했다. "7시에 이곳에서 해미시를 만나기로 했지만 올 수 있을 것 같지 않네요. 보통 날씨가 이렇게 끔찍한가요?"

"대략 1월까지는 이럴 거예요. 심지어 그때에도 스코틀랜드 중부는 가장 심해요. 우리는 만류에 접해 있어서 최악의 눈은 면하죠. 하지만 몇 년마다 이렇게 고약한 날씨를 겪습니다."

호텔 문이 열리고 해미시가 들어와 옷에서 눈을 털어 냈다. 그는 스노슈즈를 신고 있었다.

"좋군요." 존슨 씨가 비꼬았다. "눈 더미를 바닥에 죄 흘리고 말이에요."

"그래서 카펫이 있잖아요." 해미시가 몸을 숙이고 스노슈즈를 풀었다. 위아래가 붙은 스키복을 지퍼를 풀고 벗은 뒤 한쪽 코트걸이에 걸었다. 안에 체크 셔츠와 짙은 녹색 코듀로이 바지를 입고 있었다. 그는 바지 주머니를 뒤져 타이를 꺼냈다.

"이곳에서 식사를 할 거라면, 해미시." 지배인이 말했다. "오늘은 타이 걱정할 필요 없어요. 이런 날씨의 밤에는 말이에요. 식당에는 당신들 두 명밖에 없을 거예요. 지금쯤 여기 열 명의 손님이 와 있어야 하는데, 험악한 날씨 탓에 인버네스에 발이 묶였답니다."

"그렇군요." 해미시는 타이를 다시 주머니에 쑤셔 넣었다. "식사할 준비 됐나요?" 그가 세라에게 물었다.

그녀는 고개를 끄덕였다. "점심도 거의 못 먹었어요."

그들은 함께 식당으로 들어갔다. 해미시는 주위를 둘러보았다. 토멜성이 호텔이 아닌 가정집이었을 때 가족 식당이던 곳이었다. 그는 기다란 마호가니 식탁과 반짝거리는 은 식기와 고급스러운 도자기를 기억했다. 동양풍의 카펫은 치워지고 손님을 맞기에 적당한 카펫이 깔렸으며, 테이블 여러 개가 여기저기 놓였다. 할버턴스마이스 가족의 집사였다가 지금은 호텔의 식음료부 지배인이 된 젱킨스가 다가와 메뉴를 건네주었다. 그의 얼굴은 못마땅함으로 굳어 있었다. 그는 해미시를 질색했다.

젱킨스는 속물이었다.

"저 사람은 무시해요." 해미시가 말했다. "늘 무슨 나쁜 냄새가 난다는 듯한 표정을 짓고 사는 사람이니까요."

그들은 주문을 하고서 서로를 바라보았다. 해미시는 세라의 미모에 다시금 사로잡혔고, 세라는 폭풍 때문에 여전히 헝클어져 있는 빨간 머리의 해미시가 몹시 사랑스럽다고 생각했다.

"그래, 어떻게 지냈어요?" 해미시가 물었다. 그는 젱킨스가 자신들의 주문을 한낱 웨이트리스에게 맡기고 물러난 것이 기뻤다. 젱킨스에게 주눅이 들어서가 아니라, 이 집사가 그가 프리실라와 너무도 깊은 사랑에 빠졌었던 행복했던 나날을 떠올리게 했기 때문이었다. 그는 작게 한숨을 내쉬었다. 그런 고통이 다시 돌아오는 것은 싫었다. 사람들은 노래와 시로 사랑에 대해 지껄인다. 해미시는 사랑에는 정부의 건강 유해성 경고가 따라붙어야 한다고 생각했다. 사랑은 짧은 기간의 장밋빛 환희에 뒤이어 몇 달, 몇 년의 어두운 고통과 걱정과 사람을 찢어 놓는 질투로 점철된 것이었다.

"무슨 생각 해요?" 세라가 물었다.

해미시는 정신을 차렸다. "오늘 있었던 일을 생각하고 있었어요. 제가 놓치고 있는 뭔가가 있어요." 그는 카일리와 스마일리 형제에 대해 말해 주고는 물었다. "당신은 어땠어요?"

세라는 맥빈 부인과 나눈 대화를 상세하게 되풀이한 끝에 말했다. "거기서 빠져나오는 게 기뻤어요, 해미시. 분위기가 진짜 험악하게 변해 가는데……"

"흥미롭군요. 악행이란 게 그런 분위기를 자아낼 수가 있거든요."

"그럴 수 있죠. 한편으로 맥빈 부인이 독하고 불안정한 여자라는 인상을 받았어요. 제가 길크리스트 얘기를 꺼냈을 때 그녀가 움츠러들었던 건 일종의 편집증적으로 비밀을 지키려는 것 이상의 사악한 의도는 없었던 것 같아요. 여자들이란 자기 사생활을 털어놓다가, 얘기를 들어 주었다는 이유로 상대방을 갑자기 원망하기도 하죠."

"그럴 수 있죠. 와인을 주문하지 않았는데, 그런데 저 심술 맞은 얼굴을 한 젱킨스는 우리에게 와인 메뉴도 주지 않았군요."

"저는 와인을 마시고 싶은 기분이 아닌데, 마시고 싶어요?" 세라가 물었다.

"별로요. 두통을 일으키는 밀주를 마시고 났더니 어떤 술도 마시고 싶은 생각이 없네요. 오늘 한 가지 일이 있어요. 경찰 수사국이 길크리스트의 집에서 나온 물건들을 조사했어요. 서류와 사진, 통장, 그런 것들이요. 경찰이 뭘 알아냈는지 몹시 알고 싶어요." 그가 그녀를 기묘한 눈으로 바라보았다.

세라가 웃음을 터뜨렸다. "저한테 또 해킹을 해 달라고 하는 거군요. 하지만 도대체 이런 날씨에 경찰서까지 어떻게 간다죠?"

"호텔 꼭대기 프리실라의 방에 컴퓨터가 있어요."

"우리가 열쇠를 달라고 하면 존슨 씨가 이상하게 생각하지 않을까요? 프리실라는 이곳을 비울 때면 자기 방 문을 잠그지 않을까 싶은데요."

"프리실라가 뭘 좀 가져다 달라고 했다고 말해 보면 어떨까요? 어떤 주소가 그녀의 컴퓨터에 있다는 식……"

"해 볼게요." 그녀가 일어섰다. "당신은 여기서 기다려요. 제가 지배인에게 직접 물어볼 테니까요."

그녀는 얼마 지나지도 않아 돌아와서 열쇠를 테이블 위에 올려놓았다. "사람 참 잘 믿는 분이네요." 세라가 앉으면서 말했다. "제가 프리실라의 친구인 척하는 사기꾼일 수도 있는데 말이에요."

"프리실라는 자주 전화를 걸어서 호텔이 여전히 순조롭게 돌아가고 있는지 확인을 해요. 그게 문제예요. 그녀가 오늘 전화를 걸면 어떻게 하죠?"

"보니까 당신들은 친한 친구 사이 같던데. 그녀에게는 그냥 사실대로 말하겠어요."

"그래요. 그러면 되겠군요." 해미시는 뒤로 기대어 생각에 잠겨 그녀를 바라보았다. 도와주는 그녀에게 감사하는 마음이 들었다. 하지만 프리실라의 부재에 관한 아쉬운 생각을 쓸어가 주는 그녀의 아름다움과 매력에 더 감사하는 마음이 들었다. "이번에도 경찰 컴퓨터를 해킹할 수 있을까요?" 해미시가 물었다. "블레어가 비밀번호를 바꿨을 텐데요."

"시도는 해 볼 수 있죠." 세라가 잠시 망설이더니 덧붙였다. "이 저녁은 저한테 달아 놓게 해 주세요. 밥값이 엄청나게 비싸고, 마을 순경인 당신은 이만큼 벌지 못하잖아요."

"친절하시군요, 하지만—" 존슨 씨가 다가오는 모습을 보고 그가 말을 끊었다.

"프리실라에게서 전화가 왔어요." 그가 말했다. "자기 방에 올라가서 무슨 주소를 알려 달라고 했다는 건 금시초문이라고 하던데요."

해미시가 일어섰다. "아직 전화 끊지 않았습니까?"

"그래요."

해미시가 세라에게 미소를 지어 보였다. "제가 프리실라와 좀 얘기를 나누어야겠군요."

"접수대 전화 쓰면 됩니다." 존슨 씨가 해미시를 따라 나와 수화기를 드는 해미시 옆에 섰다.

"프리실라?"

"그래요, 해미시. 당신과 세라가 내 방 열쇠를 달라고 했다는데 무슨 얘기죠?"

해미시가 지배인에게 등을 돌리고서 전화기로 몸을 굽혔다.

"당신 잊었군요." 그가 말했다. "세라에게 그 주소를 알려 달라고 부탁했잖아요."

잠시 침묵이 흐르고 프리실라가 말했다. "당신도 아주 잘 알겠지만, 난 그런 부탁 한 적 없어요. 무슨 이유가 있어서 컴퓨터를 쓰고 싶은 거군요."

"그래요."

"경찰서에 컴퓨터 있잖아요."

"맞아요, 날씨가 그만큼이나 험악해요. 오늘 밤에 경찰서로 돌아갈 수 있을 것 같지가 않아요."

또다시 침묵이 이어졌다. 프리실라 뒤쪽에서 나른하고 재미있다는 듯한 남자의 목소리가 들렸다. "오늘 밤 내내 전화통 붙들고 있을 거야, 자기?"

해미시의 심장이 내려앉았다.

"아, 그렇게 해요." 프리실라가 말했다. "설령 당신은 믿지 못해도 세라는 믿으니까요, 해미시 맥베스. 보니까 나한테는 이유를 말할 수 없는 것 같네요. 가능할 때 나한테 전화해요. 들어가요. 존슨 씨 바꿔 주면 괜찮다고 말할게요."

해미시는 말없이 지배인에게 수화기를 건네주고 식당으로 총총 돌아왔다.

"뭐 잘못됐어요, 해미시?" 세라가 날카롭게 물었다. "화가 단단히 난 거 같은데요?"

해미시는 멍한 눈으로 억지 미소를 지어 보였다. "아니에요, 아닙니다. 괜찮다고 하네요. 하지만 존슨이 듣고 있지 않을 때 프리실라에게 전화를 걸어서 무슨 일인지 다 얘기해 줘야 해요."

"프리실라가 당신의 수사를 도운 적이 있나요?"

"네, 꽤 많아요. 개중에는 아주 위험한 사건들도 있었죠."

"두 사람이 아주 친한 모양이군요."

"그래요, 그렇게 말할 수도 있겠죠." 어색한 침묵이 흘렀다. 해미시의 눈꺼풀이 내려왔다.

"좋아요." 세라가 밝게 말했다. "커피 마실래요?"

"네, 부탁합니다."

존슨 씨가 그들에게 다시 왔다. "프리실라가 두 분 저녁 식사는 호텔에서 내라고 합니다."

"정말 친절하네요." 해미시가 말했다. 그 순간에도 그의 머릿속은 전화기 너머의 남자가 도대체 누구인지 궁금해서 맹렬하게 돌아가고 있었다.

지배인이 가고 나서 해미시는 쥐어짜듯이 사건으로 정신을 되돌려 놓았다. "자꾸 걸리는 게 있는데, 어떤 식인지는 모르겠지만 이 절도 사건과 살인 사건이 연관이 있을 것 같다는 기분이 들어요."

"저는 도저히 짐작이 가지 않는데요." 세라가 말했다.

"나도 마찬가지예요. 그냥 직감이지."

세라는 해미시의 목소리에서 고지의 치찰음이 나는 것을 알아채고 모르는 척했다. 그가 언짢을 때면 늘 두드러지는 것처럼 보이는 습관이었다. 프리실라와 얘기를 나누고 나서 그는 기분이 언짢아졌다. 물론 거짓말로 자기 방에 들어가려는 것을 그녀가 나무랐기 때문일 수도 있었다. 하지만 그것만으로는 그의 눈에 깃든 황량함을 설명할 수 없었다.

"증류소 얘기를 해 주세요." 세라가 말했다. "그 사람들은 언제 법정에 출두하나요?"

"출두 안 합니다." 해미시가 말했다. "내가 그들에게 문을 닫아야 할 때라고 경고하고 말았죠."

"하지만 그 사람들 하는 일은 불법이잖아요! 왜 그들을 체포하지 않은 거예요?"

"하일랜드 사람들은 위스키를 만드는 건 불법으로 생각하지 않아요." 해미시가 말했다. "헤브리디스 제도에서 일어난 일인데요. 그 지역에 생면부지인 경찰이 새로 와서는 불법 증류소를 돌린다는 혐의로 동네 사람 두 명을 체포했어요. 그는 경찰서 옥상으로 피난을 가야 했지요. 동네 사람들이 경찰서에 불을 지르려고 했거든요. 하일랜드의 경찰들은 그냥 눈을 감아야 할 문제가 몇몇 가지 있어요. 뭐, 저 아래 남쪽에서도 보복 사건은 일어나지 않습니까. 영국왕립애조협회라고 들어

봤어요? 조류를 보호한다는 왕립협회요."

"그럼요. 나도 한때 회원이었는걸요. 하지만 탈퇴했어요."

"왜요?"

"나에게 서신을 보내왔는데, 기부를 하라고 하고, 자기들이 정치적 힘이 될 수단을 가지고 있다고 하더군요. 저는 정치적 힘이 될 만한 것과는 그게 뭐라도 엮이고 싶지 않거든요."

"저기 아래 퍼스셔에서는 사냥터 관리인들이 검독수리를 비롯해서 맹금류 때문에 아주 골머리를 앓고 있어요. 보호종인 맹금류가 사람들이 키우는 어린 뇌조와 꿩을 아주 도륙을 내거든요. 한 사냥터 관리인이 검독수리와 다른 맹금류의 보금자리에 암탉 여섯 마리가 낳은 달걀에다 독을 타 늘어놓은 것 때문에 퍼스 보안관 법정에서 2천 500파운드의 벌금형을 받았는데, 그 후에 왕립애조협회의 전 직원이었던 사람 소유의 부동산이 쑥대밭이 됐어요. 그곳에는 히말라야에서 수입한 귀하디 귀한 국가 소유의 식물이 있죠. 누가 그 식물에다 제초제를 뿌렸고, 잔디에는 역시 제초제를 뿌려 '왕립애조협회'라는 글자를 3미터 길이로 새겨 놨어요. 증거는 아무것도 나오지 않았지만, 벌금형을 받은 사냥터 관리인과 연관된 앙갚음이라고 사람들은 믿고 있죠.

내가 뭐 기물 파손을 용납한다는 건 아니에요. 그 사건은 악랄하고 고약한 기물 파손 행위였어요. 하지만 한편으로 사냥꾼 관리인들은 엄청나게 답답해하면서, 딜떨어진 도시 놈들의 태도에 속으로 욕을 퍼부어 대고 있죠. 하일랜드 지역의 많은 사람들은 광활한 사격 사냥터에서 생계를 이어 가고 있고, 다른 데는 마땅한 일자리도 별로 없어요."

"이곳은 분명 세상의 다른 부분처럼 느껴지기는 해요." 세라가 말했다. "영국 제도의 일부처럼은 전혀 느껴지지 않죠. 어떤 사람들은 하일랜드를 바이킹의 남부 지역이라고 말하기도 하더군요."

"저도 그렇게 믿습니다." 사실 서덜랜드의 역사는 잘 모르는 해미시가 말했다.

"그래요." 세라가 일어섰다. "얘기 끝나셨으면 범죄자의 삶을 시작해 봅시다."

해미시는 프리실라의 방이 있는 위층으로 세라를 데리고 갔다. 죄책감과 상실감이 뒤섞인 이상한 기분으로 해미시는 열쇠를 돌리고 문을 연 다음에 불을 켰다. 거실의 모든 것은 프리실라 자신처럼 예전 그대로 근사하고 잘 정돈되어 있었다. 세라는 곧장 창가 책상에 놓인 컴퓨터로 가서 그 앞에 앉았다.

"뭐라도 읽거나 뭐라도 생각하고 있어요." 그녀가 어깨 너머로 말했다. "시간이 좀 걸릴 수도 있어요."

해미시는 고향 땅에 대한 지식이 없음을 상기하고는 책장으로 가서 도널드 오먼드가 엮은 『서덜랜드 이야기』라는 책을 꺼내 들고 앉아서 읽기 시작했다. '서덜랜드는 서쪽으로는 민치해협의 파도가 휘몰아친다. 대서양 전설 속의 푸른 남자들이 아무 생각 없이 있던 뱃사람들을 꾀어 파멸로 몰아넣는 그 바다 말이다. 북쪽으로는 바이킹들이 오래 터를 잡고 있던 북해가 있고, 북동쪽으로는 케이스네스의 비옥한 땅이 있으며, 남동쪽에는 모레이만이 있는 곳. 서덜랜드 남쪽은 아름다운 로스크로머티로 녹아든다. 사람들은 켈트인과 스코틀랜드인들, 픽트인들, 바이킹이 뒤섞여 있다. 그리고 대개발 사업 이래로 남쪽에서 사람들이 엄청나게 몰려와 양을 치는 사업이 성행하게 되었다. 어디에서 흘러들어 왔는지 낮게 깔린 안개와 검게 누운 만과 호수, 음울한 황야, 하늘을 찌를 듯한 산들 앞에서 사람들은 그렇지 않아도 믿는 미신에 미신을 더하고 미지의 것에 대한 두려움을 불려 갔다.'

여기 풍경이 상상력을 자극하기는 하지, 책에서 고개를 들며 해미시는 생각했다. 도시에서 온 사람들은 이곳에서 살게 된 지 얼마 지나지 않아 귀신과 요정을 믿게 된다.

세라가 작게 한숨을 내뱉었다.

"아직 소득 없어요?" 해미시가 물었다.

"아직요. 시간이 더 걸리겠어요."

해미시는 수마에 관한 부분을 읽기 시작했다. '전해 내려오는 온갖 초자연적인 피조물 중에서 수마에 두려움을 갖는 사람은 아무도 없었다. 게일어로 '이치 유이스게'라고 한다. 내 어린 시절을 떠올려 보자면, 우리는 몇몇 만에는 가면 안 되었다. 어둡고, 수마에 씐 위험한 곳이라고 했다. 폭풍우가 몰아치는 바다에 접한 하일랜드와 파도의 시달림을 받는 섬들, 짧아서 물살이 센 강들과 깊고 검은 만들, 이런 곳에서 물의 힘은 공포의 대상이고 악의로 넘쳐나 보였다. 이런 악함은 잘생긴 젊은 남자, 혹은 늙은 여자의 모습으로 변할 수 있는 말의 모습으로 나타나기도 한다. 수마, 켈피라고도 불리는 이 물의 정령은 모습을 자유자재로 바꾸어 희생물을 죽음에 이르게 했다.'

"됐다! 됐어요!" 세라가 외쳤다.

해미시가 그녀에게로 갔다. "블레어의 새 비밀번호요?"

세라가 고개를 끄덕였다.

"뭡니까?"

"'제길헐'이에요. '제기랄'이 아닐까 했는데, 스코틀랜드 사람들은 옛날식으로, 그러니까 '제길헐'이라고 쓰니까요."

"고약한 인종 같으니."

"의자 가져와 봐요. 길크리스트의 물건들을 좀 살펴봅시다."

해미시는 군말 없이 의자를 가져와 그녀 옆에 놓고 앉았다.

그녀가 다양한 보고서를 이리저리 클릭했다. "이거네요."

그들은 치과 의사의 집에서 나온 물품들에 관한 보고서를 열심히 읽었다. 그는 유언을 남기지 않았고, 경찰은 그의 가족이 있는지 여전히 찾고 있었다. 인버네스에 사는 지니 전에 그가 결혼을 했다는 증거는 없었다. 그의 집에는 사진이라는 게 아예 없었다. 이상도 하네, 해미시는 생각했다. 그의 집 거실 바에는 최고급 몰트위스키가 쌓여 있었다. 값비싼 맞춤 정장과 실크 셔츠, 수제 구두들도 있었다. 그의 차는 산 지 몇 달밖에 되지 않은 BMW였다.

"돈깨나 벌고, 쓰기도 꽤나 썼군요." 해미시가 작게 웅얼거렸다. "하지만 사진이 한 장도 없다니! 여권, 출생증명서, 졸업장, 대학교, 치과대학 졸업장은 있어요. 하지만 무슨 휴가 때 찍은 사진 같은, 그런 개인적인 기록은 하나도 없어요. 결혼 사진조차 없잖아요. 이런, 이건 아무 소용 없는데요. 길크리스트의 집을 내 눈으로 직접 보면 좋으련만."

"그 집 앞에는 경찰이 있겠죠. 그냥 가서 경찰과 몇 마디 나누다 한번 들어가서 보면 안 되냐고 할 수 없어요?"

"해 볼 만해요. 내일 아침에 길이 차가 다닐 정도가 되면 말이죠."

"오늘 밤에 집에 갈 수는 있겠어요?"

해미시는 창문으로 가서 밖을 내다보았다. 호텔 조명 아래

펼쳐진 시골이 몰아치는 눈의 장막에 갈가리 찢기고 있었다.

"오늘은 여기 묵어야겠네요." 그가 천천히 말했다.

그녀가 그를 바라보았다. 그들의 눈길이 얽혔다. 공기가 불현듯 성적인 긴장감으로 팽팽해졌다. 그가 그녀에게 한 발짝 다가서는 참에 문이 확 열리고 존슨 씨가 들어왔다. "날씨가 끔찍하네, 해미시." 그가 말했다. "사무실 옆에 당신이 묵을 방을 마련해 뒀어요. 여기 일이 끝나면 안내해 줄게요."

"모르겠네요." 해미시가 내키지 않는 말투로 말하고는 세라에게 애걸하는 눈빛을 보냈다. 하지만 그녀는 이미 컴퓨터를 끄고 있었다. 성적인 흥분은 사라졌다. 일말의 전율도.

"제가 사실은 꽤 피곤해요." 그녀가 말했다. "아침에 만나요, 해미시."

"내 팔자가 이렇지, 뭐." 지배인을 따라 아래로 내려가면서 해미시가 중얼거렸다.

"뭐라고요?" 존슨 씨가 물었다.

"아무것도 아니에요." 해미시가 화를 내며 말했다. "아무것도 아니라고요."

다음 날 아침 해미시는 하얀 정적 속에서 깼다. 그가 묵은 방은 호텔 종업원들이 쓰는 방들 중 하나였다. 방에는 좁은 침대와 옷장 하나, 의자뿐, 세면대 하나 없었다. 그는 일어나서 창가로 갔다. 방은 1층에 있었다. 그는 눈의 하얀 장벽을 내다보았다. 온통 눈밖에 보이지 않았다. 거대한 눈 더미가 시야를 가로막았다.

그는 빨아서 라디에이터에 올려 두어 말린 속옷을 집어 들고, 알몸에 침대 시트를 두르고서 직원들이 사용하는 좁은 욕실로 들어가 샤워를 했다. 옷을 다 입었을 때 호텔 바깥뜰에서 삽질을 하는 소리가 들렸다. 야외 일을 하는 직원들이 눈에 묶인 차들이 나갈 길을 터 주려고 작업을 시작하면서 트랙터들이 굉음을 냈다.

베이컨 굽는 냄새가 났다. 그는 식당으로 갔다. 세라가 토스트와 마멀레이드를 먹고 있었다. 그녀를 보자 해미시는 갑자기 수줍은 마음이 들었다. 하지만 그녀는 그에게 친근하게 미소를 짓고는 말했다. "우리 오늘 어디 갈 수 있겠어요?"

"우리요, 셜록?" 해미시가 그녀의 맞은편에 앉으며 말했다.

"그러니까 우리가 혹시 길크리스트의 집에 가서 근무 중인 경찰을 구슬려 안에 들어가면 어떨까 했는데, 어떻게 움직일 수 있는지 길이 안 보인다는 거예요."

그는 기다란 식당 창문 밖을 내다보았다. "눈은 그쳤어요. 눈 쌓인 도로를 치우는 데는 도시보다 이곳 사람들이 더 잘한답니다. 눈이 더 내리지 않는다면 움직일 수 있을 거예요. 아침을 먹고 나서 스노슈즈를 신고 경찰서로 가서 경찰차를 기지고 올게요."

"저도 데리고 가고요?"

"경찰 규정에는 어긋나지만, 그거야 조난을 당한 당신을 데려온 거라고 설명하면 돼요. 부탁 하나 해도 될까요?"

"말해요."

"컴퓨터로 가서 길크리스트의 은행 계좌에 뭔가 특이 사항이 있는지 알아봐 줄 수 있어요?"

"할 수 있죠. 하지만 지금도 말해 줄 수 있어요. 그의 재정에는 아무런 특이 사항이 없어요."

해미시는 답답한 마음에 테이블을 쾅 내리쳤다. "늘 이렇다니까요." 그가 푸념을 했다. "마을 순경밖에 안 되는 주제라서 온전한 그림을 볼 수가 없다고요."

"당신이 그걸 바꾸면 되죠."

"그러려면 스트래스베인에 살아야 하고, 나는 그건 견딜 수 없어요."

해미시는 좋지 않은 기분으로 다시 침묵에 빠졌다.

웨이트리스가 그들에게 다가왔다. "커피 더 드시겠어요?"

그들은 사양했다. 웨이트리스가 말했다. "아, 맥베스 씨, 앵거스 맥도널드 씨가 전화를 걸어왔어요. 연어 잊지 말라고 하네요."

"내가 여기 있는지 어떻게 알았답니까?"

"맥도널드 씨는 뭐든지 알아요."

"맥도널드 씨가 누구예요?" 세라가 물었다.

"동네 점쟁이예요. 미래를 예측하는 힘이 있다고 주장하는 사람이죠."

"정말 그래요?"

"내 생각에는 아주 영리하고 남 얘기 좋아하는 사람일 뿐이에요."

"그럼 이 연어 얘기는 다 뭐예요?"

"강에서 직접 잡은 연어를 가져다 달라는 거예요. 하지만 이 날씨를 봐요. 내가 브레이키의 생선 가게에서 한 마리 가져다줬더니, 그 노인네가 양식 연어인 걸 알아차리고는 진짜 연어를 가져다주지 않으면 나에게 온갖 불운이 닥칠 거라면서 저주를 퍼붓지 뭐예요."

세라가 신기한 듯이 그를 바라보았다. "양식 연어인 건 어떻게 알았대요?"

"연어 위에다가 빌어먹을 수정을 흔들어 보더군요. 하지만 브레이키에 사는 소식통 중 한 명이 그에게 전화를 걸었을 테죠."

세라는 바깥의 하얀 황야를 내다보았다. "이런 날씨라면 아무 일도 할 수 없겠어요."

"일단 스노슈즈를 가져와서 경찰서까지 갈 수 있을지 봅시

181

다."

그가 호텔에서 나왔을 때 제설기를 단 트랙터 두 대가 호텔 앞마당을 치워 놓았고, 호텔 바깥의 좁은 도로도 이미 눈이 치워지고 소금이 뿌려져 있었다. 눈 위로 하늘이 쇠처럼 잿빛이었지만, 눈은 내리지 않았다. 그는 얼어붙은 풍경 속을 뚫고 터벅거리며 로흐두로 향했다. 모든 것이 멈춰 있고, 모든 것이 고요했다. 새조차 울지 않았다. 차가운 하늘을 나는 독수리 한 마리 없었다. 로흐두 위로 솟은 두 개의 산꼭대기는 안개에 가려져 있었다. 그나마 다행인 것은 또다시 땅을 헤집어 놓도록 눈을 휘날릴 바람이 불지 않는 것이었다.

그는 양들을 살펴보고서는 양들이 먹을 겨울 꼴을 내놓았다. 그러고는 눈삽을 꺼내 경찰서 옆 짧은 진입로를 치워 랜드로버 경찰차가 나갈 길을 마련했다.

그리고 우유와 설탕을 듬뿍 넣은 커피를 만들어 보온병에 넣어 랜드로버에 가져다 두고 토멜성 호텔로 갔다.

그는 세라와 함께 다니는 게 기뻤다.

"브레이키로 가는 길이 전부 치워져 있으면 좋겠네요." 그가 말했다. 그들은 바다를 따라갔다. 1차선 도로는 구불구불했다. 세라는 잿빛 푸른 대서양이 포효하는 모습을 신기해서 바라보았다. 집채만 한 파도가 바위 해변을 후려쳤다.

"잠깐 서요." 그녀가 간곡히 청했다.

그녀는 휘몰아치는 바다를 차창으로 내다보며 경외감에 빠졌다.

"땅에서는 모든 게 멈춰 있잖아요." 그녀가 찬탄했다. "바다는, 그러니까 난리도 아니네요."

"미국에서부터 그 먼 길을 온 바다죠." 해미시가 말했다.

"늘 이렇게 거칠어요?"

"아뇨. 여름에는 때때로 유리처럼 잔잔해요. 하지만 이곳 날씨는 종잡을 수가 없죠."

그는 클러치를 넣고 천천히 차를 출발시켰다. 어찌나 날이 추운지, 길에 염화칼슘을 아무리 뿌려 놓아도 바퀴에 빙판이 느껴졌다.

"길크리스트의 집은 어디예요?" 세라가 물었다.

"브레이키 끝자락에 있어요. 컬로든로요. 다 왔군요." 해미시가 우회전을 하고 나서 랜드로버를 서서히 멈추었다. "여기서 멈춰야겠네요." 도로는 눈 더미로 막혀 있었다. "당신은 그냥 여기 있는 게 좋겠어요. 난 걸어서 그의 집까지 가려고요."

"전 괜찮아요. 눈이 차갑고 가루처럼 내리니 젖을 일도 없겠네요."

그들은 차에서 내렸다. 해미시가 앞서서 눈 더미를 헤치며 갔다. 길크리스트의 집 바깥에 경비를 서고 있는 경찰은 없었다. 그는 스트래스베인 주위의 도로가 여전히 봉쇄되어 있을 것이라고 짐작했고, 그 짐작은 맞았다. 도시에서 먼 곳일수록 제설 작업은 더 잘 이루어졌다. 길크리스트의 집은 스코틀랜드의 마을 도로에 많이 늘어선 빅토리아풍 주택이었다. 빅토리아 여왕이 하일랜드를 유행에 민감하게 만들어 버리는 바람에 신분이 가장 낮은 사람들조차 빅토리아 여왕을 따라 하려고 했다. 그리하여 마운트 플레전트니, 파인스니, 퍼스니, 로렐스니 하는 거창한 이름의 시골 저택들이 우후죽순으로 지어진 것이었다. 길크리스트의 집은 컬로든 저택이라는 이름이 붙어 있었다. 이 집을 보지 않고 이름이 새겨진 푯말만 본 사람에게 시골 저택을 연상케 하려는 의도가 빤히 보였다.

해미시가 짧은 진입로를 헤치며 갔다. "이제 어쩔까요?" 그가 반쯤 혼잣말을 했다.

"뒤로 돌아가 봐요." 세라가 재촉했다. "어디 열린 데가 있을 거예요."

그들은 집을 돌아갔다. 뒤쪽은 눈보라를 막는 구조물이 있어서 비교적 길이 깨끗했다.

해미시는 뒷문을 열어 보았다. "당연히 잠기고 봉쇄가 됐겠지." 그가 투덜거렸다. "여기 이웃들이 우리를 볼 거예요."

"무단 침입 사건을 수사하고 있다고 말하면 되잖아요." 세라가 말했다.

그가 그녀를 내려다보다가 갑자기 미소를 지었다. "그렇게 하면 되겠네요." 그가 쾌활하게 말했다. 그리고 코트 주머니에서 짧은 경찰봉을 꺼내 단 한 번의 신속한 타격으로 뒷문 유리창을 깨고 몸을 집어 넣어 자물쇠를 풀었다. "이제 무단 침입이 일어났네요." 그가 말했다. "그리고 내가 그걸 수사하는 거고요. 우리는 나무와 관목 숲과 높은 울타리로 다른 집들의 눈에서 가려져 있는 거예요. 아무도 우리를 볼 사람이 없고, 유리 깨지는 소리는 그냥 우리가 조각들을 치우는 소리로 들릴거예요."

집으로 들어간 그들은 현대식 부엌에 서 있었다. 공기가 몹시 춥고 퀴퀴했다.

"거실부터 해 봅시다."

해미시는 거실로 들어가 선 채로 주위를 둘러보았다. 발아래 값비싼 하얀색 카펫이 거실 전부를 덮고 있었다. 세 개가 세트로 된 하얀색 소파는 얼음처럼 차갑고 너무도 새것이라 바깥의 눈만큼이나 얼어 있는 듯 보였다. 위에 옛날 동전들을 늘어놓은 커피 테이블이 있었다. 벽에는 스테레오와 텔레비전 세트, 페이퍼백 몇 권, 비디오테이프들이 쭉 꽂혀 있었다.

하일랜드의 풍경을 담은 형편없는 유화가 벽난로 위에 걸려 있었다. 벽난로는 막혀 있고, 그 앞에 가짜 장작을 넣은 전기난로가 놓여 그것을 가리고 있었다. 창가에는 책상이 있었다. 헤미시는 두터운 가죽 장갑을 벗고 주머니에서 꺼낸 얇은 비닐장갑을 꼈다. "장갑 없이 아무것도 만지지 말아요." 그가 세라에게 지시를 내렸다. 그는 책상 서랍을 조심스럽게 열었다. 다양한 편지와 청구서가 있었다. 편지는 지역 로터리 클럽 같은 재미없는 단체와 약품 회사에서 온 것이었다.

그는 모든 것을 발견했던 그대로 다시 놓으며 수색을 계속했다. "이상하네요." 그가 중얼거렸다. "통장도 하나 없고, 입출금 내역서, 신용카드 기록도 전혀 없어요."

"침실을 수색해 봐요." 세라가 소곤거렸다. "그런 걸 침대 옆 서랍, 아니면 침대 아래 여행 가방 같은 데 보관해 두는 사람들이 있잖아요."

그들은 조용히 위층으로 올라갔다. 한 침실은 남는 방으로 쓰지 않는 것 같아 보였지만, 다른 침실은 반짝거리는 녹색 실크 퀼트로 덮인 커다란 더블 침대가 놓여 있는데, 사람이 지냈던 방처럼 보였다. 해미시는 옷장을 열었다. 그랬다. 옷장 안에는 보고서에 항목별로 적혀 있던 양복과 셔츠들이 있었다. 그는 옆에 있는 테이블로 주의를 옮겼다. 서랍을 열었다. 국제 기드온협회 기증의 성서가 한 권 있고, 그 밑에는 포르노 잡지 몇 권과 개봉하지 않은 콘돔 봉지, 블랙베리 향의 콘돔이 있었다.

"어딘가에는 있을 거예요. 물건 쌓아 두는 골방 같은 데를 찾아봅시다." 해미시가 말했다.

"너무 오래 걸리면 안 돼요." 세라가 재촉했다. "유리가 깨지는 소리를 들은 이웃 사람이 있다면 우리는 곧 곤경에 처하게 될 거예요."

해미시는 방에서 나와 작은 층계참에 섰다. 아직 열어 보지 않은 문 두 개가 있었다.

한 곳은 욕실이었고, 다른 곳은 또 침실이었다.

그가 불타는 듯한 붉은 머리를 긁적였다.

"이런 집에는 지하 창고 같은 게 있지 않겠어요?" 그의 뒤에서 세라가 물었다.

"그래요, 가서 봐요. 은행 입출금 내역서 같은 것을 지하실에 갖다 놓는 사람은 거의 없다고 봐야겠지만 말이에요."

그들은 부엌으로 다시 내려갔다가 복도로 나왔다. 계단 아래 낮은 문이 있었다. 해미시가 문을 열었다. 좁다란 나무 계단이 밑으로 나 있었다. 그가 내려가고 세라가 뒤를 따랐다.

형사들은 어찌 된 이유에서인지 지하실에 비싼 웨이트 장비와 운동기구가 완전히 구비된 운동실이 있다는 걸 적어 둘 생각은 하지 않은 모양이었다. 더 중요한 것은 위로 밀어 올리는 덮개가 달린 책상이 한쪽에 놓여 있다는 것이었다.

해미시는 책상으로 서둘러 갔다. "마침내 발견했군요. 장부, 신용카드 기록, 통장이에요." 그가 책상 앞에 앉았다. 세라는 낭상이라노 성찰 사이렌이 울부짖는 소리가 들려올까 봐

전전긍긍하며 기다렸다.

"여기 있군요." 세라가 느끼기에 괴로울 만큼 긴 시간이 흘렀을 때 해미시가 말했다. "이 사람은 빚이 있었어요. 그것도 빚더미에 앉은 수준이었어요. 내셔널 하일랜드 은행에서 55만 파운드의 마이너스 통장을 썼고, 테이 제너럴에서 25만 파운드의 마이너스 통장을 썼어요. 비자와 액세스 같은 신용카드 청구서도 어마어마해요. 그가 갔던 레스토랑을 적어서 그곳에 전화를 걸어 보고, 누구와 함께 즐겼는지 알아봐야겠어요. 이런, 이런, 이런, 돈 펑펑 쓰는 사람들의 최후란."

"해미시," 세라가 애원했다. "원하는 걸 찾았으면 어서 밖으로 나가요."

"그래요, 움직이는 게 좋겠어요. 하지만 저 문을 고치게 유리 끼우는 사람을 불러야겠어요."

"하지만 경찰에 먼저 말하지 않고 유리 끼우는 사람을 부르면, 경찰이 알게 됐을 때 무단 침입을 한 장본인이 당신이라는 걸 알리는 꼴이 되잖아요."

"내가 부탁할 사람은 경찰에 말하지 않을 거예요. 설령 그가 잡히더라도 그는 내가 침입을 한 거라고 말하면 돼요. 나는 안에서 누군가 지나가는 걸 본 것 같아서 그랬다고 하면 되고요."

세라는 집을 나와 랜드로버까지 가는 길을 헤쳐 가면서 기쁜 마음이 들었다. 해미시가 차를 몰고 가서 마을 자락에 있는 작은 집에 들렀다. "여기서 기다려요. 내가 가서 유리 끼우는 사람에게 일을 시킬 테니까. 시동 계속 켜 놓고 히터도 계속 돌리고 있어요."

한동안 시간이 흐르고 나서 그가 돌아왔다. "저 사람이 유리를 갈아 줄 거예요. 그가 라디오에서 들었다는데, 스트래스베인 주변의 도로가 여전히 차단되어 있어서 작업할 시간은 넘칠 거라고 합니다."

"이제 어떻게 해요?"

"매기 베인에게 가야겠죠. 그 여자가 체포되지 않았다면요."

매기 베인이 문을 열어 주었다. 그녀는 검은색 스웨터와 치마를 입고 있었고, 울어서 얼굴이 부어 있었다. 해미시는 세라를 차에 있으라고 할까 생각하다가 함께 들어가기로 마음먹었다. 매기가 그녀가 있는 것을 반대하면 밖에서 기다리라고 말하면 될 것이었다.

"지나던 길에 들렀습니다." 해미시가 가볍고 유쾌한 하일랜드 억양으로 말했다. "어떻게 지내시는지 궁금해서요. 공무상 방문이라기보다는 친목 도모차 왔다고 생각하시면 됩니다."

"들어오세요." 그녀가 무미건조한 기실로 안내했다. "앉으세요." 넌덜머리가 난다는 투였다.

세라는 매기의 아름다운 얼굴을 뜯어보았다. 어떻게 저렇게 예쁜 여자가 이 황량한 하일랜드 마을의 중년 치과 의사와 사귀게 된 걸까?

"끔찍했어요. 그 짐승 같은 블레어가 나한테 소리를 지르고 고함을 질렀다고요. 난 그 사람에게 내 평판을 지키느라 말을 하지 않은 거였다고 말하려고 애썼어요. 여기는 글래스고나 런던이 아니잖아요. 스코틀랜드의 하일랜드라고요."

"너무 큰 괴로움을 드리는 게 아니라면, 그의 어떤 점에 끌렸는지 말해 주실 수 있습니까?" 해미시가 연민의 정을 보이며 몸을 앞으로 내밀었다.

"그 사람은 매력이 넘쳤어요."

"중년의 치과 의사가요?"

"당신은 그를 모르잖아요." 그녀가 지친 기색으로 말했다. "나는 그 사람을 세인트앤드루스에서 만났어요. 마지막 시험을 통과하고 막 대학을 마쳤을 때였어요. 난······ 나는 친구를 잘 사귀지 못해요. 졸업을 기념하려고 술집에 한잔하러 갔을 때였어요. 그가 그곳에 있었고, 우리는 대화에 빠져들었어요. 그런데 그가 갑자기 말했어요. '나 내일 파리에 가요. 나와 함께 가요. 내가 비행기표 사 줄게요.'

그리고 내가 말했죠. '그래요.' 그냥 그렇게 말이에요. 정말

190

멋졌어요. 우리는 포시즌 조지 5세 호텔에 묵었고, 부두를 따라 산책을 하고 서점들을 구경했어요. 내가 요즘 세상에 누가 모자를 쓰냐고 했지만, 그는 라파예트 백화점에서 나에게 한 사코 모자 하나를 사 주었어요. 조화가 꽂힌 모자였지요." 그녀가 약한 흐느낌을 집어삼켰다. "그 모자는 아직도 있어요."

침묵이 흘렀다. 바깥에서 얼어붙은 나뭇가지가 마치 안절부절못하는 손가락처럼 단조로운 주기로 창문을 두드려 댔다.

"그와의 관계는 왜 깨졌습니까?"

"우리는 프로방스로, 아그드로, 세트로 그리고 해안을 따라서 휴가를 갔어요. 하루도 빼놓지 않고 비가 내렸죠. 구름이 어찌나 낮게 깔려 있는지 바다에 누워 있는 것처럼 보일 정도였죠. 우리는 호텔로 개조된 어느 고성에서 묵었어요. 방값이 몹시 비쌌지만, 천장에서 물이 새고 모든 게 눅눅한 냄새를 풍겼어요. 그는 짜증스러워하고 툭하면 성질을 부리더니 내게 시비를 걸기 시작했어요. 3주 동안 휴가를 다녀올 생각이었지만, 그는 일주일이 지나고서 그냥 휴가를 끝내 버렸어요. 나는 울고 또 울었지만, 그는 내 말을 들으려 하지 않았죠."

해미시는 깊게 숨을 들이마시고는 부드럽게 물었다. "길크리스트 씨가 돈 걱정을 하는 기미는 없던가요?"

그녀는 정말로 놀란 것 같았다. "하지만 그는 치과 의사로

돈을 아주 잘 벌었잖아요. 그는 언제나 최신 차를 샀고, 최고급 레스토랑들에서 식사를 했어요."

"다른 여자는 없었습니까?"

"있었던 것 같아요. 그를 미행해 본 적이 있어요. 참 바보 같은 짓이었죠. 그는 바로 알아차렸고, 자기한테 틈을 주지 않으면 나를 떨궈 내겠다고 했어요. 그는 인버네스에 아주 많이 갔어요. 나는 그곳에 누군가가 있었을 거라고 확신해요."

"뭔가 떠오르면," 해미시가 말했다. "그냥 저한테 전화를 주세요. 곧바로 달려올 테니까요."

매기가 가련하게 훌쩍거렸다. "아주 친절하시네요. 스트래스베인의 저 끔찍한 경찰들과는 다르게."

"기자들이 당신을 성가시게 굴던가요?"

"그래요. 하지만 날씨 때문에 오지 못하겠죠. 그리고 어쨌거나 흥미도 잃은 것 같던걸요."

"길크리스트 씨에게 특별한 친구들이 있었나요?"

"아니요. 한동안은 만나는 사람이 저밖에 없었어요. 우리 두 사람 다 이곳에는 친구가 한 명도 없었어요. 우리만 있었으면 됐죠."

"가족은요? 그러니까 제가 아는 바로는 친지라고 나서는 사람이 아무도 없던데요."

"그는 자기가 외아들이고, 부모님은 돌아가셨다고 했어요."

"그거 이상하군요. 사촌이라든지, 누구든지 있다는 생각이 들게 마련이니까요." 결혼사진, 해미시는 생각했다. 지니 길크리스트는 결혼사진들을 가지고 있을 것이었다. 반드시 그녀를 만나 보아야 했다.

그는 일어서서 가겠다는 인사를 했다. 그는 세라가 함께 있는 것에 매기가 아무런 말도 하지 않은 것이 감사할 따름이었다.

차로 돌아오자 그가 말했다. "호텔에 당신을 데려다주고 인버네스에 갈 거예요. 길크리스트의 전 부인과 다시 얘기를 하고 싶어서요."

"저도 데려가요." 세라가 말했다. "어차피 할 일도 없어요."

해미시는 강철 같은 잿빛 하늘을 바라보았다. "바람이 솟아오르고 있어요. 위험한 여정이 될 수도 있어요."

"그럼 함께 위험해지자고요."

해미시가 그녀에게 갑자기 미소를 지었다. "그럼 인버네스로 갑니다."

제7장

"자, 이제 우리는 서로를 봤어."
유니콘이 말했다.
"네가 나를 믿는다면, 나도 너를 믿을게.
그러면 거래가 될까?"
루이스 캐럴

"당신 옆 바닥에 커피가 든 보온병이 있어요." 해미시가 천천히 차를 몰면서 말했다. "우유와 설탕이 들어 있어요. 길크리스트의 집 바깥에 경찰이 있으면 좀 봐 달라는 의미로 주려고 만든 거죠."

"설탕 든 건 마시지 않아요. 하지만 만약 눈에 갇히면 마실 마음이 생길지도 모르죠."

"도녹으로 가서 다리를 건널 겁니다." 해미시가 침울한 바깥세상을 보며 말했다. "눈이 약간 비가 되고 있는 것 같아요."

도녹만의 긴 다리에 도달했을 무렵 해미시는 열중해서 앞을 보느라 눈이 피곤하고 꺼끌꺼끌했다. 다리를 건너가는데 다리 끝에서 노르스름한 빛이 보였고, 그는 그것이 무엇인지 모르겠다고 생각했다.

그는 곧 알게 되었다.

다리 반대편은 다른 세상이었다. 그들은 휘몰아치는 눈보라와 어둠에서 찬란하게 빛나는 햇빛 속으로 곧장 들어섰다. 해미시는 백미러로 뒤에 남겨진 장벽, 험한 날씨가 쳐 놓은 검은 장벽을 경이에 차서 보았다. "폭풍이 저쪽에만 머물기를 희망해 봅시다." 해미시가 말했다. "인버네스까지 따라오지 않기를요."

"이런 희한한 기후에는 절대 적응이 되지 않을 것 같네요. 길크리스트 부인에게서는 뭘 알아내고 싶은 건데요?" 세라가 물었다.

"길크리스트에 대해 알아낼 수 있는 모든 것을 알아내고 싶어요. 그녀는 분명 그를 누구보다도 잘 알았을 테니까요."

"매기 베인은요?"

"그녀는 그와 연애를 했을 뿐이에요. 결혼 생활은 사람들에게서 괴물을 끌어내죠."

"그래요, 맞는 말이에요." 그녀가 서글프게 말했다.

그는 조수석에 잔뜩 움츠린 형체를 날카롭게 쳐다보았다. "당신이 그걸 어떻게 알죠?"

"관찰을 통해서요." 그녀가 말했다. "당신과 꼭 마찬가지로 요."

인버네스의 앤스트루서로에 들어섰을 때 해미시는 차에서 내려 하늘을 올려다보았다. 기다랗고 너덜너덜한 먹구름이 서쪽에서부터 몰려오고 있었다. 폭풍의 발톱이 동쪽으로 뻗치고 있었다.

지니 길크리스트는 집에 없었다. "당연히 직장에 있겠지." 해미시가 말했다. "인버네스 시내로 들어가서 뭘 좀 먹고 의회 사무실에 가 봅시다."

그들은 셀프서비스 카페를 찾아냈다. 세라는 샐러드를 먹었고, 해미시는 고기가 든 스코치 파이와 칩을 먹었다.

"당신이 콜레스테롤 수치를 걱정하는 사람이 아니란 건 알겠군요." 세라가 한마디 했다.

"위로의 음식이에요." 해미시가 말했다. "저는 샐러드를 먹으면 성질머리가 괴팍해져요."

"괴팍한 당신은 상상이 가지 않는데요." 세라가 말했다. "당신은 정말이지 태평스러워 보이거든요."

그가 세라에게 미소를 지었다. "저도 고약한 성질머리가 있답니다."

"믿어지지 않아요. 안이나 바깥이나 저 모든 사람들을 봐요. 다 어디서 오는 사람들이죠? 인버네스가 이렇게 분주한 곳이라니, 놀랐어요."

"그래요, 이렇게 된 지가 한참 됐죠. 갑자기 걸리는 게 있어요."

"뭔데요?"

"스마일리 형제의 증류소 말이에요. 계속 그 기다란 별채가 생각이 나요. 그러니까 지역 사람에게 위스키 몇 병 돌리는 거라면 괜찮죠. 혹시 그들이 큰 사업체가 됐다면요?"

"당신이 계속 말하기를, 하일랜드 지방에서는 그 무엇도 비밀로 지켜지기 어렵다고 했잖아요. 그랬다면 누군가 당신에게 말을 해 줬겠죠. 내 말은 약국의 카일리라는 여자애가 그들에 대해 알았다면서요."

"당신 말이 맞겠죠. 그리고, 지금은 밀주보다는 살인 사건이 우선이고요."

식사를 하고 나서 그들은 시의회 사무실로 가 지니 길크리스트를 찾아냈다. 그녀는 한쪽 방으로 그들을 데려갔다. 해미시는 인버네스에서 만난 친구라고 세라를 소개하면서, 그녀가 있는 것을 원하지 않으면 밖에서 기다리게 하겠다고 말했다. 지니가 어깨를 으쓱했다. "저는 숨길 거 없어요. 전 지방 검찰이 시신을 내주면 프레더릭의 장례식을 준비해야 해요."

"바로 그것 때문에 왔습니다. 그분은 집에 결혼사진 한 장, 아니 어떤 종류의 사진도 없더군요. 결혼식에 누구 친지리도

왔을 텐데요."

"아, 그건 쉽게 설명해 드릴 수 있어요. 그 사람은 자기 사진을 아주 싫어했어요. 나는 그가 머릿속에 매력적으로 미화된 자신의 모습을 가지고 현실은 보려 하지 않았다고 생각해요. 그는 허영심이 아주 강한 사람이에요. 결혼식에 온 친척은 없어요. 사실 그는 고아원에서 입양되었답니다. 그를 입양한 부부는 오래전에 세상을 떠났고요. 결혼식에는 동료 몇 명이 왔죠."

"부인은 그가 전에도 결혼을 했었을지 모른다는 생각이 들었다고 말씀하셨지요. 결혼 준비를 하면서 그런 내용은 그의 기록에서 분명히 나왔을 텐데요."

"그런 건 그 사람 혼자 처리했어요. 아니요, 했다는 증거가 있지 않은 이상 전에 결혼을 한 적은 없다는 거겠죠. 그냥 감이었어요. 그가 언젠가 아주 깊은 관계를 가진 사람이 있고, 그 누구를 만나도 그 관계에는 미치지 못할 것이라는 감이요."

해미시가 한숨을 쉬었다. "뭔가 수상하고 중요한 것을 찾아냈다고 생각할 때마다 아주 깔끔하게 설명이 되어 버린단 말이죠. 저는 그가 빚더미에 앉아 있었다는 걸 알게 되었습니다."

"결국은 그렇게 붙들리고 만 거군요. 그렇죠?"

"네?"

"그는 과시하는 걸 좋아했어요. 커다란 차에 최고급 레스토랑에, 그런 부류의 남자였죠."

"부인은 그가 접수원인 매기 베인과 사귀는 걸 아셨습니까?"

"몰랐어요. 이혼 후에 그를 보거나 그에게서 연락을 받은 적이 한 번도 없었으니까요."

"길크리스트 부인, 누군가 그를 잔인한 방법으로 죽일 만큼 증오했습니다. 그가 어떤 곤경에 빠져 있었는지 짐작 가는 데가 있습니까?"

그녀는 머리를 흔들었다. "그는 허풍쟁이에 과시욕이 심했지만, 범죄에는 연루된 적이 없어요."

"부인은 왜 살인자가 범죄자였을 것이라고 짐작하시는 겁니까?"

"이를 드릴로 뚫어 놓은 거요. 그거 복수의 형태라고 할 수 있잖아요."

"그렇습니다." 해미시가 천천히 말했다. "그럴 수 있죠."

그는 그녀에게 달리 물어볼 말을 생각해 낼 수가 없어서 사무실을 나왔다. 바깥에 나와서 그가 세라에게 말했다. "증류소가 계속 걸려요. 당신은 호텔에 데려다줄게요. 아니요, 이번에는 당신을 데리고 갈 수 없어요. 스마일리 형제는 험하게 나올 수 있는 사람들이에요." 그는 고개를 한쪽으로 기울였다. "인버네스의 갈매기들이 울음을 멈추었고, 하늘이 검어요. 우리가 돌아갈 수나 있을지 의심스럽네요."

그들은 블랙 제도 위에 걸린 현수교를 건너 북부로 가는 A9 도로를 탔다. 눈송이가 차 주위에 휘날리기 시작했고, 앞의 도로는 시시각각으로 하얗게 변해 가고 있었다.

"방도가 없네요." 해미시가 말했다. "딩월로 가서 하룻밤 묵을 곳을 찾아야 할 것 같아요."

"좋아요." 세라가 말했다.

교통 상황이 느려지다가 기어가는 수준이 되었다. 눈송이가 두터워지고 눈의 장막이 휘몰아치면서 딩월 마을로 1센티미터씩 전진하고 있는 기분이었다. 해미시는 마침내 스테이션 호텔로 차를 몰고 가서 세웠다.

접수대에서 그는 방 두 개를 부탁했다. "두 개요." 접수대 너머로 세라의 손목을 쳐다보며 접수원이 말했다.

그녀가 씨익 웃었다. "수갑은 없어요. 저는 맥베스 씨의 친구예요. 죄수가 아니라요."

두 사람이 문으로 연결되어 있는 방을 안내받은 후에 세라는 휘몰아치는 폭풍을 뚫고 근처 약국에 가서 화장품과 칫솔, 치약을 사야 한다고 우겼다. 그들은 페이퍼백도 몇 권 사서 호텔 라운지로 돌아왔다. 하지만 세라가 책을 읽는 동안 해미시는 몰아치는 눈을 한가하게 내다보며 이 사건에 대해 자신이 알고 있는 것을 마음속에서 이리저리 돌려 보았다. 누가 가장 가능성이 높은 용의자일까? 매기 베인이다. 하지만 매기 베인이 무슨 수로 길크리스트만큼 무거운 남자를 끌어 올려 의자에 앉힐 수 있었을까?

다음으로 정신이 돈 해리슨 부인이 있었다. 극단적인 광기로 발작을 일으킨 나머지 초자연적인 힘을 발휘할 수 있었을까? 아니면 치과 의사는 카일리와 사귀었을까? 술집의 아주 많은 젊은이를 알고 있는 카일리를?

갑자기 라운지 창을 사납게 두드려 대는 소리가 났다. "비로 바뀌고 있네요." 손님 한 명이 말했다.

세라가 책에서 고개를 들었다. "눈이 빨리 녹으면 오늘 밤 이곳에서 묵지 않아도 될지도 모르겠어요."

"어떻게 되더라도 밤에 움직이기에는 길이 너무 안 좋을 겁니다." 해미시가 말했다.

그녀는 다시 책을 읽기 시작했다. 해미시는 궁금증에 잠겨 그녀를 뜯어보았다. 반짝이는 갈색 머리가 그녀의 얼굴을 가리고 있었다. 그들은 역 옆의 호텔에 갇히는 로맨틱한 상황에 있었다. 해미시 맥베스에게 희망이 있을까?

하지만 그는 그녀를 침대로 데리고 갈 수 있을지 없을지가 아니라 살인 사건이나 계속 생각해야 했다.

그들은 이른 저녁을 먹었다. 비는 이제 세차게 떨어지고 있었다. 그들은 저녁을 먹고 나서 산책을 하러 나갔다. 공기는 몰아치는 물로 가득 차 있었다.

"봐요, 길이 녹았어요." 세라가 말했다.

"그래요. 하지만 일은 내일로 넘깁시다." 해미시가 말했다. "더 북쪽에는 여전히 눈이 내리고 있을 수도 있어요."

호텔로 돌아왔을 때 세라는 목욕을 하고 침대로 가서 책을 읽겠다고 말했다. 해미시는 침울한 기분으로 밤 인사를 했다. 로맨틱한 밤은, 얼어 죽을!

그는 방에 들어가 옷을 벗고 속옷과 셔츠를 빨아 말리려고 걸어 놓았다. 그리고 목욕을 하고 침대로 올라가 옆방에 있는 세라를 잊으려고 애쓰며 책을 읽으려고 자리를 잡았다. 그 일에 너무 큰 성공을 거둔 나머지 그는 문에서 노크 소리가 들리자 호텔 직원일 것이라고 생각하고 외쳤다. "들어오세요! 문 잠기지 않았어요."

문이 열리고 세라가 들어왔다. 담요로 몸을 두르고 있었다.

"잠이 안 와서요." 그녀가 말했다. 거기 서서 그를 바라보고 있었다.

그는 일어나 앉아 이불을 젖혔다. "이리로 와요."

그녀가 담요를 떨어뜨렸다. 담요 아래는 알몸이었다. 그녀가 해미시 옆으로 들어왔다. 그가 입을 벌려 말을 하려는데,

그녀가 손으로 그의 입을 막았다. "질문은 말아요." 그녀가 속삭였다. "사랑을 나눠요."

해미시가 아침에 일어났을 때 햇빛이 창을 통해 들이치고 있었고, 세라는 없었다. 여자들은 왜 그러는 걸까, 그가 기분이 상한 채로 생각했다. 사랑을 나눈 다음 날 일찍 일어나서 사라질 수 있는 그 능력은 뭐지?

그는 또 목욕을 하고 옷을 입고서 그녀의 침실 문을 노크했다. 대답이 없었다. 그는 식당으로 내려갔다. 세라는 아침을 반쯤 비우고 있었다.

"당신이 너무 곤해 보였고, 나는 당신을 깨우고 싶지 않았어요." 그녀가 명랑하게 말했다.

"당신은 아주 쌩쌩해 보이네요." 해미시는 녹초가 된 기분이었다. 그가 그녀를 호기심 어린 눈으로 보았다. "보통 콘돔 하나씩을 가지고 다니나요?"

"약국에서 당신이 칫솔을 찾고 있을 때 산 거예요."

"정말 사려가 깊군요. 기분은 어때요?"

"끝내줘요."

그는 그녀의 눈을 들여다보았지만, 그 눈에는 건강하게 반짝거리는 빛 말고는 아무것도 보이지 않았다. 그는 간밤에 자신이 일종의 체조 같은 것을 하려는 의도로 이용 당한 깃은 아닌지 하는 불편한 감정이 들었다.

그는 무슨 연인 사이 같은 말을 하고 싶었지만, 그녀의 명랑하고 아무 일 없었다는 듯한 사무적인 태도에 거리껴졌다.

"이제 돌아가도 될 것 같군요." 그가 말했다. "난 가서 저를 찾았을 경우를 대비해서 스트래스베인에 전화를 걸어야겠어요. 인버네스에 갔다는 건 말하지 않는 게 좋겠어요. 그들이 거기에서 뭘 했냐고 물을 테니까요."

"길크리스트 부인을 또 보러 갔다고 하면 되잖아요."

"나는 일개 마을 순경이에요. 애초에 그녀를 만나서도 안 됐어요."

그는 공중전화가 있는 접수대로 가서 지미 앤더슨과 통화를 했다.

"아무 일도 없었어요." 지미가 말했다. "눈 때문에 아무도 움직일 수가 없었거든요."

블레어가 자기를 찾지도 않고 브레이키로 돌아오지도 않았다는 것을 알고 안도한 해미시가 식당으로 돌아왔다.

그는 커피와 토스트를 먹고, 세라에게 이제 가자고 말했다.

돌아오는 내내 그들은 말이 없었다. 해미시는 세라에게 그들이 보낸 밤이 그녀에게 어떤 의미라도 있었는지 묻고 싶은 마음이 간절했지만, 거부의 말을 들을까 봐, 밝은 어조로 그저 하룻밤 상대였을 뿐이라는 말을 들을까 봐 겁이 났다.

그는 그녀를 토멜성 호텔에 데려다주고 경찰서로 돌아왔다. 공기가 먼지와 퀴퀴한 냄새로 물들어 있었다. 그는 이 방저 방 돌아다니며 창문을 열었다.

그는 암탉과 양을 살피고 옷을 갈아입고서 랜드로버 경찰차에 다시 올라탔다. 스마일리 형제를 방문할 시간이었다.

길은 진창과 모래로 끔찍했다. 하지만 서쪽으로부터 부드러운 바람이 불어오고 깨끗이 씻겨 나간 파란 하늘에는 하얀 구름 줄기가 이어졌다. 공기에 봄이라고 속을 만한 기운이 풍겼다. 보통 봄이 몰고 오는 생각들을 불러오는 날씨였다. 하지만 세라 허드슨에 관한 생각이 떠오르자마자 그는 그녀에 관한 어떤 생각도 꽉 잠가 버렸다.

스마일리 형제 집으로 향하는 바퀴 자국 팬 길을 덜컹거리며 가면서 그는 그 트롤 같은 눈이 자신을 바라보고 있음을 감지했다.

스투리가 집 옆을 돌아 나와 차에서 내리는 해미시를 지켜보고 섰다가 그에게 다가왔다. 피트도 따라 나와 있었다.

"왜 왔소?" 스투리가 따졌다.

"양 분만실을 좀 보고 싶어서요."

"수색영장 있어요?"

"그렇게 말 안 통하게 나오면 곤란하죠." 해미시가 발끈했다. "내가 가서 수색영장을 가져오기를 바란다면 그렇게 히죠.

하지만 나는 스트래스베인에 수색영장을 왜 원하는지 정확히 고해야 할 테고, 당신들은 체포를 당할 겁니다. 당신들이 증류소를 운영한다는 건 마을에 자자하게 퍼진 듯하니."

"그냥 농담 좀 한 거요." 스투리가 흉측한 미소를 띠며 말했다. 오늘 아침 그는 그 끔찍한 의치를 하고 있었다. "따라와요."

그가 새로 지은 별채로 안내하고는, 주머니에서 커다란 열쇠를 꺼내 자물쇠를 풀었다.

해미시는 어둑한 헛간으로 들어섰다. 보통의 양 분만실과 똑같이 생긴 곳이었다. 하지만 셔터 달린 창문은 왜 달아 놓은 거지? 살펴보았지만 수상한 것은 전혀 보이지 않았다.

"한 가지가 더 있어요." 그가 말했다. "당신들 증류기를 좀 조사해 봐야겠어요."

"어이쿠, 해미시. 우리도 멍청이는 아니라오." 스투리가 조소했다. "당신이 우리를 노리는 걸 안 바로 그 순간에 몽땅 박살 냈단 말이지."

"아주 믿기 힘든 얘긴데요."

"거, 그냥 믿으시오." 피트가 쏘아붙였다. "어차피 농사일만으로도 힘에 부친다고."

해미시는 집도 수색해야겠다고 우겼지만, 집 안 어느 곳에서도 증류기가 있다는 흔적은 없었다.

그는 사기당한 것 같은 기분과 함께 떠났다. 하지만 그때 길크리스트와 아무런 접촉이 없었던 스마일리 형제가 그를 독살할 가능성이 있을까 하는 생각이 들었다. 동기가 없었다.

해미시는 기분이 축 처져 로흐두로 돌아왔다. 그는 점쟁이가 물렸던 연어를 냉장고에서 꺼내 생선용 찜 냄비에 넣고 쪘다. 그러고서 스테이크 형태로 썰어 소분을 해서 냉동실에 넣었다.

사무실 전화가 울리고, 그는 가서 전화를 받았다. "카일리 프레이저예요." 목소리가 말했다. "오늘 밤 제 아파트에 오셨으면 해요. 길크리스트에 대해 말씀드릴 게 있어요."

"지금 말씀하시죠."

"아니, 오늘 밤 11시예요. 위크로 15번지예요."

그녀는 전화를 끊었다. 해미시는 수화기를 물끄러미 바라보다가 내려놓았다.

무슨 일이지? 카일리의 목소리는 흥분해 있었다. 악의의 기미가 느껴졌다. 겁에 질려 있다거나 조바심을 치는 목소리가 아니었다. 그리고 그는 뒤에서 킬킬거리는 목소리가 들렸음을 확신했다.

부엌문에서 노크 소리가 났다. 그는 문을 열었고, 세라가 그를 올려다보며 미소를 짓는 모습을 보며 심장이 기쁨으로 펄쩍 뛰었디.

"선물을 가져왔어요." 그녀가 비닐로 싼 물건을 내밀었다.

"들어와요."

그녀는 그를 따라 부엌으로 들어왔다.

"풀려고 애쓸 필요 없어요." 그녀가 말했다. "강에서 잡은 연어예요. 자연산 연어. 점쟁이 주라고요. 당신을 밀렵에서 구해주려고요."

"어떻게 구한 거예요?"

"존슨 씨가 강에서 잡은 연어가 호텔 냉동고에 있다고 하더군요. 나도 어쨌든 저의가 있고요. 이 점쟁이란 사람한테 가보고 싶어서요."

"지금 가도 돼요." 해미시가 말했다. "스마일리 형제네도 가봤으니까요. 증류기를 박살 냈다고 하더군요. 어디서 얘기를 들었을 거예요."

그는 잠깐 주저했다. 그녀를 안고 싶었지만, 그녀는 예의 단호하고 사무적인 명랑함을 발산하고 있었고, 그 때문에 그는 시도하기가 두려워졌다.

점쟁이는 집에 있었다. 그는 집 밖을 나가는 일이 거의 없었다. 뭐라도 사러 나가야 할 필요가 있는 것도 아니니까, 해미시는 생각했다. 이 늙은 사기꾼은 그의 '고객'들을 감정적으로 협박해서 이것저것 받아먹었다.

세라는 앵거스와 그의 집을 보고 완전히 신이 났다. 앵거스는 연어를 받아 들고서도 수정을 가지러 가지 않았다. 이렇게 말할 뿐이었다. "마침내 연어가 오다니 기쁘군." 그러고는 부엌에 가져다 놓았다.

앵거스가 그들에게 차를 내놓고 앉아서 밝은 눈으로 해미시를 보다가 세라에게로 눈길을 옮겼다. "그렇겠지." 그가 말했다. "약간의 작은 행복을 붙드는 걸로 당신네를 탓할 수야 있나 말이지."

"당신이 무슨 생각을 하는지 알 길이 없군요, 앵거스." 해미시가 고압적인 말투로 말했다. "스마일리 형제 집에 갔더니, 증류기를 부쉈다고 합니다. 그들이 양 분만실이라고 부르는 새로 지은 별채가 물건을 제조하는 곳이라고 생각했는데, 보통의 양 분만 헛간과 조금도 달라 보이지가 않더군요."

"그럼 그럼, 그럴 게 틀림없지." 앵거스가 말했다. "추운 날이에요, 허드슨 양. 차에다 술 한 방울 떨어뜨려 드리면 좋을까?"

"그러면 좋겠어요. 감사합니다." 세라가 런던에 있는 친구들에게 말해 줄 이 기묘한 경험의 모든 순간을 마음에 새기며 말했다. 영국 제도에 여전히 토탄 불 위에다 사슬에 매단 주전자를 달아 물을 끓이는 사람이 있는 곳이 있다는 걸 친구들이 믿을까?

앵거스는 조니 워커병을 열어 세라의 잔에 통 크게 위스키를 듬뿍 따랐다.

"브레이키의 약국에서 일하는 카일리 프레이저라는 어린 아가씨에 대해 뭐 아는 거 없어요?" 해미시가 물었다.

"꼬리 치고 다니는 어린것, 어떻게 봐줘도 그렇지." 앵거스가 말했다.

"그녀가 저한테 할 말이 있다면서 오늘 밤 11시에 자기 아파트로 오랍니다."

"자네가 그녀와 치과 의사에 대해 이리저리 묻고 다닌 걸 알고 있어. 그리고 그 아이는 그걸 좋아하지 않고." 앵거스가 말했다.

해미시의 개암나뭇빛 눈이 가늘어졌다. "그러니까 영감님은 내가 거기에 가면 그녀의 깡패 남자 친구들이 대기하고 있으리라고 생각하고 있다, 이거지요?"

"그런 생각이 들지는 않는데." 앵거스가 말했다. "여기는 도시가 아니야. 경찰을 두들겨 팰 생각을 하는 사람은 있을 수가 없어."

"그럼 의도가 뭐죠?"

앵거스가 반쯤 눈을 감았다. "선명하게 보이지가 않아. 그게 실은 여기가 너무 추워서 똑바로 생각을 할 수가 없는 거지. 그 왜 근사한 여행용 앙고라 담요 봤나요? 토멜성 기념품 가게에 있는 거요, 허드슨 양. 나는 언제나 그게 그렇게 탐이

나더라고."

해미시가 불쑥 일어났다. "저 말 무시해요, 세라. 빈대 붙는 버릇이 날이 갈수록 심해지고 있네요, 앵거스. 사람이 어떻게 잠깐 앉아서 대화를 섞을 수가 없어요. 영감님이 늘 뭔가를 원하니까 말이죠."

"내가 뭐라도 달라고 했나?" 점쟁이가 발끈했다. "내가 말한 건 그저—"

"가요, 세라." 해미시가 말했다.

세라가 내키지 않는 걸음으로 집을 나와 해미시를 따랐다. "나는 저 사람이 대단히 흥미로운 노인이라고 생각하는데요, 해미시. 좀 더 머무르면 좋았을 텐데." 그는 그녀에게 랜드로버 문을 열어 주고 차를 돌아가 운전석에 앉았다.

"나는 이 사람들과 함께 살아야 해요, 세라. 당신은 아니죠. 당신을 호텔로 데려다주고, 오늘 밤에 뭘 할지 생각해 봐야겠어요."

운전을 하면서 그는 그녀가 저녁을 함께하자고 말하기를 기대했지만, 그녀는 매우 조용했다. 호텔 앞뜰에서 그녀가 갑자기 머리에 손을 올렸다. "커피 한잔 마시자고 청하고 싶지만요, 해미시, 머리를 쿡쿡 찌르는 끔찍한 두통 때문에 가서 좀 누워야겠어요."

"그래야겠지요." 해미시가 퉁명스럽게 말했다. 두통 말고 좀 덜 진부한 핑계는 찾을 수 없었나 하고 생각하면서. 그는 막 떠나려다가 갑자기 브레이크를 꽉 밟고 기어를 주차로 놓은 뒤 랜드로버에서 뛰어내려 호텔로 달려 들어갔다.

세라는 막 계단을 올라가고 있었다. "세라!" 그가 외쳤다. 그녀가 뒤를 돌아보았다.

"바로 가서 위스키를 마셔요. 빨리요. 그 두통에는 그게 유일한 해결책이에요. 기다릴 틈 없어요."

해미시는 다시 내달렸다. 그리고 곧장 점쟁이의 집으로 갔다.

"내가 그 양 분만실을 문제없다고 믿기를 당신이 왜 그렇게 안달하며 바랐는지 알아요." 그가 말했다. "스마일리 형제가 당신에게 자기들 밀주를 가져다준 겁니다."

"어쩌다 그런 생각을 하게 됐지?"

"세라의 두통요. 그녀는 당신이 따라 준 위스키를 마시고 두통이 생겼어요."

"그거 조니 워커였는데."

"조니 워커 라벨이 붙은 거였죠..병 어디 있습니까?"

"부엌에."

해미시는 집 뒤편에 붙어 있는 부엌으로 곧바로 갔다. 물로 행구고 씻은 빈 조니 워커병이 식기 건조대에 세워져 있었다.

"증거를 없애 버렸군요." 그가 거실로 돌아오며 말했다. "뭐라도 아는 게 있다면, 앵거스……"

"나는 오직 영들이 내게 말해 주는 것만 아네." 점쟁이가 말했다. 그의 눈이 적의로 번득였다.

해미시는 혐오감에 쯧쯧 혀를 차고는 밖으로 성큼성큼 나왔다. 그는 경찰서로 돌아오면서 양 분만실을 마음속으로 다시 그려 보았다. 하지만 그곳에는 불법적인 것이라고는 아무것도 없었다. 아예 아무것도. 그는 양 분만실 생각은 마음속 저 뒤에 넣어 두고 그날 밤 카일리 프레이저와의 일을 어떻게 할지에 집중하기로 했다.

이제, 다소 문제가 있어 보이는 젊은 여자를 상대하는 방법을 궁리하면서, 그는 만약 자신이 일반 시민이라면 혼자는 가지 않을 것이라고 생각했다. 아마 자신의 아내를 데리고 갈 것이었다. 그의 입술로 미소가 천천히 번졌다. 그는 목사관으로 걸어가서 우람한 웰링턴 부인을 찾았다. 그녀는 집에 있었다.

"문제가 좀 있어요." 해미시가 말했다. "부인의 충고를 듣고 싶은데요."

"순경이 그 예쁘장한 관광객이랑 뒹굴고 다닌다는데."

"그렇지 않아요!" 해미시가 얼굴을 붉혔다. 다 벗은 몸뚱이들이 호텔 침대를 뒹구는 모습이 그의 마음속으로 갑자기 파고들었다. "다른 문제입니다."

"무슨 문제?"

"브레이키에 여자애가 하나 있습니다. 카일리 프레이저라고."

"그 되바라진 것. 아, 해미시. 순경이 프리실라와 잘되었을 수 있었다는 생각만 하면."

"저는 카일리 프레이저와 사귀고 있는 게 아니에요!" 해미시는 화가 치밀어 외쳤다. "부인이 분별 있는 여인답게 제 말을 들으실 생각이 없다면 저는 가겠습니다."

"미안해요, 해미시. 하지만 당신은 정말로 그런 평판이 좀 있다니까. 얘기해 봐요."

"이런 얘기예요. 카일리 프레이저가 길크리스트와 좀 놀았다는 게 제 생각이에요. 그 살해당한 치과 의사요. 그 애가 오늘 아침에 저한테 전화를 걸더니 오늘 밤 11시에 자기 아파트로 와 달라고 하더군요. 할 말이 있다면서요. 그런데," 경건한 표정을 굳히며 해미시가 말을 이었다. "보통 때는 저와 동행할 여경을 스트라스베인에 요청하겠지만, 어휴, 제가 이제껏 했던 경험에 의하면 스트라스베인에서 온 여경은 카일리 같은 여자애를 겁주는 경향이 있더군요. 반면에 부인처럼 양식을 갖춘, 게다가 목사님 부인이시기까지 한 분이야말로 저와 함께 가실 딱 적임자란 말이지요."

"나는 카일리 같은 여자애에게는 아주 엄하게 대하는데."

"제 생각도 그래요." 해미시가 웅얼거렸다. "오늘 밤 다른 할 일 없으십니까?"

"교회 강당에서 어머니회가 있는데, 10시면 끝나요."

"그럼 저와 함께 가 줄 수 있으십니까?"

"그래요, 그리스도교도의 의무라고 생각하지."

"좋습니다." 해미시가 말했다. "10시 반에 모시러 오겠습니다."

"내 차로 따라가겠어요." 웰링턴 부인이 단호하게 말했다. "일반 시민은 경찰차에 타서는 안 돼요. 이 얘기가 나왔으니 말인데, 내가 듣기로는……"

"가 봐야겠습니다." 해미시가 문으로 가며 말했다. "10시 반까지 오겠습니다."

그는 경찰서로 돌아왔다. 날씨가 더 추워지고 바람이 서쪽에서 북쪽으로 방향을 바꾸었다. 그는 폭풍이 또 불어오지 않기를 바랐다.

경찰서 사무실 전화가 울리고 있었다. 그는 전화를 받았다. 세라였다.

"당신이 알려 준 치료법이 마법을 발휘하더군요." 그녀가 말했다. "그러고는 스마일리 형제의 위스키가 내는 효과에 대해 당신이 해 준 말이 기억이 났고, 그 때문에 또 작은 일이 떠올랐어요. 분명 중요한 건 아니겠지만, 스코츠먼 호텔에 갔을 때의 일이었어요."

"뭡니까?"

"맥빈 부인이 바로 가더니 위스키 한 잔을 달라고 하면서 말했거든요. '제대로 된 걸로 줘.' 아무것도 아닌 일일 수도 있지만요."

"하지만 스코츠먼 호텔이 밀주를 쟁여 놓고 선반 위에 있는 시중 제품병에다가 넣었을 수도 있죠. 만약 스마일리 형제가 호텔들에 물건을 공급하고 있다면, 그건 규모가 보통이 아닌 사업이라는 뜻이에요. 나는 그들이 보통의 하일랜드 밀주, 자기들과 친구들이 마시려고 몇 병 만드는 수준이라고 생각해서 눈을 감아 준 거라고요." 해미시가 말했다.

"내가 스코츠먼 호텔로 가서 위스키를 마시고 두통이 생기는지 알아보면 좋을까요?"

"너무 위험해요. 그 사람들은 당신을 봤어요. 다른 사람을 보낼게요."

짧은 침묵이 흘렀다.

해미시가 망설이며 말했다. "오늘 밤에 10시 반까지는 시간이 빕니다. 혹시 저녁 식사 함께할 수 있을까요?"

"오늘 밤은 안 돼요. 런던에서 전화가 올 거라서요."

"아, 그렇다면……"

"내일 밤은 될지도요, 해미시. 내일은 언제나 있잖아요."

"잘 있어요." 그는 전화를 끊고서 서글픈 표정으로 만을 내다보았다. 이런 현대 시대에 그는 가령 이렇게 물어볼 수도 있었다. "우리가 함께 보냈던 밤이 당신에게는 아무런 의미가 없나요?"

그렇다, 당연히 할 수 있었다. 하지만 대답은 그저 그랬다는 것일 수도 있고, 그는 그런 거절을 견뎌 낼 기분이 아니었다.

그는 로흐두 술집에 가서 아치 매클레인을 찾았다. "작은 부탁이 있는데 들어주었으면 좋겠어요, 아치."

"잠을 별로 못 잤어, 해미시. 오후에 눈이라도 잠깐 붙이려고 했는데."

"오래 걸리지 않아요. 내가 아치 술값도 낼게요."

"그거 새로운 방식이네."

"좋아요. 당신이 해 주었으면 하는 일은요……"

아치는 한 시간 후에 스코츠먼 호텔 안으로 느긋하게 들어갔다. 바텐더 조니 킹이 몸에 딱 달라붙는 반짝이 양복을 입은 작은 어부를 경멸 어린 눈으로 바라보았다. "무엇을 드시겠습니까, 신사분?" 목소리에 조롱의 기미가 섞여 있었다.

"저기 블렌딩한 스카치위스키 주시오." 아치가 술장에 있는 병 하나를 가리켰다. 바텐더가 꼭지를 단 위스키병을 꺼내고 잔을 바에 올려놓았다. 아치는 해미시에게서 받은 돈을 내고 단숨에 잔을 비웠다. "더 필요한 것 없으십니까?" 조니가 물었다.

"아니, 갈 거요." 아치는 문으로 갔다. 아무것도 없었다. 아무렇지도 않기만 했다. 그는 쾌활하게 휘파람을 불며 주차장으로 갔다. 그러다가 멈추어 서서 머리를 움켜쥐었다. 통증이 머리를 들쑤셨다. 그는 차 문을 열고 해미시가 조수석 서랍에서 꺼내 준 제조된 스카치위스키 반병을 찾아내 벌컥벌컥 들이켰다. 그랬더니 머리의 통증이 기적처럼 사라졌다. 아치는 로흐두로 돌아와 경찰서로 직행했다.

"굉장하네요." 해미시가 말했다. "누구 한 사람에게도 입 뻥긋하지 말아요, 아치. 스마일리 형제가 증류기를 부서뜨리지 않았다는 데 내기라도 걸죠."

"여기저기 이런저런 술을 만드는 곳이 있지 않을 거라고 확신하나, 해미시? 큰 공장 하나뿐이라면 이 일이 있기 전에 누군가 얘기를 하고 다녔을 텐데."

"만약 규모가 큰 사업체 하나라면," 해미시가 천천히 말했다. "그들은 그 일에 대해 아주 조용히 일을 처리했을 거예요. 아는 사람이라도 감히 입을 벌릴 생각을 하지 못했을 거고요. 그 스마일리 형제는 아주 악랄한 인종 같단 말이죠."

"그럼 그들을 치러 갈 건가?"

"증거를 좀 더 찾아야 해요. 어쨌든 스트래스베인에서 총출동을 하면, 스마일리 형제는 그들이 스트래스베인을 떠나기도 전에 그들이 온다는 얘기를 듣겠죠."

"내가 좀 물어보고 다닐게, 해미시. 누군가 실수로 얘기를 흘렸을지도 모르니까."

"좋아요, 아치. 고마워요. 하지만 조심해야 돼요."

해미시는 지미 앤더슨에게 전화를 걸었다. "수사 상황 뭐 진척된 것 없습니까?" 그가 물었다.

"완전히 답보 상태예요, 해미시. 누가 또 블레어의 컴퓨터를 뚫었어요. 하지만 블레어가 총경에게 불만을 제기하러 갔더니, 총경은 위스키 냄새를 고약하게 풍기는 그를 보고 그의 정신 상태를 걱정했다네요."

"아마 그의 기록에 손을 댄 사람은 아무도 없을 거예요." 해미시가 말했다. "블레어는 컴퓨터는 잘 모르고, 늘 여경 하나를 불러서 자기가 부르는 대로 치게 하는 줄로 알았는데요."

"그래요, 총경이 한 말이 바로 그거죠. 그래서 이번에는 별일 없이 지나갔어요."

"스코츠먼 호텔의 절도 사건은요?"

"그것도 완전히 답보 상태예요. 맥빈이 결국 보험금을 받게 될 것처럼 보인다는 소식은 있지만."

"어떻게요?"

"호텔을 소유한 회사가 아주 잘나가는 변호사들을 데려다가 절도는 엄연히 절도고, 호텔 안전금고의 뒤판이 설령 나무로 되어 있었을지언정, 도둑은 도둑질을 하려고 한 거였고, 돈이 거기 있는 것을 알아서 훔쳐 갔다는 주장을 편 거예요. 게다가 회사는 모든 호텔들에 같은 보험 회사 보험을 들어 놓았고, 그러니 보험 회사로서는 고객을 잃고 싶지 않기도 하고. 뭐 맥빈이 그 돈을 자기가 갖는 것도 아니고 말이에요. 그 돈은 연례 빙고의 밤 상금으로 나갈 테니까요. 그러니까 그가 직접 돈을 훔치고 보험금을 가지려고 의도했던 걸로 보이지는 않아요."

"저에게 참을성을 내려 주시옵소서." 해미시가 신음을 내뱉었다. "그가 돈을 훔쳐 자기가 갖고 절도 사건으로 신고했을 수도 있어요. 회사는 보험 회사에서 돈을 받고, 맥빈은 훔친 돈을 갖고요."

"그래요, 그럴 수도 있겠군요. 내가 생각을 제대로 못 하고 있었네요."

"맥빈의 배경에 대해서는 철저하게 살펴봤어요?"

"빗으로 빗듯이 샅샅이요."

"맥빈 부인은 어때요? 바텐더 조니 킹은요?"

"조니 킹에 대해 알아야 할 건 당신에게 이미 다 말해 줬어요."

"맥빈 부인은요?"

"지난번에 말했듯이, 리스에서 태어났고, 학교 다닐 때 똑똑했답니다. 그녀를 보면 그래 보이지 않아요? 한때는 볼만한 얼굴이기도 했답니다. 그쪽 경찰이 친구들과 친척들에게 질문을 하고 다녔어요. 1970년 미스 리스 사진을 봤답니다. 끝내주는 미인이었대요."

"맥빈을 만나기 전에는 무슨 일을 했답니까?"

"비서로 일했어요."

"어디에서요?"

"아, 이런 얼어 죽을, 이 사람아. 그게 무슨 상관이에요? 그렇게 작은 여자도 길크리스트 같은 남자를 살해할 수 있다는 말이라도 하려는가 보네."

"바보 같은 얘기로 들리는 거 압니다. 하지만 맥빈 부인은 길크리스트 치과에 갔었고, 이를 죄다 뽑았어요."

"아주 많은 사람들이 똑같이 하죠. 당신은 엉뚱한 데다 총구를 겨누고 있어요, 해미시. 그 살인은 잔인한 남자, 그것도 힘이 센 남자가 저지른 거라고요."

"누군가 살인을 한 건 맞죠." 해미시가 말했다. "그 누군가가 잡히지 않고 돌아다니고 있고 또다시 살인을 저지를지도 몰라요. 길크리스트의 재정 상태는 어떻습니까?" 해미시는 모르는 척 물었다. "풍족했습니까?"

"아니요, 빚이 산더미였지. 그러니까 무슨 말을 하고 싶은 거예요? 그가 스코츠먼 호텔로 가서 돈을 훔쳤다고?"

"바보 같은 얘기로 들리는 거 알아요. 하지만 어딘가 연결

고리가 있다는 느낌을 지울 수가 없어요."

"걱정하지 말아요, 해미시. 우린 사건을 해결할 거예요. 누군가는 조만간 입을 열게 되어 있어요."

"걱정이 되는 건 말입니다," 해미시가 말했다. "그때가 되면 살인자가 멀리멀리 달아나 있을 수도 있다는 거죠."

그는 전화를 끊었다.

웰링턴 부인을 만나기에 앞서 저녁 시간이 그의 앞에 쫙 펼쳐져 있었다. 그는 연어 스테이크를 해동하고 구워서 저녁 식사를 마련했다. 세라는 왜 그를 만나고 싶어 하지 않는 걸까? 그는 그녀가 전날 밤 자신과 마찬가지로 즐겼음을 맹세할 수 있었다. 어쩌면 그녀도 호기심에서 경찰과 한 번쯤 자 보고 싶은 그런 여자일지도 몰랐다. 그는 프리실라에게 전화를 걸어 왜 그녀의 컴퓨터가 필요했는지 얘기해 주어야 했지만, 내키지 않았다. 한 번의 짧고 찬란한 밤으로, 세라가 프리실라에 대한 기억과 프리실라를 떠올리면 느끼고야 말았던 감정을 마치 여권이라도 빼앗아 가듯이 앗아 가 버린 듯했다.

만을 따라 바람이 웅웅거렸다. 그는 사무실로 돌아가 울리지 않는 전화기를 내려다보았다. 갑자기 세라에게 전화를 걸어 무슨 장난을 치고 있는 것이냐고 묻고 싶어졌다.

그러고는 어깨를 약간 으쓱했다. 어쩌면 내일 해도 되겠지.

어쩌면 내일은 그녀에게 물을 것이다.

존슨 씨가 호텔 사무실로 들어오는 세라를 올려다보았다.

"무슨 일을 도와 드릴까요, 허드슨 양?"

"기념품 가게는 문을 닫았겠지요?"

"닫았습니다. 영업 시간이 끝났지요. 뭐 특별히 원하는 게 있으십니까?"

"여행용 앙고라 담요를 사고 싶어서요."

존슨 씨가 몸을 돌려 벽에 달린 선반에서 열쇠를 집었다. "제가 별로 바쁘지 않아서요. 가게로 가시죠."

"아, 감사해요." 세라가 말했다. "그리고 호텔 차를 좀 빌리고 싶어요. 제가 한 번의 휴가에서 걸을 만큼은 충분히 다 걸은 것 같거든요."

"물론입니다. 먼저 담요부터 가지러 가시죠."

30분 후에 점쟁이 앵거스 맥도널드는 차 엔진 소리를 듣고서 어슬렁거리며 창가로 갔다.

세라 허드슨이 한쪽 팔에 여행용 앙고라 담요를 들고 차에서 내리고 있었다.

점쟁이는 만족스러운 미소를 살짝 짓고 문을 열러 나갔다.

제8장

"네." 지난밤에 내가 당신에게 대답했습니다.
"아닙니다." 오늘 아침입니다, 선생님, 내가 말했습니다.
촛불에 비친 색깔들은
낮의 빛에는 같게 보이지 않습니다.
로버트 브라우닝

해미시는 브레이키로 차를 몰았다. 그의 뒤로 웰링턴 부인
이 피아트를 타고 따라왔다. 그는 옳은 일을 하고 있는 것이기
를 바랐다. 만약 카일리가 정말로 뭔가 중요한 말을 하려던 거
라면, 웰링턴 부인 앞에서는 입을 꼭 다물려고 할 것이다. 하
지만 그는 카일리가 그녀에 대해 묻고 다니는 자신에게 화가
나 있다는 것을 뼛속 깊이 느낄 수 있었다. 카일리는 자기 자
신을 브레이키의 화려한 여왕, 아주 작은 연못의 섹시한 빅피
시라고 생각하는 것이 분명했다. 그녀는 자신의 힘이 젊음에
서 나온다는 것을, 젊음이 사라지면 사납고 성미 나쁜 여자만

남을 것임을 알지 못했다. 해미시가 알았던 너무도 많은 다른 카일리들과 마찬가지로.

그는 카일리가 사는 도로 끝에 차를 멈추었고, 웰링턴 부인도 그의 뒤에 차를 세웠다.

그는 랜드로버 경찰차에서 나와 목사 부인에게 갔다.

"왜 여기서 멈추는 거예요?" 그녀가 물었다.

"저는 카일리가 부인을 보는 걸 원하지 않아요. 괜히 그 애를 겁줄지도 모르니까요. 제가 먼저 갈 테니 몇 미터 뒤에서 따라오세요. 집 안에서 부인이 보이지 않게 해 주세요. 제가 문을 두드리겠습니다. 그러고서 부인에게 신호를 하면 재빨리 오셔서 먼저 집에 들어가세요."

"이게 다 무슨 일이래요? 무슨 무장 습격이라도 예상하는 거예요? 여자 뒤에 숨다니, 딱 당신다운 짓이군요. 내가 진작 말했는데—"

"그만 좀 하세요." 해미시가 화가 나서 말했다. "저는 이 어린 아가씨를 도우려고 하는 거고, 부인이야말로 그 일을 해내기에 적격인 분이란 말입니다. 말씀드렸듯이 그 애가 겁을 먹고 움츠러드는 건 원하지 않아요."

"아주 좋아요." 웰링턴 부인이 그 무시무시한 펠트 모자 중 하나를 똑바로 고쳐 쓰며 말했다. "하지만 나한테 다시는 그만하라는 말 하지 말아요, 해미시 맥베스. 요즘 세상에는 도대체 예의란 게 어떻게 된 건지 모르겠어."

해미시가 한숨을 내쉬었다. "네 네, 죄송합니다. 오세요."

그는 그녀를 앞장서서 조용히 늘어서 있는 주택들을 지나쳤다. 대부분 공동주택이었다.

그는 카일리의 집 대문으로 들어서서 명패들을 손전등으로 비추었다. 카일리 프레이저는 1층에 살고 있었다. 그가 초인종을 눌렀다. 버저가 울리고 그는 복도로 들어섰다. 카일리의 집은 왼쪽에 있었다. 그가 노크를 했다.

"누구세요?" 카일리의 목소리가 들렸다.

"해미시 맥베스입니다."

"그냥 들어오세요. 문은 안 잠겨 있어요."

해미시는 건물 정문으로 튀어 가 미친 듯이 신호를 보냈다. 집채만 한 웰링턴 부인의 몸이 산울타리에 숨겨져 있다가 나왔다. 그녀는 정원 길을 서둘러 와서 복도에서 해미시와 만났다.

해미시는 카일리의 집 문을 가리켰다. "바로 들어가세요." 그가 속삭였다.

웰링턴 부인은 어깨를 꼿꼿이 펴고서 문을 열고 척척 걸어갔다.

카일리와 목사 부인은 경악에 빠져 서로를 바라보았다.

카일리는 검은색 캐미솔과 팬티, 진홍색 하이힐 말고 몸에 아무것도 걸치지 않고 있었다.

그녀의 입이 떡 벌어졌다.

"누구세요?" 그녀가 꽥 비명을 질렀다. "해미시는 어디 있죠?"

"그러니까 이럴 속셈이었던 거로군." 웰링턴 부인이 커다란 핸드백을 테이블에 올려놓으며 싸움을 걸 기세로 말했다. "경찰을 유혹해 침대로 끌어들이려고."

"전 절대로……"

해미시가 웰링턴 부인 뒤에서 나타나 카일리를 보고 씨익 미소를 지었다.

"그러니까 여기 숨어 있다가 밖으로 뛰쳐나가 '강간이야!'라고 소리를 지를 생각을 한 사람이 누굴까?" 그가 물었다.

"무슨 말을 하는 건지 모르겠네요." 카일리가 말했다. 하지만 그녀의 눈은 방의 다른 편에 있는 문을 보며 깜빡거렸다.

해미시는 성큼성큼 걸어가 문을 홱 열어젖혔다. 카일리의 친구 투시가 있었고, 젊은 놈 둘이 방 안으로 쓰러질 뻔했다.

"무슨 말이에요?" 웰링턴 부인이 우렁우렁 야단을 했다. "그러니까 이게 다 함정을 판 거란 말이야?"

"제 생각에 카일리는 얼마 입지도 않은 저걸 찢고서 비명을 지르려고 한 것 같네요. 그리고 그녀가 준비해 둔 목격자들은 내가 그녀를 덮쳤다고 맹세할 거고요." 해미시가 말했다.

"이걸 다 알았다면," 웰링턴 부인이 진노했다. "그럼 지원 병력을 데리고 왔어야죠."

텔레비전에 나오는 그 온갖 경찰 드라마 때문이야, 해미시는 생각했다. 누구나 다 경찰들끼리 쓰는 은어를 입에 올린다.

"하지만 이왕 내가 왔으니," 웰링턴 부인이 말했다. "나는 당신네 젊은이들이 앉아서 내 얘기를 듣기를 바라겠어요. 나는 목사 부인이고, 자네들이 사는 방식의 잘못된 점을 알려 주는 게 그리스도교도로서 내 의무예요. 앉아!"

그들은 온순하게 앉았고, 그녀는 젊은 세대에 만연해 있는 도덕심 부족에 대해 일장 연설을 전개했다. 해미시가 그녀의 말에 끼어들었다. "이 아이들도 잘 알아들은 것 같습니다." 그가 말했다. "카일리, 당신과 길크리스트 사이에 무슨 일이 있었는지 얘기해 봐요."

"그런 일 없어요." 그녀가 샐쭉하게 말했다.

"그럼에도 내가 당신과 길크리스트 사이를 묻고 다녔다는 이유로 나를 강간으로 집어넣으려는 시도를 했다는 거죠."

"이건 그냥 장난이었어요, 그게 다예요." 카일리가 말했다.

"내 입장에서는 마음에 들지 않는 장난이네. 그러니까 나는 이제 당신을 경찰청으로 데려가려고 해요. 그곳에서 당신은 경찰의 공무 시간을 낭비하게 하고 경찰에게 협박을 시도한 혐의를 받을 거예요. 참 그 밖에도 뭐가 있을지는 신만이 아시겠지만."

카일리가 울기 시작했다. 요부같이 칠한 화장이 뺨을 타고 흘러내렸다.

"아휴, 내가 말할게요." 투시가 말했다. "얘를 고소하지 않는다고 약속한다면요."

"나는 아무것도 약속할 수 없어요." 해미시가 말했다. "하지만 솔직하게 다 터놓으면 생각은 해 볼 겁니다."

웰링턴 부인이 큼지막한 핸드백을 열어 티슈 봉지를 꺼내 카일리에게 건넸다.

"얘기해, 카일리." 투시가 재촉했다. "얘기해, 아니면 내가 할 테니까."

카일리는 코를 풀고서 얼굴을 문질렀다. 화장을 지우고 나니 얼굴이 훨씬 어리고 연약해 보였다.

"길크리스트 씨가 저를 인버네스에 몇 번 데리고 가 줬어요. 우아한 레스토랑에요. 좀 장난삼아 한 일이었어요. 하지만 지난번에—"

"무슨 일이 있었는데요?" 해미시가 날카롭게 물었다.

"한 달 전이었어요. 그가 인버네스에서 돌아오는 길에 차를 세우더니 나를 온통 더듬거렸어요. 나 때문에 충분히 돈을 썼으니까 이제는 갚을 때가 됐다고요. 나는 그에게 꺼지라고 했고, 그는 내 뺨을 때렸어요. 세게. 나는 모든 브레이키 사람들에게 얘기하겠다고 했고, 그는 겁을 먹은 것 같았어요. 그러고는 내가 입을 닫으면 차를 사 준다고 말했어요."

그 돈은 어디에서 구할 생각이었을까, 해미시는 생각했다.

"그래서 난 입을 다물었죠. 하지만 내가 어느 날 '차는 어디에 있어요?'라고 묻자 그가 말했어요. '무슨 차?' 그래서 나는 모든 사람들에게 말하고 다니겠다고 했죠. 그는 내가 마을 창녀이고, 아무도 내 말을 믿지 않을 거라고 했어요."

"왜 이 얘기를 그냥 나한테 하지 않은 겁니까?" 해미시가 답답한 마음으로 물었다. "왜 이런 어리석은 술수를 부리는 데까지 갔느냐는 말이에요."

카일리와 그녀의 친구들은 단단한 침묵으로 뭉쳐 그를 바라보았다.

"이 애들 기소해야겠네요." 웰링턴 부인이 말했다.

"그럴 필요는 전혀 없고," 해미시가 말했다. "이 젊은 영혼들에게는 영적인 인도가 필요하겠네요. 그러니까 저는 부인이 이들에게 영적인 가르침을 좀 내려 주시는 동안 바깥에 나가 있겠습니다."

웰링턴 부인이 거대한 핸드백을 또 확 열더니 성경책을 꺼냈다. 해미시는 떠나면서 우렁차게 울려 퍼지는 그녀의 목소리를 들었다.

그는 바깥문 앞에 서서 환하게 불타오르는 서덜랜드의 별들을 올려다보았다.

길크리스트는 바람둥이였다. 그러므로 치정에 의한 범죄일 가능성이 높았다. 격노한 애인이나 그 남편이 저지른 일일지 모른다. 카일리가 동네 젊은 애들 몇 명을 모아다 자기 대신 그 일을 하게 했을 수도 있을까? 그럴 가능성은 거의 없다. 그들이라면 그를 두들겨 패고서 그의 병원 벽에 스프레이 페인트로 욕을 써 놓았을 것이다. 그것이 좀 더 그들의 스타일에 가까웠다.

그는 다시 스마일리 형제에 대해 생각했다. 그들의 증류기가 니코틴 독을 만드는 데 쓰였을지 고려해 봐야 했다. 웰링턴 부인을 집까지 바래다준 다음 스마일리 형제의 농가로 가서 뭔가 낌새가 없는지 살펴봐야겠다는 생각이 들었다.

한동안 시간이 흐르고 나서 웰링턴 부인이 나왔다. "그들의 부도덕한 머릿속에 내가 약간의 양식을 불어넣어 준 것 같아요. 하지만 해미시, 그 애가 당신에게 하려고 한 짓을 어떻게 짐작한 거죠?"

"그냥 느낌이었어요." 해미시가 말했다.

그는 그녀를 따라 목사관으로 가서 그녀가 안전하게 안으로 들어가는 모습을 보고 경찰서로 돌아와 검은 스웨터와 검은 바지로 갈아입고 다시 브레이키로 나섰다.

그는 랜드로버를 스마일리네 집에서 좀 떨어진 곳에 세워

놓고 걸어서 움직였다.

아주 조용한 밤이었다. 그는 새로 지은 별채를 따라 걷다가 문에서 걸음을 멈추었다. 그리고 펜슬 손전등을 맹꽁이자물쇠에 비추어 보았다. 잠겨 있지 않았다. 그는 조용히 문을 열고 헛간의 어둠 속으로 들어섰다. 손전등을 이리저리 비추어 보았다. 아까 봤을 때와 다른 건 전혀 없어 보였다. 이번에는 머리를 세우고 바깥에서 뭔가 움직이는 소리가 들리는지 이따금씩 확인하면서 한 땀 한 땀 수색하기 시작했다. 거의 포기하려는 마음이 들던 차에 초조해진 해미시는 한쪽 우리에 있던 건초 더미를 걷어찼다. 그 아래로 작은 문이 나타났다.

그는 승리의 미소를 머금고 무거운 걸쇠를 들어 올리고서 문을 휙 열었다. 나무 계단이 아래로 이어져 있었다. 그는 소리 없이 내려가 바닥에 내려서서 손전등을 주위에 비추었다.

거대한 증류기가 한쪽에 있었고, 파이프와 커다란 통들, 액체를 병에 담는 시설이 완비돼 있었다.

잡았다, 해미시는 생각했다.

그의 손전등이 커다란 증류기에 가서 번쩍거렸다. 그것은 양이 적은 니코틴 독을 만들어 내기에는 너무 거대해 보였다.

그는 흡족한 마음으로 비밀 문으로 향했다. 아침까지 기다릴 수 없었다. 그는 경찰서로 돌아가 스트래스베인에 연락해 지원 팀을 부를 생각이었다.

그런데 그가 막 계단에 닿은 바로 그때, 비밀 문이 쾅 하고 부서질 듯 닫히는 무시무시한 소리가 났다.

그는 계단을 총알같이 달려 올라갔다. "스투리! 피트!" 그가 소리를 질렀다. "당장 이 문 열어요!"

하지만 유일한 대답이라고는 돌아가는 발소리뿐이었다.

그는 계단으로 올라가 머리 위의 문을 밀었다. 하지만 1센티미터도 움직일 수 없었다. 그는 고함을 지르고 소리치고 두드려 댔다. 이제 고요밖에 아무것도 없었다.

해미시는 갑자기 무서워졌다. 스마일리 형제는 그를 이곳에서 썩어 문드러지도록 내버려 둘 셈일까? 길 아래 랜드로버 경찰차가 주차되어 있기는 했지만, 만약 그들이 철사로 전기를 일으켜 시동 거는 법을 안다면 무슨 도리가 있는가. 그리고 그가 어디에 있는지 아는 사람은 아무도 없었다.

세라 허드슨은 경찰서 문을 두드리다가 건물을 돌아가서 해미시의 침실 창문을 노크했다. 그녀는 잠을 이룰 수가 없었다. 자신이 해미시 맥베스를 아주 나쁘게 대했음을 느꼈던 것이다. 밤이 춥기는 했지만 날이 궂지는 않았기 때문에 그녀는 가서 그를 깨우고 거기에서부터 문제를 풀어 보리라 마음을 먹었다. 하지만 대답이 없었고, 경찰서는 거주자가 비운 여느 건물과 마찬가지로 텅 빈 분위기를 풍겼다.

그녀는 실의에 빠진 기분으로 발걸음을 돌려 해안을 따라 걷기 시작했다. 그녀는 문득 동네 사람들이 자신을 보면 자신에 대해 어떻게 생각할까 싶어져 집들의 그늘을 골라 걸었다.

그녀는 차가 가까이 다가오는 소리를 듣고서 커리 자매 집 쥐똥나무 울타리 쪽으로 몸을 밀착시켰다.

그녀를 지나친 랜드로버 경찰차 뒤로 트럭 한 대가 따랐다. 해미시는 혼자가 아니었다.

그녀는 어두운 울타리 주위에서 기다렸다. 이번에는 남자 두 명이 탄 트럭이 그녀 쪽으로 다시 왔다가 지나쳐 갔다.

그녀는 트럭이 사라지는 모습을 보다가 경찰서로 돌아왔다. 랜드로버가 경찰서 옆에 있었다. 하지만 경찰서에는 불이 켜져 있지 않았다. 해미시가 불도 켜지 않고 침대로 들어갔을 리는 없었다.

그녀는 부엌문으로 가서 노크를 했다. 정적.

그녀는 입에 손을 대고 그곳에 섰다. 무슨 일일까? 해미시가 웬 비밀 임무를 받고 떠난 것일까? 동료 경찰 두 명이 경찰차를 대신 가져다 놓은 것일까?

그녀는 부엌 문손잡이를 돌려 보았다. 잠겨 있었다.

하지만 해미시 같은 느긋한 사람들은 보통 열쇠를 들고 들어가는 걸 까먹기가 쉽다. 시골 사람들이 자주 그러듯이 화분 아래 받침대에 놓아두었을까?

그녀는 까치발을 하고 낮은 지붕의 배수 홈통을 손으로 쓸어 보았지만 아무것도 없었다. 이번에는 무릎을 꿇고 어두운 아래를 바라보다가 바닥 깔개를 들어 올리고서 손으로 바닥을 훑어보았다.

그녀의 손가락에 열쇠가 잡혔다. "이제 무슨 일이 벌어지고 있는 건지 알아보자고." 그녀가 중얼거렸다.

그녀는 문을 열고 들어가서 높은 소리로 외쳤다. "해미시!" 대답이 없었다. 그녀는 작은 경찰서를 수색하다가 무슨 단서가 없는지 사무실로 가서 책상에 놓인 서류와 메모들을 훑어보았다.

그때 갑자기 그녀는 해미시가 스마일리 형제에 대해 알아보고 싶다고, 그들이 위험할 수 있다고 한 말이 기억났다.

그러고서 그녀는 전화기를 바라보았다. "내가 맞는 일을 하고 있었으면 좋겠네." 그녀가 중얼거렸다. "아니었다가는 해미시가 절대로 나를 용서하지 않을 테니까." 그녀는 스트래스베인 경찰서의 전화번호를 찾아보았다.

그녀는 피로에 지친 지미 앤더슨과 연결이 되었다. 그는 야간 당직 중이었다. 그가 수상한 증류기, 스마일리 형제, 남자 두 명이 랜드로버 경찰차를 몰고 와서 경찰서 바깥에 주차하고 떠났다는 그녀의 이야기를 곰곰이 들었다.

"알아보겠습니다." 지미가 말했다. "그 바보 같은 작자는 왜

이 일을 우리에게 얘기하지 않았답니까?"

"스트래스베인에서 떠들썩하게 지원 팀을 보낼 거니까요. 지원 팀이 스트래스베인을 떠나기도 전에 스마일리 형제가 그 소문을 들을 거라던데요."

"그래요, 일리 없는 말은 아니네요." 지미가 말했다. "조심해서 움직이겠습니다."

"빨리 움직여 주세요." 세라가 닦달했다. "해미시는 위험에 빠져 있을 거예요."

해미시는 불안한 잠에 빠져들었다가 갑자기 깼다. 누군가 비밀 문을 열고 있었다. 그는 계단으로 돌진했다. 문을 통해 산탄총이 그를 향해 직통으로 겨냥하고 있었다.

"물러서, 해미시." 스투리의 목소리가 들려왔다. "아니면 머리통을 박살 내 줄 테니까." 그가 계단 옆의 스위치를 올렸고, 지하실은 살벌하게 강렬한 빛으로 흘러넘쳤다.

스투리가 계단을 익숙하게 내려왔고 피트가 뒤따라왔다. "이놈 묶고 입에 재갈 물려." 스투리가 동생에게 지시했다.

"내가 여기 있다는 거 사람들이 알 거야." 해미시가 절박하게 말했다.

"그래 뭐, 사람들이 네가 여기 있다는 걸 안다면 말이지. 그 사람들은 어디 있지?" 스마일리가 조롱했다. "넌 네가 무슨 서부 영화 주인공이라도 된 것 같지? 저놈 묶어, 피트."

해미시의 몸이 묶였고, 입에 널따란 반창고가 붙여졌다.

"이놈은 이렇게 됐고," 피트가 말했다. "이제 어떻게 하지?"

"이 소동이 가라앉을 때까지 기다리다가 아무도 이놈을 찾으러 여기로 안 올 게 확실해지면 그다음에 내가 이 물건을 가장 가까운 토탄 늪에 빠뜨려야지."

"그래, 그렇게 하면 되겠네." 피트가 기지개를 켜고 하품을 했다. "피곤해 죽을 지경이야. 잠 좀 자자." 그가 기둥에 묶인 해미시의 갈비뼈를 사납게 걷어찼다.

그러고 나서 두 형제는 계단을 올라가서 스위치를 내리고 어둠 속에서 아무것도 할 수 없이 바닥에 널브러진 해미시 맥베스를 남겨 두고 떠났다.

동이 트기도 전에 경찰과 형사들이 스마일리 형제의 농가 밖 황야에 퍼져서 행동에 나서기 시작했다.

블레어는 더러운 기분으로 잠에서 깬 터였다. "포위망을 좁혀." 그가 말했다. "맥베스의 여자 친구 말에 따르면, 그가 그 헛간에 관심을 가졌다잖아."

농가 안에서 개가 사납게 짖기 시작했다. "그거야!" 블레어가 외쳤다. "어서 가! 빨리!"

스마일리 형제가 집에서 튀어나옴과 동시에 경찰들이 헛산

문을 부수고 들어갔다. "이게 대체 무슨 일입니까?" 스투리가 외쳤다.

블레어가 그에게 갔다. "우리는 너희가 경찰 한 명을 붙잡고 있다고 믿고 있다." 이 괴상하게 생긴 자식들이 그놈을 죽였기를 바라자고, 블레어는 문득 생각했다. 해미시 맥베스가 없는 삶이라니, 끝내주겠군.

"무슨 경찰 말입니까?" 스투리가 물었다.

"이 개들 치워." 개 두 마리가 발목으로 달려들자 블레어가 외쳤다.

"앉아, 이놈들." 스투리가 으르렁거렸다. "그 자물쇠 부순 거 배상하셔야 할 겁니다."

블레어는 대꾸 대신 툴툴거리고는 헛간 안으로 들어가 둘러보았다. "여기에는 아무것도 없습니다." 지미가 말했다.

"어휴, 이럴 줄 알았어야 했는데." 넌덜머리 난다는 듯한 블레어의 목소리가 무겁게 흘러나왔다. "해미시와 그의 말도 안되는 여자들이라니. 자네 이 작전에 든 비용이 얼마나 되는지 알아? 어쨌든 집은 수색을 해야지. 어서들 가자고. 여기는 아무것도 없어."

아래에서 해미시는 블레어의 목소리를 들었다. 그는 절박하게 몸을 뒤틀고 몸부림을 치며 바닥을 가로질러서 묶여 있는 발로 늘어서 있는 병들을 미친 듯이 걷어찼다.

"이게 무슨 소리지?" 헛간 문가에 서 있던 지미 앤더슨이 말했다.

"아무 소리도 못 들었는데요." 스투리가 말했다.

다시 조용해졌다.

"어서!" 블레어가 쏘아붙였다.

와장창!

"이런, 바닥 아래에서 들려오는 소리예요. 지하실이 있는 거예요."

"지하실은 없어요." 새벽녘의 냉기에도 불구하고 스투리의 얼굴에 땀이 배어 나왔다.

"바닥을 모조리 뒤져." 블레어가 으르렁거렸다. 그는 해미시 맥베스의 여자 친구가 자신들을 비용이 많이 드는 헛수고를 시켰다는 것을 증명하려고 너무도 안달 나 있던지라 수색을 너무 빨리 중지해 버렸던 것이다.

"여깁니다." 비밀 문 위의 짚 더미를 옆으로 치우면서 경찰한 명이 외쳤다.

블레어가 어슬렁거리며 갔다. "풀어." 그가 어깨 너머로 스투리에게 말했다.

"열쇠가 없습니다." 스투리가 부르짖었다.

블레어가 경찰 하나에게 고갯짓을 하자 그가 대형 망치를 가지고 와서 자물쇠를 내리쳐 부쉈다.

문이 떨어져 나갔다. 블레어가 내려갔다. 그의 뒤에서 지미 앤더슨이 스위치를 찾아 올렸다.

블레어는 몸이 묶이고 입에 재갈이 물린 해미시 맥베스를 바라보았다.

블레어가 그 앞에 우뚝 서더니 해미시의 입에서 사납게 반 창고를 떼어 냈다. "자넨 아주 몹시 골치 아픈 지경에 빠졌어." 그가 말했다. "왜 자네 혼자 이런 일을 벌였는지, 왜 정보를 혼자 쥐고 있었는지 설명해야 할 거야."

해미시 맥베스에게는 길고도 긴 하루였다. 그는 왜 자기가 따로 수사를 하기로 마음먹었는지 설명하는 보고서를 써야 했다. 그리고 스코츠먼 호텔이 경찰의 급습을 받아 바에 있는 모든 술을 압수당했다는 사실을 알게 되었다. 맥빈은 체포되어 손님들에게 밀주를 판매한 혐의로 기소되었고, 한 달 내로 스트래스베인의 보안관 법정에 출두하기로 하고 보석으로 풀려났다.

블레어는 해미시를 엿 먹이려고 갖은 애를 썼지만, 피터 데이비엇 총경은 그 짜증 나는 온화함으로 해미시의 정석에서 벗어난 수사가 아니었으면 스마일리 형제를 결코 잡지 못했을 것이라고 말했다. 해미시는 그 집에 무단 침입을 한 것이 아니었다. 문은 잠겨 있지 않았다.

그리하여 해미시는 마침내 자유의 몸이 되었다. 블레어가 준비한 이별의 말은 해미시를 로흐두까지 데려다줄 경찰차가 없으니 걸어가면 되겠다는 것이었다. 해미시가 본서를 떠날 무렵에는 버스 막차도 끊겨 있었다. 그는 비참한 심정으로 로흐두 방향으로 서서 히치하이크를 시도했다. 하지만 제복을 입은 경찰을 보면 멈춰 주었을지도 모르는 차들은, 검은색 스웨터와 검은색 바지를 입은 지치고 면도도 안 한 남자를 위해서는 서지 않았다.

　그날 밤에 로흐두로 돌아갈 희망을 단념하던 차에 커리 자매의 낡아 빠진 작은 르노가 그의 뒤에 섰다.

　"순경, 6시 뉴스를 장식했더군." 네시가 차를 출발시키며 말했다.

　"점점 시카고 같아진다니까, 시카고." 말 되풀이하기 선수인 제시가 말했다.

　해미시는 자매가 경찰서에 차를 세울 때까지 꾸벅꾸벅 졸았다. 그는 눈을 껌뻑이며 잠에서 깼다. "사람이 있네요." 그가 말했다. "불이 환하게 켜 있어요."

　"자네 여자 친구지." 네시가 콧방귀를 뀌었다.

　해미시는 경찰서로 들어갔다. 세라가 부엌 식탁 앞에 앉아 있었다.

　"어떻게 들어온 거예요?"

"바닥 깔개 아래서 열쇠를 찾아냈어요." 세라가 말했다. "당신이 무사하니 다행이에요. 뉴스에서 무슨 일인지 들었어요."

"난 그냥 닭하고 양이나 보러 가야겠습니다."

"내가 양들에게는 겨울 꼴을 먹였고, 암탉들이 밤을 보낼 준비를 해 놓았어요." 세라가 말했다. 그리고 그의 얼굴에 떠오른 놀라움을 보고 덧붙였다. "우리 아버지는 슈롭셔의 농부랍니다."

"나는 당신에 대해 아는 게 거의 없군요." 해미시는 식탁 앞에 힘겹게 앉았다. "본서에 전화를 건 사람이 당신이란 걸 알겠더군요. 그놈들은 나를 토탄 늪에 빠뜨릴 계획이었죠. 그놈들은 큰 사업을 벌이고 있었어요. 경찰이 사방 호텔과 술집들에 불시 단속에 나섰어요. 브레이키의 드로시 크로프터의 주인도 아주 많은 술집 주인들과 더불어 기소되었죠."

"그럼 당신도 안전하게 돌아왔으니, 나는 갈게요." 세라가 말했다.

"조금만 더 있다 가지 않겠어요?"

"아니에요. 당신 몹시 지쳐 보여요. 화덕에 당신 먹을 캐서롤이 있어요."

그녀는 일어섰다. 그는 그녀에게 키스를 하려고 갔지만 그녀는 머리를 숙이고서 그를 스쳐 지나갔다.

"세라!" 그가 외쳤다. 하지만 부엌문이 닫히는 소리가 그가 들은 유일한 대답이었다.

다음 날은 쇳덩이만큼이나 차가웠다. 새들도 잠잠했다. 서리가 잔디와 나뭇가지에서 반짝거렸다. 물웅덩이에서 얼음이 반짝거렸다. 경찰서 바깥에 펼쳐진 만은 유리처럼 납작하게 누워 있었다.

로맨스가 다 죽어 버린, 차갑고 친구 하나 없는 세계 같았다.

해미시는 할 만큼 했다고 마음을 먹었다. 얻어맞은 갈비뼈가 아팠고, 반창고 때문에 입은 따갑고 붉은 자국이 남았다. 이 사건을 해결하는 것은 그 온갖 감식 수단과 컴퓨터와 보고서가 있는 스트라스베인에 달려 있었다. 그는 소작지에 대한 경찰 외 의무를 소홀히 하고 있었다. 그는 경찰서를 꼼꼼히 청소하고, 바깥으로 나가 양들에게 먹이를 주었다. 타우저의 무덤이 경찰서 위 언덕에 있었다. 외로운 경찰관에게, 그를 사랑해 준 개조차 더 이상 이 세상의 존재가 아님을 슬프고도 조용하게 상기시켜 주는 무덤이었다. 10시 무렵이 되자 해미시는 이 모든 육체적 활동 덕분에 기분이 상당히 나아지기 시작했다. 그는 평화를 느꼈다. 사건에서 손을 떼기로 한 결정 자체가 좋은 생각이었다.

경찰서 전화가 울렸다. 처음 떠오른 사람은 세라였다. 그는 전화를 받고서 그녀의 목소리라고 생각했고, 발신자가 프리실라 할버턴스마이스임을 깨닫기까지는 잠깐 시간이 걸렸다.

"당신이나 세라에게서 전화가 올 줄 알고 기다리고 있었는데요." 프리실라가 말했다. "또 치과 의사의 죽음에 관한 기사를 읽었죠."

해미시는 책상 앞에 앉았다. "그게 말이죠, 프리실라. 난 손을 놨어요."

"당신답지 않아요. 사건 얘기 좀 해 봐요."

그는 살인 사건과 절도 사건으로 시작해 스마일리 형제에게 붙잡혀 간힌 일로 마칠 때까지 말을 이었다.

"마음이 불안하겠군요. 피곤하고, 신물도 나겠고." 프리실라가 연민을 담아 말했다. "하지만 뭔가 막혔을 때 당신이 하던 일은 모든 용의자들의 뒷얘기를 파고드는 거였잖아요. 그리고 늘 답은 과거에 있다고 말했죠. 그러니까, 길크리스트는 빚에 몰리고 있었고 돈을 좋아했어요. 그가 스마일리 형제와 엮였을 수도 있지 않을까요?"

"그 생각도 해 봤죠." 해미시가 천천히 말했다. "하지만 그 점에서는 어떤 연결점도 찾을 수 없었어요."

"매기 베인은 길크리스트에게 대단히 집착했던 게 틀림없어요."

"그녀는 그를 사랑했어요. 맞아요. 하지만 당신은 왜 그걸 집착이라고 생각하죠?"

"그녀는 좋은 학력을 가졌고, 당신 말에 따르면, 듣기 싫은 목소리 외에는 매우 매력적이라면서요. 그런 그녀가 한 음울한 하일랜드 마을에 바람둥이와 함께 스스로를 묻어 버리게 한 건 집착일 수밖에 없어요. 그녀가 세인트앤드루스에 남겨 두고 온 질투심 많은 연인은 없었나요? 한번 알아볼 만할 거예요. 그녀의 지도 교수들부터 시작해 볼 수 있을 텐데."

"세인트앤드루스는 먼 곳이에요, 프리실라. 게다가 이런 날씨에."

"전화로 알아봐도 되잖아요."

그가 한숨을 내쉬었다. "아니, 아니에요. 나는 언제나 직접 가 보는 게 낫다는 걸 경험으로 알아요. 스트래스베인에 전화를 걸겠어요. 어쨌거나 난 이틀은 쓸 휴가가 있으니까요."

"사냥 잘하고 와요, 해미시. 무슨 결과라도 나오면 전화하고요."

"그래요, 그렇게 할게요. 당신이 이곳에 돌아올 희망이 조금이라도 있나요?"

"크리스마스에 집으로 갈 거예요."

그는 묻고 싶었다. '혼자서요?' 하지만 그녀가 아니라고 한다면, 친구를, 남자인 친구를 데리고 온다고 말한다면 어쩌나. 바로 그 순간 그는 나쁜 소식은 더는 듣고 싶지 않아졌다.

전화를 걸기로 약속하고 그는 잘 있으라고 인사했다. 그는 경찰복을 입지 않기로 마음을 정했다. 공식적으로도 경찰 근무를 서고 있는 것이 아니었다. 그는 스트래스베인에 전화를 걸어, 그런 일을 겪고 나서인지 몸이 좋지 않아 휴가를 이틀 내겠다고 말했다. 그러고서 시노선의 맥그리거 경사에게 전화를 걸어 자기 관할 구역을 맡아 달라고 부탁했다.

그다음에 모든 방문 민원인들에게 시노선에 연락하라는 메모를 문에 붙이고는 경찰서를 잠갔다.

토멜성 호텔을 지나치면서 그는 방향을 돌려 호텔에 들러 세라에게 혹시 같이 가고 싶지 않으냐고 묻고 싶은 충동을 가까스로 내리눌렀다.

하늘은 금방이라도 눈을 뿌릴 듯 위협적이었지만 눈은 오지 않았다. 마침내 세인트앤드루스 대학교에 도착했을 때는 창백한 햇빛이 오래된 대학 건물들을 미끄러져 내리며 어슴푸레 빛나고 있었다.

매기 베인의 물리학 지도 교수를 찾아내기까지는 한동안 시간이 걸렸다. 하지만 해미시는 마침내 책이 줄지어 늘어선 편안한 집의 거실에서 제임스 패커 씨를 마주하고 앉았다. 놀랍도록 젊고 순해 보이는 남자였다.

"물론 신문에서 사건에 대해 읽었습니다." 해미시가 찾아온 이유를 설명하자 패커 씨가 말했다. "그가 살해당했다고 했을 때 별로 놀라지 않았어요."

"그분을 아셨습니까?" 해미시가 열띠게 몸을 앞으로 내밀었다.

"네, 알았습니다. 매기는 뛰어난 학생이었어요. 너무 뛰어난 것이 그녀를 다른 학생들로부터 고립되게 했을 거예요. 그녀는 오로지 혼자서만 지냈어요. 사교 모임이나 댄스파티에도 가지 않고, 남자 친구들도 전혀 없는 것 같았죠. 그러고는 마지막 시험이 끝난 직후에 저는 그녀가 중년 유부남과 파리로 갔다는 소문을 들었어요. 걱정이 됐습니다. 그녀가 돌아왔을 때 저는 그녀를 불러서 소문을 들었다고 단도직입적으로 말했습니다. 그녀는 웃더니 그게 무슨 흠잡힐 일이냐고 했어요. 그는 이혼했고, 자기들은 결혼을 할 것이라고요. 또 결혼할 때까지 브레이키에 있는 그 사람 병원에서 그를 위해 일할 거라고 하더군요. 저는 그녀가 자신의 마음을 알기에는 너무 어리고, 빛나는 미래를 내던지고 있다고 조언했습니다. 하지만 그녀는 딱 봐도 아주 깊이 사랑에 빠져 있더군요."

슬픈 침묵이 잠깐 이어졌다. 그러더니 패커 씨가 말했다. "하지만 그는 그녀와 결혼을 하지 않았죠. 안 그렇습니까?"

"그렇습니다." 해미시가 말했다. "그리고 그는 그녀에게 정절을 지킨 것 같지도 않습니다. 뛰어난 학생이었다는 점 외에 매기 베인에 대해 좀 더 얘기해 주십시오."

"사실을 말하자면, 저는 이 치과 의사란 사람에게 그녀가 보이는 열정을 믿을 수가 없었습니다. 저는 늘 그녀가 냉정하고 따지고 재는 편이라고 생각했거든요. 그리고 그녀가 다른 학생들과 섞이지 않는 이유가 숫기가 없어서라기보다는 그들을 경멸하기 때문이라고도요."

"가정환경은 어땠습니까?"

"그녀를 금지옥엽처럼 여기는 어머니와 아마도 더 이상 그녀를 애지중지하지 않는 것으로 보이는 아버지가 있습니다. 제가 듣기로 어머니는 매기를 위해 집에서 구운 케이크나 이것저것을 들고 학교에 찾아왔다고 합니다. 매기는 어머니께 꽤 고약하고 버릇없이 굴었고요. 그게 말입니다, 저는 매기에게서 뛰어나게 지적인 면만 봤던 게 아닌가 합니다. 돌이켜 보면 매기 베인이 아주 좋은 인성을 갖췄다는 생각은 들지 않습니다."

"그녀가 폭력적일 수도 있다고 생각하십니까?"

"모르겠습니다. 저라면 그녀에게 폭력적이라는 딱지를 붙이지는 않겠어요. 하지만 길크리스트가 등장하기 전까지, 그녀가 그렇게 격정적일 수 있다는 생각도 마찬가지로 하지 않았습니다."

"길크리스트를 알았더라면 좋았을 텐데." 해미시가 말했다. "저는 그의 시체만 봤을 뿐이니까요. 볼만한 구석은 전혀 없던데요. 하얗게 센 머리에 하얀 얼굴, 전형적인 치과 의사였어요, 사실. 그의 성격에 여자들을 끄는 구석이 분명히 있었을 겁니다. 그는 상류사회의 삶을 좋아했고 엄청난 빚을 남겼죠."

패커 씨는 자신이 이미 생각해 보았던 것을 해미시가 방금 확인시켜 주었다는 듯이 묘한 표정으로 약간 고개를 끄덕였다. "그거 눈치채셨겠습니다만, 왜 그 추하고 하찮은 백만장자들, 팔에다 아름다운 금발을 늘 달고 다니는 사람들 말입니다. 권력과 돈에 대한 야망에 거의 저항할 수 없게 된 여자들이지요. 경찰관께서 저를 쇼비니스트이자 정치적으로 올바르지 않은 사람이라고 비난하시기 전에 말씀드리자면, 일부 여자들이 그렇다는 겁니다. 이곳은 캘리포니아의 팜비치가 아니라 스코틀랜드의 북부, 모든 게 다 작은 촌동네예요. 커다란 차를 몰고 그런 식으로 파리 여행을 시켜 주는 남자는 매기 베인에게 흔치 않은, 이색적인 사람으로 깊은 인상을 남겼을 겁니다. 저는 그녀를 아주 측은하게 여겨야 한다고 생각해요. 혹시 경관님이 제게 그녀의 주소를 알려 주신다면, 그녀에게 편지 한 통을 써 볼까 합니다. 저는 그녀가 그 모든 열정과 에너지를 성공적인 커리어로 바꾸어 볼 수 있다고 생각합니다."

해미시는 수첩을 꺼내 매기 베인의 주소를 적어 건넸다.

"또 여쭙고 싶은 게 있습니다. 니코틴 독약 말입니다."

"만들기 아주 쉽죠."

"신문에서 보시게 될 텐데, 경찰은 불법 증류소를 급습했습니다. 저는 그 증류소가 니코틴 독약을 만드는 데 쓰였을 수도 있겠다고 생각했고요. 그러니까 불법 위스키를 제조하는 기계를 갖춘 사람이라면 누구라도 니코틴 독약을 만들 수 있을 거라고 말입니다."

"어느 정도 머리가 있으면 어린 학생이라도 학교 실험실에서 같은 일을 할 수 있습니다."

해미시는 한숨을 내쉬었다. "동기, 그게 문제입니다."

"대개는 술, 사랑 혹은 돈이죠."

"스코츠먼 호텔이란 곳에서 절도 사건이 있었습니다. 저는 그 사건이 길크리스트의 낭비벽과 허덕이는 재정 상태와 관련이 있을 것만 같다는 생각을 떨쳐 낼 수가 없습니다. 그러니까 맥빈 부인, 지배인의 부인입니다. 그녀가 그 돈에 관해, 뒤판이 나무로 된 금고에 관해 무슨 말을 흘렸을 수도 있다고 말입니다."

"아니면," 패커 씨가 아가일 무늬 양말을 신은 단정한 발목을 꼬았다. "그가 만약 그렇게 매력적인 남자였다면, 맥빈 부인에게 작업을 걸었을 수도 있죠. 빙고의 밤 하루에 그만큼 어마어마한 돈이 상금으로 걸렸다면, 호텔이 신문에 광고를 냈겠죠?"

"네, 그랬습니다."

"이거 재미있군요." 교수가 신이 나서 말했다. "왓슨 박사 같은 기분이 드는데요. 맥빈 부인 얘기를 좀 해 주시지요."

"그다지 볼만한 인물은 아니고, 중년에, 성질머리가 고약하고, 아침부터 밤까지 헤어롤을 달고 다닙니다. 남편한테 얻어맞는다는 얘기가 있지만, 남편을 무서워하는 걸로는 보이지 않아요. 제 친구가 그녀에게 들은 말입니다." 아, 세라, 우리 지금 뭐 하는 거지? "손에 부엌칼만 쥐고 있으면 어떤 남자라도 무서워할 일이 없을 여자라는 얘기죠. 남편에게 맞고 난 다음에 남편의 모닝커피에다가 변비약을 잔뜩 넣고는, 한 번 더 때렸다가는 그때는 독을 넣을 거라고 말했답니다."

"맥빈 부인도 가능성이 꽤 높은 후보로 들리는데요."

"하지만 혹시라도 그녀가 길크리스트를 죽였다면 혼자서는 하지 못했을 겁니다. 힘과 냉혈함으로 뭉친 누군가가 길크리스트를 살해했고, 진료 의자에 그를 끌어다 앉혀서 그의 이에다 드릴 구멍을 냈거든요."

"경관님이 여기까지 오신 이유가," 패커 씨가 말했다. "매기 베인에 대해 더 알아보기 위해서죠. 과거에 살인을 저지를 정도의 성격이 드러날 만한 일이 있었는지, 그걸 알아보러 오신 거라는 생각이 드네요."

"실제로 종종 그렇습니다."

"그렇다면 맥빈 부인이 어떤 사람인지 좀 더 캐 보시는 건 어떨까요?"

"교수님 말씀이 맞습니다. 리스로 가서 알아낼 게 있을지 봐야겠습니다."

세상을 편리한 곳으로 만들어 준 고속도로 덕분에 해미시는 에든버러까지 쭉 가서 리스까지 막힘없이 달렸다. 그의 수첩에는 다행스럽게도 맥빈 부인이 결혼 전에 살던 주소가 적혀 있었다. 그곳이나 그 근처에 그녀를 기억하는 사람이 살고 있을지도 몰랐다.

마침내 해미시가 리스의 한 조지아풍 공동주택에 들어섰을 때는 스코틀랜드의 이른 밤이 내린 뒤였다. 그를 맞아 준 여자는 경찰이 이미 와서 질문을 하고 간 것은 맞으나 맥빈 부인은 전혀 모른다고 했다. 그러고는 1층의 모턴 부인에게 가 보라고 했다.

모턴 부인은 경찰에게 신의 선물 같은 존재였다. 누가 찾아오기를 기다리는, 얘기를 하고 싶어서 안달이 난, 머리가 센 외로운 과부였던 것이다.

"그래요, 그래. 애그니스 맥워터 기억하지. 아름다운 여자였고, 자기가 예쁘다는 걸 알기도 했어요. 자신만만했죠. 모든 남자들이 그녀에게 미쳐 있었어. 자기는 언젠가 큰 인물이 될 거라고 말하고 다니는 여자애였죠. 경영대학에 들어갔는데,

유명한 사람, 영화 스타 같은 사람의 비서가 될 거라고 하더라고."

"그래서 그녀는 유명한 사람의 비서가 됐습니까?"

"아뇨. 덤프리스의 애들 옷을 만드는 공장의 공장장 비서라는 꽤나 평범한 직업을 얻는 데 그치고 말았어요."

해미시가 그녀를 날카롭게 바라보았다. "덤프리스라고 하셨습니까?"

"그래요, 그랬지. 거기가 뭐라고 하더라. 내가 금방 기억해낼게요. 내 나이가 되면 옛날 일은 생생하게 기억하는데, 어제 일은 아무것도 기억나지 않으니 우습지 뭐예요. 그녀 어머니가 나한테 얘기하러 왔던 적이 있어요. 가여운 맥워터 부인, 암이 그녀를 앗아 갔지. 알겠다, 토트 모즈라는 회사예요. 그거야. 덤프리스의 토트 모즈."

"공장장의 이름을 기억하실 수 있겠습니까?"

그녀가 안타깝다는 듯이 고개를 저었다.

덤프리스라, 해미시는 생각했다. 길크리스트의 고향이 그곳이었다.

"오늘 밤에 묵을 곳을 찾고서 아침에 덤프리스로 넘어가야겠네요."

"우리 집에 빈방이 있다우." 모턴 부인이 말했다. 그녀의 늙은 눈에서 외로움이 배어 나왔다. "나도 누가 하룻밤 빗을 해

주면 참 좋겠고."

해미시는 망설였다. 그는 어느 이름 없는 호텔 방에서 괴로움에 몸을 뒤틀면서 생각을 정리하고 싶었다. 하지만 그는 외롭다는 것이 무엇인지 알았고, 하루쯤은 예전의 그 자신이 되어 보아도 좋겠다고 생각했다. 까짓것……

"어쩌면 이렇게 친절하신지요." 그가 말했다. 하지만 그는 옛날 옛적 사진 앨범을 하나만 더 보았다가는 비명을 지를 것 같아서 일찍 그녀의 거실에서 물러났다.

그도 일찍 일어났지만, 모턴 부인은 그보다도 더 일찍 일어나서 푸짐한 아침 식사를 준비해 놓았다. 해미시는 음식과 숙박 비용을 내겠다는 말이 목구멍까지 올라왔지만, 그녀의 기분을 상하게 할까 봐 염려되었다. 하지만 그는 떠나면서 지폐 20파운드를 봉투에 넣어 침대 옆 테이블에 올려 두었다. '부인이 가장 좋아하는 자선단체에 주시라는 의미로 남깁니다.' 그는 모턴 부인이 가장 좋아하는 자선단체가 그녀 자신이기를 희망했다. 그녀가 돈이 절실하게 필요하다는 것은 한눈에 보였다. 작은 아파트는 먼지 한 점 없었지만, 모든 것이 허름하고 낡아 있었던 것이다.

그는 춥기는 했지만 눈이 내리지 않는 것에 감사하는 마음으로 덤프리스로 향했다. 해골 같은 겨울나무가 냉혹한 하늘을 향해 애원하듯이 구불구불한 가지들을 뻗어 올리고 있었다. 그는 오는 모든 계절을 받아들이고 계절마다 고유한 아름다움이 있음을 알았지만, 나이가 더 들고 나서는 겨울을 얼마나 증오하게 될지 벌써부터 겁이 날 지경이었다. 모턴 부인은 봄이 올 때마다 신이 내리신 선물로 반긴다고 말했었다. 한 해를 더 살겠구나 하는 마음이 든다고 말이다. 왜냐하면 노인들은 겨울에 죽기 때문이다.

전화를 걸어 보지 않아서 예의 어린이 옷 공장이 여전히 운영되고 있는지 알 수 없었다. 그는 덤프리스의 중앙 우체국에 들러 전화번호부를 찾아보았다. 안도감이 몰려왔다. 토트 모즈는 전화번호부에 기재되어 있었다. 그는 공단 지역으로 차를 몰고 가서 두 개의 기다란 건물로 구성된 공장을 찾아내고 공장장을 만나고 싶다고 부탁했다.

공장장인 굿맨은 해미시로서는 실망스럽게도 비교적 젊은 남자였다. 하지만 그는 왜 그곳에 왔는지 설명했다.

"제 아버지 시절이겠군요." 굿맨 씨가 말했다.

"아직 살아 계시군요."

"네, 전화를 걸어서 경찰관님이 가신다고 일러두겠습니다. 그리고 길을 알려 드리죠."

또 20분이 흐른 다음에 해미시는 아버지 굿맨 씨를 마주하고 있었다. 살짝 뚱뚱한 노신사였다. 둥근 얼굴은 터진 혈관으로 뒤덮여 있어서 입체 지도처럼 보였다. 눈에는 술을 입에서 떼지 않는 술꾼 특유의 축축하고도 반짝거리는 물기가 서려 있었다. 하지만 그날 아침에 그는 취해 있지 않았고, 방문객이 와서 즐거워하는 눈치였다.

"애그니스 맥워터라," 그가 말했다. "그래요, 아주 잘 기억하지. 어여쁜 아가씨였어요."

"그녀가 어떤 사람이었는지 말씀해 주실 수 있겠습니까?"

"아주 훌륭한 비서였어요. 완벽 양이라고 해야지. 하얀 맞춤 블라우스에 펜슬스커트, 그런 걸 입고 다니는 비서 말이에요. 점잖은 젊은 의사를 애인으로 두게 되었지."

"의사요?"* 해미시는 실망한 표정을 지었다. "저는 그녀가 바로 얼마 전에 살해당한 치과 의사, 프레더릭 길크리스트와 어떤 연관점이 있기를 기대했는데요."

"아, 그 사람 맞아." 그러더니 노인은 해미시를 응시했다. "물론 그 사람이지, 길크리스트. 바로 그 사람이야. 이곳에 있을 때는 아직 학생이었어요. 맞다, 누가 그 사람이 치과대 학생이라고 하더라고. 치과 의사가 되려고 공부 중이라고."

"그때 그가 맥워터 양을 알았다고요?"

---

* 영어에서는 다른 모든 분야의 의사를 'doctor'라고 하고, 치과 의사는 'dentist'라는 말로 구분한다.

"그녀를 알았냐고? 그놈은 그 아가씨의 인생을 망쳐 놓았다오."

"어떻게요?"

"처음에는 죽고 못 사는 로미오와 줄리엣 같았지. 그놈은 매일 저녁 공장 바깥에 차를 대고 그녀를 기다리고, 그녀는 그놈에게 빠져 정신을 못 차렸다오. 그녀가 일에 좀 소홀해지기 시작하면서 걱정이 조금 됐더랬지. 그러더니 아침에 지각을 하고 숙취에, 거 뭐라고 해야 할까, 너덜너덜해졌지."

해미시는 터져 나오는 미소를 내리눌렀다. "두 사람이 연애를 했다는 말씀이시죠?"

"그럼, 소문이 다 돌았지. 그나저나 시간은 <u>흐르고</u> 그의 휴가도 다 끝나 가는데 왜 그녀의 손가락에 반지가 끼워지지 않는지 나는 이해를 할 수가 없었어요. 그러니까 그 시절에는 세상 일이 좀 더 엄격했잖소. 그녀의 근무 태도는 점점 더 나빠졌어요. 나는 그녀를 불러 앉히고서 얘기를 좀 했지. 제대로 정신 차리지 않으면 해고를 할 수밖에 없다고. 그녀는 함부로 나왔고, 머리칼을 휙 넘기더니 곧 결혼을 할 테니까 나더러 자기를 대신할 사람을 찾는 게 좋을 거라고 말하더군. 그러고는 다음 날부터 회사에 나오지 않았어요. 일주일 후에 그만둔다는 메모를 보내왔고요. 나는 다른 비서를 고용했고, 그녀 일은 잊었어요. 아, 그러고는 3개월쯤 흘렀을까, 아내와 실을 걸어가고 있는데 그녀가 말했어요. '길 건너가요. 이 징글징글한 오토바이족들 같으니.' 그때 봤지. 어느 술집 바깥에 오토바이에 올라탄 무리가 있었는데, 하나같이 구레나룻을 기르고 검은색 가죽에 징을 박고 있었지. 한 여자가 어떤 놈 목에 매달려 있었는데, 애그니스 맥워터였어요. 사람이 어떻게 그렇게 변하나! 머리는 놋쇠 같은 금발에 창녀처럼 보였다오. 나는 생각했지. 저 아이 오래지 않아 길거리로 나서겠군. 하지만 그녀는 그 불량배들 중 한 명과 결혼을 하더군요. 이름이 맥빈이라고 했던 것 같아. 그는 결혼 후에 펍을 운영하더니, 그다음에는 호텔을 운영한다는 얘기를 들었어요. 그다음에는 그녀나 맥빈, 길크리스트 얘기는 전혀 듣지 못했어요. 신문에서 그 살인 사건 얘기는 샅샅이 다 읽었는데, 살해당했다는 길크리스트가 그 치과대생인 줄은 생각 못 한 게 신기하군요. 나는 바깥출입도 별로 하지 않고, 나를 보러 오는 사람도 아무도 없어서 말이오. 한잔할 테요?"

"운전을 해야 해서요."

"그럼 차라도?"

해미시는 이 노인의 외로움에서 도망치고 싶었지만 이렇게 말했다. "감사합니다." 그리고 선행은 보답을 받았다. 차를 만들고 나서 굿맨 씨가 오래된 직원 사진을 가져온 것이다. "거기 애그니스가 있어요. 크리스마스 파티에서 찍은 거요."

그때의 그녀는 정말이지 아름다웠다. 몸매도 육감적이었다.

마침내 살인 동기를 하나 건졌군, 해미시는 생각했다. 그는 굿맨 씨와 한 시간을 겨우겨우 보내고 탈출했다. 이번에는 경찰 사이렌을 울리며, 북쪽 도로의 모든 제한속도를 다 어기며 달렸다.

저녁 7시, 마침내 로흐두에 도달한 그는 경찰서로 직행해서 내키지 않는 마음으로 전화기를 집어 들었다. 그는 자기가 맥빈 부인에게 질문을 하려고 시도한다면 스코츠먼 호텔에서 쫓겨날 것임을 알았다. 그리고 이 뉴스는 그 혼자서만 간직할 수도 없고, 간직해서도 안 되는 것이었다.

그는 알아낸 것을 지미 앤더슨에게 얘기해 주었다. "당신은 기적이야, 해미시." 지미가 말했다. "내가 블레어에게 말할게요. 이제는 그녀를 데려와야 할 차례군요."

"블레어에게 말해 주십시오, 내가 심문에 들어가고 싶다고요." 해미시가 말했다. "내가 아니었으면 블레어는 이 일을 절대로 알아내지 못했을 거잖아요."

"알았어요, 그렇게 전하죠. 그녀를 이곳에 다시 데리고 올 시간을 좀 줘요."

해미시는 세라에게 전화를 걸었으나, 그녀가 저녁을 먹으러 갔다는 얘기를 들었다. 그는 이탈리아 레스토랑에 샀지만 그녀는 그곳에 없었다. 그리하여 그는 홀로 식사를 하고 스트래스베인으로 향했다.

맥빈 부인은 이번에는 머리에 빨간색 헤어롤을 달고 있었다. 해미시는 심문실 구석에 한 여경과 함께 앉았다. 블레어가 조사를 시작했다.

"왜 결혼하기 전에 길크리스트를 알았다는 걸 말하지 않았죠?"

"오래전 일이었어요." 그녀가 화가 난 목소리로 말했다.

"당신은 그와 사귀는 사이였습니다. 부인이 그를 살해했나요?"

"아니, 나는 그를 죽이지 않았어요." 그녀가 팔을 포갰다. "내가 그에게 갔던 유일한 이유는 그가 내 이를 뽑고 한 푼도 받지 않았기 때문이에요."

해미시는 그녀의 가느다란 입과 헤어롤을 단 머리, 성질 나쁜 얼굴과 두툼한 몸, 둥그런 어깨에서 직원 사진 속의 행복하고 웃음 많던 아름다운 여자의 흔적을 실오라기만큼도 찾을 수 없었다.

"살인이 일어나던 날 아침에 어디에 있었습니까?"

"호텔요."

"목격자는요?"

"내 방에 있었어요. 딸이 말해 줄 거예요."

"우리는 부인의 영향을 받지 않는 증인이 필요합니다. 호텔 손님이라든지, 그런 사람 말입니다."

"살인 사건이 몇 시에 일어났는데요?"

"부인도 아주 잘 알듯이 아침 10시에서 11시 사이입니다." 블레어가 말했다.

"그래요, 나는 호텔에 있었어요. 그 무렵에 바의 조니에게 전화를 걸어서 보험 회사 사람들이 아직 오지 않았느냐고 물었어요."

"그에게 확인해 보겠습니다. 하지만 내 생각에는 부인이 그를 죽인 범인입니다." 블레어가 그녀의 면전에 대놓고 고함을 질렀다.

그녀가 의자 뒤로 기대더니 경멸 어린 눈으로 그를 바라보았다. "증명해 보시지요."

해미시가 그녀를 뜯어보는 사이에 심문은 계속되었다. 생각이 맹렬하게 돌아갔다. 그는 불현듯 살인은 그녀가 저지른 짓이 아니라고 확신했다. 하지만 그녀는 길크리스트를 알았고, 열정적으로 그를 사랑했다. 지니 길크리스트는 남편이 전에 결혼한 적이 있다고 생각했다. 그의 과거 속 누군가, 그가 잊지 못하는 여자가 있음을 느꼈기 때문이다. 그럼에도 여자들을 홀리는 길크리스트는 그녀 안에 사랑힐 만한 구석이 조금도 남지 않았음을 알았을 것이다. 얼굴은 추해지고 성질이 더러워진 여자에게서는. 그녀는 그에게 심지어…… 그가 꼿꼿이 앉았다. 가능성은 희박했다.

해미시는 블레어의 말을 끊었다. "경감님?"

블레어가 맹렬한 분노를 담아 몸을 홱 돌렸다. "뭐야?"

"저는 그저 맥빈 부인에게 돈이 어디 있는지, 길크리스트에게 주기로 약속한 돈이 어디 있는지 알고 싶습니다."

쥐 죽은 듯한 정적이 감돌았다. 맥빈 부인의 머리에서 빨간색 헤어롤 하나가 떨어져 구르더니 블레어 앞에 가서 멈추었다.

맥빈 부인은 이제 해미시를 바라보고 있었다. 예의 호전적인 모습이 사라져 있었다.

"제가 보기엔 이렇습니다." 고요한 방 안에서 해미시의 부드러운 하일랜드 목소리가 흘러나왔다. "부인은 그 어떤 남자보다도 길크리스트를 사랑했습니다. 부인은 불행한 결혼 생활을 하고 있죠. 당신은 더 이상 그를 매료시킬 수 없었습니다. 그는 웬 예쁘장하고 젊은 여자와 연애를 하고 있었고요. 하지만 그는 돈을 사랑했어요. 돈 때문에 몹시도 걱정이 많았죠. 25만 파운드면 부인과 함께하겠다고 말했을 테죠. 어떻게 됐죠? 그가 돈을 꿀꺽하고 난 다음에 거절하던가요?" 해미시는 그녀의 얼굴을 꼼꼼히 들여다보았다. "아닙니다, 그게 아니

262

에요. 부인은 아직도 돈을 가지고 있어요. 그 돈이 어디에 있는지 말씀해 주시는 게 좋을 겁니다. 아니면 우리가 부인의 방을, 호텔을 쑥대밭으로 만들어 놓을 테니까요. 저는 부인이 돈을 가졌다는 걸 알고, 우리는 부인이 자백할 때까지 얼마가 걸리든 부인을 여기 붙잡아 놓고 있을 겁니다."

긴 침묵이 뒤따랐다. 블레어는 조바심을 치며 툴툴거렸다. 해미시가 무언가를 발견했다고 잠깐 생각했지만, 이건 곁가지였다. 그는 살인자를 원했다.

"살인자보다는 도둑으로 처벌받는 게 낫죠." 해미시가 말했다.

하지만 그녀는 평정을 되찾았다. 그녀가 어깨를 으쓱했다. "원하시는 대로 내 방을 수색하세요." 그녀가 말했다. "아무것도 발견하지 못할 테니까."

해미시가 그녀를 물끄러미 보았다. "아니요." 그가 말했다. "어쩌면 부인 방에 없을지도 모르죠. 따님 방이랄지?" 반응이 없었다. "그러니까 호텔 어딘가에 있다는 거군요." 그녀가 그를 거리낄 것 없다는 듯이 바라보았다. "아, 그게 호텔 안에는 없다고 합시다. 바깥에…… 묻은 거죠."

그녀의 눈이 깜빡거렸다. "담배 하나 주실 수 있어요?"

"묻었군요." 해미시가 밋밋하게 말했다. "호텔 땅에다 묻은 거예요. 이런 겨울 날씨에는 찾기 쉬울 테죠. 우리는 최근에 땅을 판 흔적이 있는지 살펴볼 겁니다. 오래 걸릴 일은 아니죠."

침묵.

"자, 자네 할 말은 했잖나, 해미시……" 블레어가 막 입을 여는데, 해미시에게서 눈길을 떼고 있지 않던 맥빈 부인이 말했다. "이런 개자식. 당신은 내내 알았던 거야. 누가 말해 줬어? 달린?"

"그러니까 돈을 훔친 사람이 당신이었군." 블레어가 말했다. 문득 자신이 공을 다 차지하도록 해미시가 아주 멀리 가버리길 바라며.

그녀가 작게 한숨을 내쉬었다. "나는 그를 사랑했어요." 그녀가 해미시를 보았다. 한순간 그녀의 눈이 무언가로 눈부시게 빛났다. 찰나적으로 한때 그녀였던 예쁜 여자의 유령이 그를 향해 빛을 발했다. 그러더니 그녀가 무기력하고 음울하게 흐느끼기 시작했다. "나는 그를 애도할 수조차 없었어요. 눈물한 방울조차 흘릴 수 없었죠. 그랬다가는 사람들이 알아챌 수도 있으니까. 그는 내가 돈을 가져오면 함께 어디로 가서 새로운 삶을 시작할 수 있다고 말했어요. 도둑질이라고 할 수도 없어, 그가 한 말이에요. 보험 회사가 돈을 줄 거라고, 보험 회사는 그만한 돈은 감당할 수 있다고요. 우리는 스페인으로 가려고 했어요. 맥빈에게서 도망을 가려고 했죠. 결혼이란 게 이상하죠. 나는 우리가 결혼을 한 지 일주일 후부터 그를 증오했다고 생각하지만, 세월은 질질 끌려오고 또 끌려왔어요. 나는 달린 때문에 결혼 생활을 유지했지만, 그 애는 이제 힘들고 감당하기 버거운 몹쓸 것이 됐어요. 그 애는 나를 그리워하지 않았을 거예요. 오, 세상에. 나는 그 사람을 죽이지 않았어요."

하지만 블레어는 그녀에게 늑대 같은 미소를 짓고는 의자를 테이블 가까이 붙였다. 그가 생각하는 한 맥빈 부인이 길크리스트를 죽였고, 그는 자백을 받아 내기 위해 밤을 지새울 것이었다.

해미시는 새벽 무렵 지칠 대로 지쳐서 로흐두 경찰서에 도착했다. 블레어의 집요하고도 사나운 심문에도 맥빈 부인은 무너지지 않았다. 그녀는 돈이 어디에 있는지 실토했고, 돈은 발견되었다. 하지만 그녀는 치과 의사를 죽이지 않았다는 주장을 굽히지 않았다. 바텐더가 불려 왔고, 그는 살인이 일어나던 시간에 그녀가 아래층에 전화를 건 것을 확인해 주었다. 그러고서 그는 메이드가 맥빈 부인의 방에 세탁한 시트를 가지고 올라간 것까지 기억해 냈다. 맥빈 부인은 남편과 방을 함께 쓰지 않았다. 두 사람은 호텔의 다른 방에서 각자 생활했다. 메이드가 도착할 때까지는 긴 시간의 기다림이 필요했다. 그녀는 동네 사람으로, 흠잡을 데 없는 생판을 지닌 탠디 부인이었다. 그녀는 살인이 일어나던 날 아침 10시 반에 맥빈 부인의 방에 깨끗한 시트를 가지고 갔다고 확인해 주었다. 그리하여 그것으로 끝이었다. 맥빈 부인은 절도죄로 기소되었다. 해미시가 절도 사건을 해결했다는 사실은 블레어로부터 아무런 찬사를 얻어 내지 못했다. 블레어는 살인 사건은 아직 해결되지 않았다는 것을 깨달으면서 꽤 사나워져 있었다.

해미시는 지친 마음으로 침대로 갔다. 잠에 빠져들기 전에 그는 다시 스마일리 형제와 치과 의사 사이에 어떤 연결점이 있지 않을까 생각했다. 스마일리 형제의 사업 뒤에는 돈에 대한 탐욕이 있었고, 길크리스트는 돈에 탐욕이 있었다.

사무실 전화가 여러 번 울리는 바람에 그는 깊은 잠에서 질질 끌려 나왔다. 하지만 그는 자동응답기를 켜 둔 것을 기억해 냈고, 살인자가 전화를 걸어 자백을 할 리도 없었다.

그는 여섯 시간을 자고 일어났다. 여전히 피곤하고 껄끄러운 기분이었다. 그는 씻고 면도를 하고 경찰복을 입었다. 그러고는 사무실로 가서 응답기에 남은 메시지를 재생했다. 처음은 시노선의 맥그리거 경사의 화난 목소리였다. 해미시가 근무를 하러 올 건지 말 건지 그가 물었다. 그다음으로 웰링턴 부인이 카일리와 그녀의 친구들에게 다시 가서 그들을 고결함으로 가는 길로 더 인도해야겠다고 말했다. 그러고는 들뜬 목소리로 조심스럽게 말하는 이가 있었다. "나 프레드 서덜랜드요. 내가 카일리에 대해 뭘 좀 알아낸 것 같아요. 진작 말했어야 했는데, 그 생각은 하지를 못했어. 최대한 빨리 와 주겠어요?"

제9장

앨리스는 알 수 없었다.
"우리 나라에서는," 그녀가 말했다.
"한 번에 하루밖에 없어."
루이스 캐럴

브레이키로 차를 몰고 가면서 해미시는 프레드 서덜랜드가 하려는 말이 무엇일지 생각했다. 프레드가 카일리에 관해 할 말은 자신이 이미 아는 얘기일 것 같았다.

겨울의 스코틀랜드는 일광이 아주 짧고, 해미시는 여전히 피곤한 데다 갈비뼈가 아팠으며, 한동안 어디 길고도 어두운 터널 속에서 지낸 기분이었다.

그는 옷 가게 앞에 차를 세웠다. 천천히 계단을 올라 치과를 지나쳤다. 그때 그는 자신이 바깥 가로등 불빛에 의지해 돌계단을 오르고 있음을 깨달았다. 계단에는 불빛이 없었다. 그는 치과로 내려가서 위를 올려다보았다. 첫 번째 층계참의 소켓에 전구가 빠져 있었다.

그는 차로 돌아가서 손전등을 가져와 다시 계단을 오르기 시작했다. 그 어떤 움직임이나 소리에도 숲속에 사는 동물이 위험을 경계하듯이 그의 감각이 활짝 깨어났다.

그는 프레드 서덜랜드의 집 문을 두드렸다. 그러고는 손전등으로 위를 비추어 보았다. 그곳에도 전구가 꽂혀 있지 않았다.

그는 손잡이를 돌려 보았다. 문이 천천히 열렸다. "프레드 씨." 해미시가 불렀다. "프레드 서덜랜드 씨?"

이것도 카일리와 친구들의 수작일까? 하지만 프레드가 그들과 한패가 되는 것은 있을 법한 일이 아니었다.

그는 전기 스위치를 찾아 불을 켰다. 작은 입구 복도는 황량하고 휑했다.

해미시는 거실로 갔다. 프레드 서덜랜드가 바닥에 죽어 있었다. 머리를 세게 내리친 흔적이 있었다. 누군가 그의 이마를 잔인하고도 흉포하게 내리쳤다.

해미시는 노인 옆에 무릎을 꿇고 앉아 맥을 짚었다. 맥이 없을 거란 걸 알았지만 할 수밖에 없는 일이었다. 그는 먼저 죄책감이 들었고, 그와 동시에 살인 사건 수사에서 일반 시민과 엮이면 이렇게 된다는 저참한 생각에 이르렀다. 그는 벽난로 옆 작은 테이블에 놓인 전화기를 보았고, 가서 수화기를 들었다. 전화는 죽어 있었다. 전화선이 벽 근처에서 잘려 있었다.

그는 쏜살같이 계단을 내려가 경찰차에서 무전기로 스트래스베인에 연락을 취하고, 다시 계단을 올라가 기다렸다. 아무것도 건드리지 않고 현장을 찬찬히 살펴보았다. 강제로 침입한 흔적은 없었다. 텔레비전 세트는 그대로 있었다. 서랍을 들쑤신 흔적도 없었다. 프레드는 바깥문을 잠그지 않았던 것으로 보였다. 누군가 문을 열고 들어와 거실 문가에서 그를 때려죽인 것이었다. 해미시는 방 안 곳곳에 놓인 오래된 사진 액자를 슬픈 눈으로 보았다. 군복을 입은 잘생기고 용맹한 프레드가 팔에 한 예쁜 여자를 안고 있는 사진 그리고 결혼사진이 있었다.

스트래스베인에서 마침내 지원 팀이 도착했다. 블레어 경감이 진두지휘하고 있었다. 충혈된 눈에 사나운 표정을 한 블레어의 바지 아래로 잠옷 바지가 삐져나와 있었다. 잠자리에서 일어나 곧바로 나왔음을 보여 주는 것이었다.

해미시는 노인에게서 받은 메시지를 얘기했다. "그래." 블레어가 떽떽거렸다. "그 여자애를 불러다 심문하자고. 왜 전에 그녀에 대한 얘기를 하지 않은 거지, 맥베스?"

"저도 바로 얼마 전에 알았습니다." 해미시는 거짓말을 했다. "써야 할 보고서가 있었고, 내일 경감님에게 올릴 생각이었습니다."

블레어가 미심쩍다는 눈으로 그를 바라보았다. "자네 문제는, 맥베스, 모든 걸 혼자서만 간직하기를 좋아한다는 거야. 만약 자네가 이 여자애에 관해 알고 있는 걸 제때 보고하지 않아서 이 노친네가 죽은 거라면, 또 그걸 내가 알게 된다면, 자네 옷을 벗기고 말지."

해미시는 그에게 카일리의 주소를 주었다. 그녀가 자신을 함정에 빠뜨리려고 했던 짓은 말하지 않을 것이라고 확신했다. 경찰을 보고 그 일 때문에 온 것이라고 넘겨짚고 공황 상태에 빠지지 않는다면 말이다.

블레어가 형사 두 사람과 경관 한 명을 카일리의 집으로 파견하고 나서 다시 해미시에게 말머리를 돌렸다. "그래, 이 여자애에 관한 신비에 싸인 자네 보고서에는 무슨 말이 들어 있었나?"

"별거 없습니다." 해미시가 말했다. "길크리스트와 데이트를 했었고, 그가 그녀를 덮치려고 했답니다. 그녀는 그 일을 온 데 다 까발린다고 그를 위협했고, 그래서 그는 그녀에게 차를 한 대 사 주기로 약속했답니다. 한 달이 흘렀고, 차는 없었고요. 그녀가 추궁하자 그는 아무도 그녀의 말을 믿어 주지 않을 거라고 했답니다."

"당장 전화 설어서 그 애기를 했어야지." 블레이기 으르렁거렸다. "신이 이 바보 같고 멍청한 하일랜드 경찰들에게서 나를 보우해 주시기를!" 블레어는 글래스고 출신이었다. 하지만 죄책감에 시달리고 있던 해미시는 자신이 프레드에게 카일리에 대해 알아낼 수 있는 것을 알아봐 달라고 요청했다는 얘기를 상관에게 하지 않을 생각이었다.

그는 카일리 프레이저를 심문하는 자리에 자신도 가는 것이 좋겠느냐고 물었다. 블레어가 툴툴거렸다. "보자고. 그녀가 일하는 데가 어디야?"

"저 길가에 있는 약국입니다."

"그 여자의 사장과 얘기를 해 보는 게 좋겠군. 그 사람 이름이 뭐야?"

해미시는 가게에 들렀던 일을 떠올렸고, 작고 신경질적인 인상의 남자를 기억해 냈다. 카일리가 그를 뭐라고 불렀더라? "코디." 그가 불쑥 말했다. "코디 씨입니다."

"그래, 자네를 여기서 얼쩡거리는 데에서 구해 줄 테니, 어디 가서 코디 씨를 찾아보라고."

"하지만 카일리 프레이저는 어쩌고요……"

"우리는 해미시 맥베스의 위대한 두뇌 없이도 잘만 할 것 같네요. 그리고 나한테 '경감님'이라고 부르라고 얼마나 더 얘기를 해야겠나?"

해미시는 전화번호부에서 코디 씨의 집 주소를 찾고서는

나갔다. 가엾게 죽은 프레드 서덜랜드의 모습이 생각나 괴로 웠다. 웬 바보 같은 경찰이 살인 사건 수사를 도와 달라고 부 탁하지 않았으면 여전히 살아 있을 사람.

코디 씨는 마을 언저리에 '우리 집'이라고 이름 붙인 잘 정 돈된 집에 살았다. 해미시는 손목시계를 보았다. 아직 밤 10시 밖에 되지 않았다. 그날 저녁 로흐두를 떠나고 나서 한평생은 흐른 것처럼 느껴지는데 말이다.

그는 초인종을 누르고 기다렸다. 코르셋을 단단히 조인 여 인이 문을 열어 나왔다. 그는 남쪽의 뚱뚱한 자매들이 살을 다 내놓고 다니는 요즘 세상에 왜 이 스코틀랜드 북부 여자들은 여전히 그 구식 코르셋에 몸을 욱여넣고 사는지 희미하게 궁 금증이 들었다.

"무슨 일이죠?" 경찰복을 입은 해미시의 모습을 보고 그녀 가 외쳤다.

"코디 씨와 말씀 좀 나누려고요."

"무슨 일인데요? 그 사람 여동생 때문이에요? 나쁜 소식이 에요?"

"아닙니다, 아니에요." 해미시가 달래듯이 말했다. "그냥 수 사의 일환입니다."

"들어오세요. 찰스! 경찰이 당신을 만나러 왔어요."

해미시가 약국에서 봤던 작고 신경질적인 인상의 남자가

계단을 내려왔다. 하얗게 센 머리는 뒤로 깔끔하게 넘겨 빗고, 입이 작은 남자였다. 칼라가 달린 셔츠에 타이를 매고, 황갈색 카디건과 회색 바지, 번쩍번쩍 광을 낸 검은 구두 차림에 동그란 안경을 끼고 있었다.

"제가 뭐 도와드릴 일이 있습니까, 경관님?" 그가 물었다.

"응접실로 가시죠. 누가 약국 문을 부수고 들어갔다는 소식은 아니었으면 좋겠는데요."

"아닙니다." 해미시가 말했다. 그는 가구가 잔뜩 즐비한 방으로 코디 씨를 따라 들어가 모자를 벗었다.

"프레드 서덜랜드 씨가 죽은 채로 발견되었습니다. 살해당했습니다."

코디 씨가 놀란 기색을 보였다. "프레드 씨가 누굽니까?"

해미시는 문득 프레드 집 거실에 작은 전화기 테이블이 놓여 있던 게 생각났다. 전화기 옆에 작은 약병들이 늘어서 있었다.

"길크리스트 치과 위층에 사시던 분입니다."

"이거 참 끔찍하군요…… 끔찍해. 누가 그런 끔찍한 짓을 저지른 겁니까? 그런데 왜 저를 찾아오신 거죠?"

"선생님 댁 직원인 카일리 프레이저 때문입니다. 서덜랜드 씨는 오늘 밤 제 응답기에 그녀에 대해 뭔가를 알아냈다며 저에게 와 달라는 메시지를 남기셨습니다. 지금 형사들이 카일리를 심문하고 있습니다. 그분이 뭘 알아냈을지 짐작 가시는 게 있을까요?"

코디 부인이 그들 건너편에 앉아 있었다. "그러게 내가 말했잖아요. 그 변덕 심한 물건 좀 떼어 내라고." 그녀가 말했다. "마을 최악의 인종들과 어울려 다닌다고."

약사는 아내의 말을 못 들은 척했다. "나는 약국에서는 그녀와 아무런 문제가 없었습니다. 그녀는 유쾌하고 일도 열심히 해요. 손님들도 그녀를 좋아하고요. 그녀는 우리 가게에서 화장품도 꽤 많이 팔아 줍니다."

"그리고 그중 대부분을 그 멍청한 얼굴에 처바를 테고." 그의 아내가 벌처럼 쏘아붙였다.

"서덜랜드 씨가 그녀에 관해 정말로 뭔가를 알아냈다면, 누군가 그게 경찰에게 알려지기를 원하지 않았던 겁니다." 해미시가 말했다. "그럴 만한 사람이 누가 있을지 짐작 가는 사람 없으십니까?"

그는 고개를 저었다. "저는 정말로 모릅니다." 털이 뻣뻣한 작은 닥스훈트가 소파 뒤에서 나타나 해미시에게 와서 떨고 있는 작은 몸을 그의 다리에 기댔다. 그는 몸을 굽혀 강아지를 쓰다듬었다.

"그저 형식상 드리는 질문인데, 오늘 밤에 어디에 계셨는지 말씀해 주실 수 있습니까?"

"몇 시에 말입니까?"

"8시에서 9시 반 사이쯤으로 하죠."

"그 시간에 아내와 커피를 마셨고, 텔레비전 퀴즈 프로그램을 본 다음에 매일 밤 하는 대로 수키를 산책시켰습니다."

"어디로 산책을 나가셨습니까?"

"그냥 이 골목 끝에 있는 브레이디 들판으로 갔습니다. 수키는 그 들판을 뛰어다니면서 토끼들을 쫓는 걸 좋아해서요. 이놈이 한동안 사라지는 바람에 찾아 데려오느라 어지간히 골치를 썩이며 뛰어다녔습니다."

"수키라고 하면 여자 이름이라고 생각했는데요." 해미시가 말했다.

"뭐, 우리는 이놈을 그렇게 부릅니다." 약사가 양손을 꼭 누르며 말했다. "엄청 충격적이네요. 저는 그분을 몰랐습니다만…… 그분 이름이 뭐라고요?"

"서덜랜드 씨요. 프레드 서덜랜드였습니다. 브레이키에 다른 약국이 있지는 않겠죠, 분명."

"없습니다. 제 약국이 유일합니다."

"제가 서덜랜드 씨 집에서 약병 여러 개를 보았는데요. 제가 돌아가서 라벨을 보면, 약사님 약국 이름이 붙어 있을 거라는 확신이 드는군요."

코디 씨의 얼굴이 붉어졌다. "순경님은 제게 죄책감을 느끼게 만들고 있어요. 제가 그럴 이유가 전혀 없는데 말입니다. 카일리가 제게 처방전을 건네주면 저는 병에다 약을 조제해 담고 라벨을 붙입니다. 모든 이름을 기억할 수는 없어요."

"하지만 그분은 선생님 약국에 아주 오랫동안 다녔을 브레이키의 주민이지 않습니까!"

"제 기억력이 예전 같지 않은 게 안타깝군요."

"그러니까 약사님이 카일리에 대해 해 주실 말씀은 더 없다는 겁니까? 그녀가 약사님에게 속마음을 털어놓거나 하는 일은 없었습니까?"

"아닙니다. 당연히 아니죠. 우리는 고용인과 피고용인 관계였습니다. 그녀는 저에게 남자 친구들에 대해 피식거리며 농담할 생각도 하지 않았어요."

"약사님은 그녀가 길크리스트와 데이트를 한 사실을 아셨습니까? 그가 그녀를 덮치려고 했고 뺨을 때렸다는 거요. 그녀는 모든 사람에게 그 사실을 말하겠다고 그를 협박했고, 그는 그녀가 입을 다물면 차를 사 주겠다고 했답니다. 하지만 그 다음에는 모든 사람이 그녀의 말보다 자기 말을 믿을 거라고 했답니다."

"그런 여자애를 고용하면 이런 일이 일어나는 거죠." 코디 부인이 말했다. "그 애하고 우리가 같은 부류냐고. 그런 밑바닥 인생과 엮이면 이런 일이 일어난다니까, 참."

"직원 구하기가 얼마나 어려운데." 코디 씨가 벌컥 화를 냈다. "카일리는 그 누구보다도 오래 붙어 있었어. 여기 젊은 애들은 실업수당에 의지해 살고 아르바이트나 좀 하며 지내는 걸 좋아하니까. 죄송합니다, 제가 도와드릴 수 있는 일은 더 없겠네요, 경관님. 저는 카일리에 대해서는 아는 게 거의 없습니다."

"이런 경고를 꼭 드려야겠군요. 약사님은 질문을 받으러 또 불려 가실 겁니다." 해미시가 말했다.

그는 부부에게 가겠다는 인사를 하고 최대한 빨리 스트래스베인으로 차를 몰았다. 카일리를 심문하는 자리에 앉고 싶어 조바심이 났다.

그는 운이 좋았다. 형사들이 그녀를 찾으러 갔다가 허탕을 치고는 마침내 술집에서 찾아냈는데, 블레어가 그때 그녀에게 아무런 말을 하지 말라고 형사들에게 무전을 친 것이다. 해미시는 블레어의 고약한 눈길을 외면하며 심문실 구석 의자에 앉았다. 미국 영화를 주기적으로 섭식해 온 카일리가 미국 헌법을 들먹이고 있는 바로 그 순간에 들어간 것이다.

"여기는 스코틀랜드요." 블레어가 으르렁거렸다. "시카고가 아니라고."

"왜 절 잡아 온 거예요?" 카일리가 물었다. 그녀의 눈이 구석에 앉은 해미시를 향해 깜빡거렸다.

"프레드 서덜랜드가 살해당했어요."

"뭐라고요! 길크리스트 치과 위층에 살던 할아버지 말이에 요?" 화장 아래 그녀의 얼굴이 하얗게 질렸다. "그게 저하고 무슨 상관인데요?"

"서덜랜드 씨는 오늘 밤 맥베스 순경의 응답기에 메시지를 남겼어요. 당신에 관해 뭐를 알아냈다고 말이오. 맥베스 순경 이 그의 집에 갔다가, 그가 잔인하게 살해된 현장을 본 거지."

"하지만 저는 오늘 밤 내내 펍에 있었어요. 아무나 붙잡고 물어보시든지. 바텐더한테 물어봐도 되고요."

"그건 그렇게 하면 되고. 하지만 우리는 서덜랜드가 맥베스 에게 무슨 말을 하려고 했는지 꽤 온당한 가설을 가지고 있단 말이지. 당신은 길크리스트와 만나는 사이였어."

그가 이 마지막 혐의를 그녀의 면전에 대고 소리쳤다.

해미시가 놀라고 있는 동안 카일리의 볼에 혈색이 돌아왔 다. 그녀는 체념한 모양을 하며 어깨를 약간 으쓱했다. "그건 형사님들도 알았잖아요." 그녀가 해미시 쪽으로 고개를 홱 젖 혔다. "저분은 알았어요."

블레어는 카일리와 길크리스트와의 데이트에 관해 하나부 터 열까지 캤다. 그가 차를 사 주기로 약속한 일에 대해서도 캐물었다. 그러고는 그녀가 자기와 어울려 다니는 젊은 깡패 들을 시켜서 그를 살해했다는 혐의를 뒤집어씌웠다. 고함을

지르고 악을 썼다. 하지만 카일리는 꿈쩍도 하지 않았다. 그녀
는 그날 밤 내내 무쇠 같은 알리바이를 가지고 있었고, 그것이
면 더 얘기할 것도 없었다. 서덜랜드는 아마 그녀가 길크리스
트와 함께 인버네스에 간 일을 알게 되었을 것이고, 그게 그가
해미시에게 하고 싶었던 말일 것이라고 그녀는 말했다. 그가
왜 살해를 당했는지, 그녀는 전혀 모르겠다고 했다. 누가 살인
을 저질렀는지 알아내는 것은 경찰의 일이다. 지루한 심문이
계속되면서 카일리는 점점 더 긴장을 풀었고, 블레어는 점점
더 격노하고 답답해서 야단을 했다.

마침내 그녀는 추가 심문에 대비해 얌전히 있으라는 경고
를 받았고, 여경이 그녀를 브레이키까지 데려다주었다.

해미시는 지친 채로 로흐두로 돌아와 보고서를 타이핑했
다. 첫 번째는 이미 작성했다고 말한 카일리와 길크리스트에
관한 것이었고, 그다음에는 코디 씨와 나눈 면담에 관한 것이
었다.

그는 마침내 침대로 가서 잠이 들었고, 프레드 서덜랜드가
무덤에서 나와서 소리치는, 죄책감이 뒤얽힌 꿈을 꾸었다. "당
신은 나를 구해 줄 수 있었어. 전부 당신 잘못이야, 해미시 맥
베스."

다음 날 아침 눈을 뜨자마자 해미시에게 맨 처음 든 생각은

프레드가 얘기했던 고참자 클럽에서 시작해야겠다는 것이었다. 프레드는 그곳에 가서 물어보겠다고 말했었다. 어쩌면 그가 얘기를 털어놓을 친구가 있었을지 모른다.

브레이키로 가는 내내 그의 가슴은 무거웠다. 그는 스마일리 형제의 집으로 이어지는 길에서 불쑥 차를 멈추었다. 트롤 같은 형체 하나가 울타리를 수리하고 있었다. 그는 블레어가 결국 미쳐 버린 나머지 형제를 풀어 주었나 궁금해하면서 차에서 내려 걸어갔다.

하지만 가까이 다가가자, 피트도 아니고 스투리도 아니지만 비슷한 체형과 얼굴에 딱 그들만큼이나 털이 많은 남자가 보였다.

"누구십니까?" 해미시가 물었다.

남자가 해미시를 노려보았다. "작 스마일리요. 사촌이지. 당신이 그들을 감옥에 처넣은 자식인가?"

"나와 다른 경찰들이 체포를 했죠." 해미시가 말했다. "스마일리 형제는 나를 살해하려 했고."

"그 애들은 평생 파리 한 마리도 해치지 않았어요. 모든 하일랜드 남자들의 권리인 위스키를 조금 만들었다 뿐이지."

"아, 이봐요. 말이 되는 소리를 해요. 그들은 큰 사업을 벌이고 있었어요. 대규모의 밀매였단 말입니다."

"어쨌든 나하고는 아무런 상관도 없소." 작이 말했다. "썩 꺼져요."

해미시는 경찰차로 돌아왔다. 스마일리 형제가 길크리스트를 죽였다는 증거가 없다니 안타까울 따름이었다. 그들은 그런 살인 사건을 저지를 힘과 성격과 전문성을 지닌 유일한 용의자였다.

고참자 클럽은 새로 지어 말끔한 시민회관 안에 있었다. 앞에 1991년에 개관했다는, 앤 공주가 하사한 명판이 달려 있었다. 해미시는 여왕의 장녀의 열정적인 에너지에 또 한 번 혀를 내두르며 문을 밀고 들어갔다.

이런저런 사람들이 여기저기 앉아 텔레비전을 보고 카드놀이를 하고 수다를 떨고 있었다.

한 노파가 나와 그를 맞이했다. "무슨 일로 오셨을까, 경관님?"

"프레드 서덜랜드 씨를 잘 아셨던 분과 이야기를 나누고 싶습니다."

"어휴, 가여운 프레드. 요즘 젊은 사람들이 그렇다니까. 2펜스짜리 동전 하나를 던져 줘도 사람을 죽이지."

해미시는 생각에 잠겼다. 프레드의 아파트에서 도둑맞은 물건은 눈을 씻고 봐도 없었다.

"탬 카마이클 씨가 프레드의 친한 친구였지요." 그녀가 말을 이었다.

"여기 계십니까?"

"아뇨. 탬한테는 약간 이른 시간이라오. 하지만 내가 그의 집을 알려 드릴 수 있어요. 주도로의 약국을 바로 따라가면 있는 제과점 위에 살아요."

해미시는 그녀에게 감사하다고 말하고 떠났다. 그는 제과점으로 걸어가 제과점 옆에 난 돌계단을 올라갔다. 2층 문에 '카마이클'이라고 깔끔하게 새겨진 명패가 달려 있었다. 그는 노크를 하고서 기다렸다. 줄무늬 잠옷 위에 가운을 걸친 땅속 요정같이 생긴 남자가 문을 열어 주었다. 잿빛 머리칼 한 줌이 그의 머리 위에 박혀 있었다. 코는 매우 커다랗고 눈은 매우 작고 날카로웠다.

"프레드 때문에 왔구려." 그가 무겁게 내뱉었다. "들어오시오. 순경이 맥베스인 모양이군."

해미시는 그를 따라 난로에서 석탄이 타오르고 있는 작고 아늑한 거실로 들어섰다.

두 사람은 앉았다. "지난밤에 말입니다," 해미시가 말문을 열었다. "서덜랜드 씨가 제 응답기에 카일리 프레이저에 관해 뭘 알아냈다고 메시지를 남기셨는데, 그러고는 살해를 당하셨습니다. 혹시 그분이 선생님께 그게 뭔지 말씀하셨습니까?"

탬 영감이 고개를 저었다. "그 친구 엄청 흥분해 있었지, 그건 내가 알아요. 자기가 무슨 푸아로 탐정인 줄 착각하더라고.

질문에, 질문에, 계속 질문을 하고 다녔어요. 순경님이 자기더러 도와 달라고 했다고 얼마나 자랑스러워했는지 몰라."

"제가 그분이 살해당하는 데 일조한 것 같네요." 해미시가 처참한 심정으로 말했다.

날카롭고 늙은 눈이 괴로움에 빠진 해미시의 얼굴을 바라보았다. "자 자, 친구." 탬이 말했다. "그렇게 자책할 거 없어요. 우리 모두 언젠가는 가야 해. 프레드는 정말로 행복해했고, 사건에 관심이 컸어요. 그는 최근에 침울하고 힘들어했었거든. 담배를 하루에 80개비씩 피웠지. 나는 그의 건강이 얼마나 버틸까 생각했다오. 그가 그리울 거요. 클럽에 사람이 많이 남은 것도 아니고. 언제나 여자들이 우리보다 오래 살잖아. 그 때문에 우리 두 사람이 좋은 짝이 됐어요. 여자들에 대한 관심은 나이가 먹는다고 사라지는 게 아니잖소. 뭐 그렇다고 뭘 어떻게 할 수 있는 건 아니지만서도."

"그분과 특별히 친했던 숙녀분이 있었습니까?" 해미시가 물었다.

"그래요, 애니 테인이오. 그의 부고에 아주 속상해하고 있을 거예요."

"그분은 어디에 사십니까?"

"해리슨 부인 집 근처에 작은 농가 하나를 가지고 있어요. 길크리스트를 괴롭히던 그 여자 말이오. '던로민'이라는 집이

고, 바로 길가에 있어요. 못 찾으려야 못 찾을 수가 없는 집이
오."

"서덜랜드 씨가 뭘 알아냈는지 선생님에게 왜 말하지 않았
을까요?" 해미시가 말했다.

"'내가 뭔가 잡은 거 같아, 탬. 하지만 그 경찰관과 먼저 얘
기하고 난 다음에 알려 줄게'라고 하더이다. 내 장담하리다.
그는 인생 최고의 시간을 보냈어요."

해미시가 일어섰다. "저는 그저 그분이 살아 계셨으면 좋겠
다는 바람뿐입니다. 제가 죽는 날까지 제 양심에 걸리겠죠."

탬이 늙고 마디진 손을 옆 테이블 위에 놓인 성경에 올렸다.
"순경은 주님이 하시는 일을 비난해서는 안 됩니다. 만약 프레
드가 살기로 되어 있었다면, 그는 살아 있었겠지요. 듣자 하니
머리를 가격당했다고."

"그렇습니다. 즉사하신 것 같습니다."

"이렇게 생각해 봐요. 짧고 날카로운 죽음은 기침만 하다가
생명이 빠져나가는 것보다는 프레드에게 더 친절한 죽음의
방식이었을 거라고."

해미시는 그에게 감사 인사를 하고 떠났다. 애니 테인이 사
는 곳으로 차를 몰고 가면서 그는 또다시 해리슨 부인 생각을
했다. 어쩌면 그녀를 다시 만나 보아야 할 것 같았다. 하지만
그는 먼저 던로민 저택으로 갔다.

애니 테인 부인은 그 나이에는 가능할 법하지 않게 잘 관리를 한 금발의 70대 여인이었다. 그녀의 눈이 울어서 붉어져 있었다. "가여운 프레드." 그녀가 해미시를 보자 말했다. "무슨 그런 끔찍한 일이 일어났을까요."

그녀는 해미시를 안으로 들였다. 노인들은 얼마나 자립심이 강한지, 해미시는 생각했다. 혼자 사는 집을 멀쩡하게 건사할 만큼 건강함을 유지하는 사람들이었다. 그녀의 거실에 있는 모든 물건은 깔끔하고 반들거렸다.

"탬 카마이클 씨 댁에서 오는 길입니다." 해미시가 말문을 열었다. "그분이 말씀하시기를, 부인은 서덜랜드 씨의 특별한 친구셨다고 하더군요. 서덜랜드 씨는 길크리스트 씨의 죽음에 관심이 있었고, 여기저기 알아보고 다니신 걸로 압니다. 그리고 어젯밤에 저에게 카일리 프레이저에 관해 뭔가 알아냈다는 메시지를 남기셨습니다. 무엇을 발견했다는 것인지, 혹시 부인께 말씀하신 게 있습니까?"

그녀가 고개를 저었다. "그는 너무도 신이 나 있었지요. 법정에 서서 증거를 내놓는 꿈을 꿨던 것 같아요. 내게 자기가 가진 제일 좋은 양복에 약간 터진 부분이 있다면서 수선해 달라고 부탁하기도 했어요. 그걸 입고 텔레비전 카메라 앞에 서면 아주 멋져 보일 것 같다나요. 사람들은 그의 말과 행동을 진지하게 받아들이지 않았어요. 우리 늙은 사람들은 다 어떨

때는 노망이 났다고 해야 할까, 제정신이 아니잖아요. 또 남자들은 왜 그렇게 어린아이 같은지. 항상 터무니없는 공상 속에 살잖아요. 생각 좀 해 볼게요. 그가 한 말이 있기는 해요."

해미시는 기다렸다.

"그 사람이 '중년 남자들이 어린 아가씨들을 손에 넣겠다고 벌이는 짓이란, 당신은 꿈에서도 믿지 못할 거요'라고 했어요."

해미시가 작게 한숨을 내쉬었다. "길크리스트 얘기를 하신 거였겠군요."

"길크리스트 씨와 카일리 말이에요? 이런!"

"길크리스트는 끝내 그녀를 어떻게 하지는 못했어요. 하지만 프레드 서덜랜드 씨가 그들의 관계를 알아낸 것 같고, 그게 그분이 저에게 하고 싶었던 말 같습니다."

"그게 프레드가 살해당한 이유가 틀림없어요! 카일리는 펍에서 웬 끔찍한 녀석들과 어울린단 말이에요." 애니가 외쳤다.

"카일리는 그 점에 대해 걱정할 이유가 없었습니다. 경찰인 제가 이미 알았거든요. 그녀도 제가 안다는 걸 알았고요."

그녀는 손을 맞잡더니 애원하듯이 그를 바라보았다. "경관님은 그를 죽인 사악한 것을 꼭 잡아야 해요. 길크리스트 씨는 형편없는 사람이었고, 아무도 그는 별로 애도하지 않아요. 하지만 프레드는 모두의 사랑을 받았어요."

"최선을 다하겠습니다." 해미시가 말했다. "하지만 뭐라도 알게 되시거나 기억이 나시면 저에게 알려 주십시오."

그녀는 그러마고 약속했다. 그는 해리슨 부인 집에 갔으나, 그녀는 집에 없었다. 그때 그는 옷 가게의 에드워드슨 부인에게도 카일리에 대해 물어보고 다녀 달라고 부탁한 것이 기억나서 그녀에게 경고를 해 주어야겠다고 생각했다.

그녀는 평소대로 축 늘어진 드레스와, 1930년대식의 얼굴에 말도 안 되는 가발을 쓴 도자기 인형들이 늘어선 빈 가게에 있었다.

"내 걱정은 하지 않아도 돼요." 해미시의 주의를 듣고 나서 그녀가 대답했다. "나는 누구한테 뭘 묻고 자시고 하지도 않았어요. 카일리에게 당신이 그녀에 관해 묻고 다닌다고 주의를 주기는 했지만요. 보시다시피 나는 이곳에서 할 일이 너무도 많아요."

"가령 무엇이죠?"

그녀가 고개를 치켜들었다. "당연히 손님을 응대하는 거죠. 이것저것 배치를 바꾸고, 물품 목록을 작성하고요."

해미시의 하일랜드인다운 호기심이 그녀가 무엇이라도 마지막으로 판 게 언제였느냐고 묻게 만들 뻔했다.

"그러니까 부인은 저에게 도움이 될 만한 얘기를 전혀 듣지 못하신 겁니까?"

"별로요. 그리고 나는 왜 내가 당신 일을 대신 해 줘야 하는 지 모르겠군요, 경관님."

"부인의 고객들에게 부인을 남겨 두고 저는 이만 물러나겠습니다." 해미시가 하일랜드인 특유의 악의를 번뜩이며 말했다. "저는 문까지 고객들 사이를 헤치며 힘겹게 나가죠."

그는 가게 바깥에서 마음을 정하지 못한 채 서 있었다. 그러다가 지미 앤더슨이 어슬렁어슬렁 걸어오는 모습이 보였다.

"여기 있군." 지미가 반색했다. "한잔하러 갑시다."

그들은 드로시 크로프터까지 말없이 걸어갔다. 술집은 비어 있었다.

해미시는 지미가 어떤 정보라도 토해 내려면 위스키 공급을 받아야 한다는 것을 익히 알고 있었다. 그래서 그는 그에게 더블샷을 가져다주고는 말했다. "저쪽에 앉읍시다. 가장 따끈한 소식이 뭐죠? 프레드 서덜랜드의 집에서 도둑맞은 것이라도 있습니까?"

"그런 흔적은 전혀 없어요. 그는 뭘 숨겨 두거나 하는 노인네 타입도 아니었고요. 카일리의 사장과는 어떻게 됐어요?"

"별다른 건 없어요. 그는 카일리가 성실한 직원이고, 손님들이 그녀를 좋아해서 계속 데리고 있었답니다. 일리 없는 말은 아닌 것 같아요. 여기 젊은 사람들은 실업수당에 의지해서 사는 편을 좋아하고, 가끔가다 아르바이트니 좀 하며 사니까요. 좋은 일꾼들이라고 보긴 어렵죠. 누군가 살인을 저지르려 저 계단을 올라간 건 이번이 두 번째인데, 누구도 본 사람은 아무도 없다는 거예요. 계단 위의 전기는 분명히 나가 있었지만, 바깥에 가로등이 있었어요."

"내가 브레이키에 대해 당신에게 좀 해 줄 말이 있어요." 지미가 말했다. "당신에게는 이곳이 얼마나 죽어 있는 곳인지 보이지 않던가요? 심지어 대낮에도 말이에요. 아니, 내가 뭔 말을 하고 있담? 특히 대낮에 더 죽어 있는 데가 여기예요. 남쪽에는 슈퍼마켓들이 내내 문을 열고, 어떤 아시아인 상점들은 24시간 내내 문을 열어요. 하지만 이곳에서는 모든 것이 점심 시간이면 어김없이 닫아 버리죠. 그 시간에는 스코틀랜드의 어느 다른 작은 마을을 가더라도, 사람들이 언제나 삼삼오오 모여 얘기하고 있는 모습을 볼 수 있어요. 하지만 여기는 아니에요. 여기는 그 다른, 기분 나쁜 거기 어디냐, 시노선만큼이나 나빠요. 내가 보니까 그래요. 매일 아침 9시면 모든 사람들이 상점에 가서 필요한 걸 사고는 사라져요. 10시 무렵이 되면 이곳은 완전히 죽어 버리죠. 상점들이 문을 닫기 직전인 5시 무렵에는 사람들이 모두 다시 나와요. 젊은 사람들은 오후 2시쯤 일어나 이 편에서 죽치며 하루를 보내고, 나이 든 사람들은 그들끼리 모이는 그 회관에 가죠. 아침 9시마다 특별 버스가 돌면서 그들을 모아 가죠. 중년들은 집에 앉아 연속극을 봐요. 내 말하는데, 해미시, 나는 브레이키에 살아야 한다면 손목을 그을 거예요."

"카일리는 이제 어떻게 되는 건가요?"

"심문을 받으러 스트래스베인으로 다시 갔어요. 이제 변호사를 불렀어요."

"누구를 불렀는데요?"

"암스트롱 걸리버 씨."

해미시는 놀라움에 눈썹을 추켜올렸다. "비용이 꽤나 들 텐데요. 그녀가 그 돈을 어떻게 감당하죠? 그리고 그녀의 부모는 누구고, 어디에 살죠?"

"어머니, 인버네스에 편모가 있어요. 매춘부예요. 2년 동안 카일리를 본 적이 없답니다. 결손가정이죠. 폭력이 난무하는."

"형사님은 카일리를 어떻게 생각하나요?"

"색기가 자르르한 애죠. 하지만 아주 독해요. 나는 블레어 앞에서는 강한 남자들조차 무너지는 꼴을 숱하게 봤어요. 하지만 카일리는 그렇지 않더라고요."

해미시가 의자에 몸을 기댔다. "만약 길크리스트가 살아 있었다면 나는 프레드를 죽인 살인범으로 길크리스트를 의심했을 겁니다. 자신과 카일리에 관해 노인의 입을 막으려고요. 우리가 바로 눈앞에 두고도 놓치고 있는 게 있어요, 지미."

"사실," 지미가 말했다. "우린 범죄의 용의자들로 뒤숙박죽이에요. 스코츠먼 호텔에서 일어난 절도 사건이 있고, 맥빈 부인이 길크리스트의 옛 애인이었다는 얘기가 있죠. 또 스마일리 형제와 그들의 불법적인 증류소가 있고요. 그들이 당신을 토탄 늪에 빠뜨리려 했다죠? 경찰에게 그런 짓을 할 놈들이라면 누구라도 죽일 수 있다고요."

"모르겠어요." 해미시가 말했다. "그 미친 형제에게서는 하일랜드에서마저 오래전에 사라진 특성이 보여요. 그러니까 그들은 정신적으로 20세기는 고사하고 19세기 사람들 같다고요."

지미가 웃었다. "그래도 밀주를 만드는 데 필요한 20세기 장비는 다 갖추었던데요?"

"그렇죠. 하지만 그들에게 밀주를 만드는 건 하일랜드 사람으로 생계를 이어 나가는 당연한 길이고, 그들 생각에 웬 참견 좋아하는 경찰이 찾아오는 건 18세기의 군인에게 방문을 받는 것과 마찬가지예요. 같이 늪에 빠지자는 거죠."

"나한테는 바보 같은 얘기처럼 들리네요. 어쨌거나 이제 카일리는 잘나가는 변호사를 달았고, 블레어는 이제 그녀를 아주 조심스럽게 대할 수밖에 없죠. 어휴, 진짜 이 모든 게 진절머리가 나네요. 총경이 블레어에게 '해미시가 뭐 좀 물어 온 거 없는 게 확실해? 보통은 물어 오잖아' 하면, 블레어는 기름칠을 하고 굽실거리죠. '알겠습니다, 총경님. 그에게 물어보겠습니다.' 그러고 나서는 형사들 방에 내려와서 우리한테 온갖 화풀이를 해 댄다고요."

"한 잔 더 하겠어요?" 해미시가 물었다.

"그럼요, 그럼 아주 좋죠."

해미시는 바 앞에 서서 술을 주문하면서 펍이 점점 사람들로 채워지는 광경을 보았다. 어쩌면 그, 해미시 맥베스는 법과 질서에 너무 자유롭고도 안이하게 접근했는지도 모른다. 그는 강간 현장을 조작하려 했다는 혐의로 카일리를 체포했어야 했다. 불법 위스키를 샀다는 혐의로 점쟁이를 체포했어야 했다. 샀다기보다는 스마일리 형제에게 그냥 받았을 가능성이 농후하기는 하지만. 또 그날 밤에 스마일리 형제네 집에 혼자 가지 말았어야 했다. 그는 머릿속이 뒤죽박죽된 기분이 들었다. 블레어가 종종 주장하듯이 갈팡질팡하는 하일랜드 바보가 된 기분이었다.

그는 자신과 지미를 향해 다른 손님들이 뿜어 대는 적대감을 의식하며 테이블로 술을 가져왔다.

"이 사람들 좀 봐요." 지미가 조소했다. "하루 종일 일하면 죽기라도 할 사람들이라니까."

해미시는 속으로 생각을 집어삼켰다. 이런 식으로 사는 것도 몹시 탐나는 일이라고. 그럴 필요가 없는데 일을 하러 가고 싶어 하는 사람이 세상 어디에 있단 말인가? 하일랜드의 주업, 즉 막노동꾼, 산림 관리원, 사냥꾼이나 사냥터 관리인의 일은 음식 대신 알코올을 먹고 자란 새로운 세대에게는 육체적으로 너무 고되었다. 어느 면에서 지미가 부러웠다. 그는 종종 자신이 다른 관점에서 보는 능력이 없기를 바랐다.

"그럼 다시 사건 얘기로 돌아가 봅시다." 해미시가 말했다. "내가 그 늙은 박쥐, 해리슨의 집에 들러 봤는데요, 집에 없더 군요."

"그녀는 지금 인버네스의 레이그모어 병원에 있어요. 뇌졸 중을 일으켰어요."

"언제요?"

"어젯밤요. 운이 좋았죠. 그녀가 거실에서 막 쓰러진 바로 그 순간에 동네 사람이 집 앞을 지나갔거든요. 커튼이 젖혀져 있어서 바깥길에서 그녀가 보였고, 게다가 그의 차 안에는 휴대전화도 있었죠. 그녀는 거기에 며칠이고 나자빠져 있을 수도 있었는데 말이에요."

"그럼 매기 베인으로 돌아가 보죠." 해미시가 말했다. "두 번째 살인과 이 카일리 일이 문제인 게 그거예요. 우리는 매기 베인이야말로 길크리스트를 증오할 진짜 이유가 있는 사람이란 걸 잊고 있어요. 만약 길크리스트가 저 끔찍한 맥빈 부인과 달아나려던 계획을 그녀가 알았다거나 엿들었으면 어떨까요? 그리고 왜 유독 그날 아침에만 한 시간 동안 외출을 한 걸까요? 이런, 다시 돌아가 그녀와 얘기를 좀 해 봐야겠어요."

"나보다 당신이 가는 게 나아요." 지미가 말했다. "그 아가씨 목소리는 정말 어쩌나 듣기 싫은지!"

해미시는 한창 짐을 싸고 있는 매기 베인을 발견했다. "무슨 일입니까? 떠나시는 겁니까?"

"이런 추문이 생겼는데 여기에 어떻게 더 있겠어요?" 그녀가 예의 그 살벌한 목소리로 말했다. 그토록 아름다운 얼굴에서 나온다고 하기에 너무도 기이한 목소리였다. "저는 부모님 댁으로 가요. 이 집은 매물로 내놓을 거예요."

"본서에서도 당신이 떠나는 걸 압니까?"

"네. 다 말했고, 내 새 주소도 남겼어요."

"최근에 일어난 살인 사건 들으셨죠?"

"네, 아침에 라디오로 들었어요."

"그 일은 어떻게 생각하십니까?"

그녀는 마치 갑자기 힘이 다 빠져 버렸다는 듯이 포장 상자 옆에 주저앉았다. "길크리스트 씨가 살해당한 것과 무슨 상관이 있을 리 없어요."

"서덜랜드 씨는 병원 위층에 살았고, 저에게 카일리 프레이저에 관해 뭘 알아냈다는 메시지를 남겼습니다."

그녀의 얼굴이 굳어졌다. "그 헤픈 애송이기!"

"당신은 길크리스트 씨가 그녀를 건드리려고 했던 걸 알고 있습니까?"

"그건 그 애 얘기죠. 그는 나한테 그 애가 먼저 달려들었고, 그가 거절을 하자 추접하게 나왔다고 했어요."

"그녀가 입을 다물면 차를 사 주겠다고 한 얘기는 못 들었어요?"

"쓰레기 같은 소리." 매기의 눈이 이글거렸다. "제가 얘기를 좀 해 드릴게요. 경찰에게 이미 말한 건데, 카일리 프레이저는 하일랜드를 통틀어 최고의 거짓말쟁이라고. 그녀는 자기가 원하는 남자면 누구든 손에 넣을 수 있다고 생각하고, 그런 믿음에 불을 붙이려고 말도 안 되는 이야기들을 꾸며 내는 거예요." 그녀는 일어서서 책 더미를 들어 포장 상자에 넣기 시작했다. 해미시는 그녀의 팔이 매우 강하다는 걸 알아보았다.

"이런 말씀을 드려도 괜찮을지 모르겠습니다만, 베인 양." 해미시가 말했다. "당신은 아주 탄탄해 보이는군요. 운동을 많이 하시나 봅니다?"

"난 스쿼시를 많이 해요."

"스쿼시요?"

"네, 브레이키에서 내가 유일하게 그리워할 것이죠. 아주 좋은 스쿼시 클럽이 있거든요. 모르셨어요? 일주일에 세 번 해요. 이 마을에서 가장 큰 집을 가지고 있고 인버네스에 공장을 소유한 뎀스터 씨가 집에다 스쿼시 코트를 만들고 클럽을 시작했죠."

"정확히 언제 떠나십니까?" 해미시가 물었다.

"일주일 정도 있다가요."

해미시는 일어섰다. "연락드리겠습니다."

"안 그랬으면 하네요." 그녀가 매몰차게 말했다. "경찰이라면 다시는 마주치고 싶지 않아요."

해미시는 문가에서 망설였다. "이제 뭘 하실 생각입니까?"

"오늘 아침에 교수님 한 분에게서 편지를 한 통 받았어요. 덧붙이자면, 저에게 좋은 내용의 편지를 보내 준 유일한 사람이죠. 와서 제가 좋은 일자리를 찾을 수 있는지 알아보자고 하셨어요. 이런 끔찍한 경험을 극복하는 길은 성공을 거두는 것이라면서요."

적어도 내가 뭔가 좀 좋은 일을 하기는 했군, 해미시는 생각했다. 그 교수를 만나러 간 일로 말이야. 이제 내가 도울 수 있었던 유일한 사람이 살인자로 드러나지 않기만을 바라자.

그는 브레이키로 돌아왔다. 그리고 프레드 서덜랜드의 집으로 가는 계단을 오르다가, 하얀 작업복을 입고 내려오는 감식반과 마주쳤다.

"뭐라도 나왔습니까?" 그가 희망에 젖어 물었다.

앞서 오던 남자가 머리를 흔들었다. "노인 짓 말고는 지문

하나 나오지 않았어요."

해미시는 몸을 돌리려다가 계단으로 이어지는 통로에 검은 자국이 있는 것을 보았다. "저게 뭡니까?" 그가 날카롭게 물었다. "피 아닙니까?"

남자가 씨익 웃었다. "당신 희망이겠죠. 우리는 저게 뭔지 알지만요."

"뭔데요?"

"개 오줌이요, 셜록."

"아." 해미시는 마음을 정하지 못하고 가만히 서 있었다. 감식반이 조바심을 내며 그를 쳐다보았다. 그는 정신을 차리고 그들이 지나가도록 길을 터 주었다.

그는 길을 헤매다가 모자를 벗고서 불붙은 듯한 붉은 머리를 긁적였다. 마음 한구석에 무언가가 걸렸다. 공 하나가 해미시에게 대포처럼 날아왔고, 한 작은 소년이 공을 쫓아오더니 몸의 균형을 잡고 외쳤다. "거기서 바보처럼 서서 아무것도 안 하고 아저씬 뭐 하는 사람이에요?" 그러더니 또 계속 달렸다. 못 돼먹은 머슴애에게 꿀밤을 한 대 먹여 준다면, 해미시는 생각했다. 이튿날 신문 헤드라인을 장식하고, 정직을 당하고는 온갖 조사를 받겠지. 어쩌면 그것이 카일리와 그녀의 친구들에게 일어난 일일 것이다. 그들은 해이한 가르침, 해이한 도덕, 몸과 정신에 정크푸드를 먹이는 세상에서 자랐다. 거기에 아이들은 순수하고 소중한 존재라고 믿는 입맛 쓴 행태가 있다. 해미시는 자신의 어린 시절을 기억했다. 친구들과 뛰어다니고 야만인처럼 놀았지만, 경찰과 교회와 학교의 훈육 속에 통제받았다. 오늘날에는 비극적이게도 아이들이 살인을 저지르는 게 흔한 일이 되어 가고 있었다. 어쩌면 어른들 세계의 눈에 순수하다고 증명되기 전까지 모든 아이들이 죄인이었던 저 형편없는 옛날이 다시 추구해 볼 만한 시절일지도 몰랐다. 그는 점점 추위를 느끼며 생각한 것을 입 밖으로 내고 있는 자신을 발견했다.

그는 갑자기 세라 생각이 났고, 그녀를 다시 보고픈 날카로운 소망에 사로잡혔다. 그날 그가 해야 되는 일은 더 없었고, 그가 원하는 건 세라와의 즐거운 저녁, 거기에다, 희망에는 희망이 더해지는 법, 세라와의 즐거운 밤이었다.

그는 토멜성 호텔에 도착해서 프런트로 갔다. "안녕, 해미시." 존슨 씨가 말했다. "안 좋은 일이 일어났어요, 이 노인 살인 사건 말이에요."

"그래요. 방금 브레이키에서 오는 길이에요. 허드슨 양 있습니까?"

"몰랐어요? 허드슨 양은 떠났어요."

"갔다고요?"

"그래요. 앵거스 영감을 보러 가더니만 초췌하고 바짝 언채 돌아와서는 청구서를 달라고 하더라고요. 그리고 여기 프런트에서 어디다 전화를 걸었죠. 물론 난 그걸 들었고요."

"물론이겠죠." 해미시가 텅 빈 목소리로 존슨이 한 말을 되풀이했다.

"'나예요, 세라. 아, 자기, 나 당신 너무 그리웠어. 도망가 버려서 미안해. 모든 것이 전부 엄청난 실수였어. 인버네스에서 가는 비행 편을 구해 볼게. 히스로 공항으로 마중 나와 줄 수 있어?'라고 하던데요. 전화 속 그이가 뭐라고 했는지는 모르죠. 나야 그 대화에서 그녀의 얘기만 들을 수 있었으니까요. 그러고 나서 그녀가 말했어요. '그래 줄래? 아, 고마워, 자기. 인버네스에서 비행 편이 확정되면 전화할게. 나도 사랑해.'"

"그녀의 남편이었나요?"

"그렇다는 생각이 들더군요."

"그녀가 유부녀란 걸 프리실라가 말하지 않았다는 게 재밌네요. 그리고," 해미시가 부글부글 끓어오르는 화를 느끼며 말했다. "세라가 나한테 단 한 마디도 하지 않았다는 건 더 재밌고요."

"흠, 당신에게 붙는 여자들이 그렇네요."

해미시는 구부정하게 몸을 떨구고 호텔을 나섰다. 진정으로 비참하고 내쳐진 심정이었다. 어쩌면 그녀가 경찰서에 메모를 남겼을지 모른다. 하지만 경찰서에 도착했을 때 바닥 깔개에 놓여 있는 것은 전기료 고지서뿐이었다.

그는 사무실 책상 앞에 앉아 손에 얼굴을 묻었다. 이렇게까지 기분 나쁠 일이 아니었다. 고작 하룻밤이었고, 그때부터 그녀는 그를 멀리했다.

그는 불현듯 혼자 경찰서에 앉아 있으면 안 된다는 것을 직감했다. 그는 경찰서 문을 잠그고 브레이키로 향했다. 수사를, 무엇이라도 수사를 할 생각이었다. 세라에게서 정신을 떼어내게 해 줄 수 있다면 무엇이라도 수사를 해야 했다. 어디서부터 시작하지? 오렌지색 나트륨등이 하일랜드의 밤하늘을 얼룩덜룩하게 물들이는 모습을 보며 그는 생각했다.

스쿼시 클럽은 어떨까? 매기 베인에 관해 이미 알고 있는 것 말고도 뭔가를 건질 수 있을지도 모른다.

그는 주인인 뎀스터 씨에게 시합을 구경하고 싶다고 말했고, 스쿼시 코트 위의 기다란 관중석으로 안내를 받았다. 매기 베인이 시합을 하고 있었다. 그녀는 엄청난 힘으로 공을 쳤고, 검은 머리칼이 휘날렸다. 상대는 하얗게 센 머리에 근육질의 날씬한 여자였다. 옆 코트에서는 작고 동글동글한 남자가 키가 크고 몸매가 탄탄한 남자와 시합을 벌이고 있었다. 해미시는 막 돌아서려고 하다가 문득 작은 남자를 뚫어져라 보았다. 약사 찬스 코디 씨였다. 해미시는 그 작은 남자의 스피드와 힘을 경이에 차서 바라보았다.

그는 천천히 계단을 내려가 밖으로 나갔다. 서쪽에서 불쑥 찬 바람이 불어와 바다 냄새를 실어 날랐다.

자 보자, 해미시의 심장이 빠르게 고동쳤다. 니코틴 독을 만드는 법을 알 법한 남자, 죽은 치과 의사를 의자에 끌어 올려 앉힐 만큼 힘이 센 남자가 있다.

하지만 왜? 무슨 이유로?

프레드 서덜랜드는 카일리에 대해 알아냈다. 다른 모든 사람과 마찬가지로 해미시도 프레드가 알아낸 것이 카일리와 길크리스트에 관한 것이라고 넘겨짚었다. 하지만 그게 아니라 카일리와 그의 사장에 관한 것이었다고 한다면?

코디는 정말로 어떤 사람인가? 그는 힘이 셌다. 그는 분명 인정사정없이 스쿼시 경기를 펼쳤다.

잠깐만. 그의 아내는 그가 개를 산책시키러 나갔다고 말했다.

하지만 생각해 보니, 강아지는 몹시도 겁에 질려 있었다.

치과를 지나 프레드의 집으로 올라가는 계단에 개의 오줌이 있다. 감식반이 개의 오줌도 가려낼 수 있을까? 당연할 것이다.

하지만 왜? 왜 길크리스트와, 그다음에 프레드를 살해했는가?

당연히 코디와 카일리가 불륜을 저지르고 있었다는 뜻일 수 있다. 치과 의사는 복수이고, 불쌍한 프레드는 자신이 알게 된 것을 말하겠다는 얘기를 어쩌다 흘리는 바람에 당했는지 도 모른다.

해미시는 클럽으로 돌아가 코디에게 질문을 할 수도 있었 다. 하지만 그는 갑자기 제대로 된 계획, 코디를 무너뜨릴 수 있는 제대로 된 환경을 구상하고 싶어졌다.

그러고는 무시무시한 코디 부인이 생각났다. 그는 코디의 집에 가서 그가 돌아오기를 기다리기로 했다.

제10장

> 인생은 불충분한 전제들로부터
> 넘치게 충분한 결론으로
> 이루어지는 그림이다.
> 새뮤얼 버틀러

코디의 집 앞에 차를 멈추면서 해미시는 내리기가 주저되었다. 그는 정말이지 스트래스베인에 연락해서 자신의 의심, 개 오줌에 대한 얘기를 해야 옳았다. 하지만 그들이 그의 말을 들어 줄까? 모두 너무도 가능성이 희박한 의심이었다. 감식반이 개 오줌에서 무엇이라도 얻을 수 있을까? 지금쯤이면 오줌도 말랐을 것이다. 그냥 내친김에 가서 무엇을 밝혀낼 수 있을지 알아보는 것이 좋을 것이었다.

그는 초인종을 울렸다. 또 코디 부인이 문을 열어 주었다. 그녀의 육중한 얼굴이 그를 보자 사납게 변했다. "뭐죠, 경관님? 우리는 오늘 이미 형사들에게 진술을 했는데요."

"저는 그냥 코디 씨와 몇 마디 나누고 싶어서 왔습니다."

"그 사람은 집에 없어요."

"언제 돌아오실까요?"

그녀는 한숨을 내쉬더니 눈을 찡그리며 손목시계를 보았다. "곧 올 거예요. 스쿼시를 치러 갔어요."

"집에 들어가 기다려도 되겠습니까?" 해미시가 그녀에게 점수를 따려는 미소를 지었다.

"안 돼요." 그녀가 그의 면전에서 문을 쾅 닫았다.

그래, 여자들을 상대할 때의 나는 참 매력덩어리이기도 하지, 해미시는 쓰라린 심정으로 생각했다.

그는 경찰차로 돌아와 기다렸다.

문이 열리고 코디 부인이 다가왔다. 해미시가 창을 내렸다. "경찰차 때문에 우리 집이 이상하게 보이잖아요." 그녀가 쏘아붙였다.

"음, 그런 일이 있으면 안 되죠, 그렇죠?" 해미시가 상냥하게 말했다. "저쪽 모퉁이 쪽으로 가서 차를 세우고 돌아와 집 안에서 코디 씨를 기다리죠."

그녀가 그에게 이해하지 못하겠다는 눈길을 보냈다. "어휴, 좋아요."

해미시는 집에서는 보이지 않는 곳에다 조심스럽게 주차를 했다. 코디 부인을 만족시키려는 의도라기보다는 코디 씨에게 자신이 기다리고 있다는 걸 미리 경고하지 않으려는 생각에서였다.

해미시가 돌아왔고, 코디 부인은 그녀가 '응접실'이라고 부르는 곳으로 그를 안내했다. 그러고는 텔레비전의 게임 쇼를 시청했다. 그녀는 해미시에게 더는 관심을 보이지 않았다. 작은 강아지 수키가 해미시에게 총총거리며 와서 그의 무릎으로 뛰어올랐다. 그는 개의 까칠한 털을 쓰다듬었다.

마침내 차가 오는 소리가 들렸다. 개가 날카롭게 짖더니 해미시의 무릎에서 뛰어내려 현관으로 달려갔다.

"나 왔어." 코디 씨가 외쳤다. 코디 부인은 대꾸하지 않았다. 게임 쇼에서는 누군가가 차냐, 아니면 옷핀 한 통을 탈 것이냐 하는 운을 가르고 있는 참이었다.

해미시는 코디 씨가 방으로 들어오는 것을 보고 일어섰다. "이게 무슨 일입니까?" 그가 화를 내며 따졌다.

"선생님과 단둘이 얘기를 나누었으면 해서요." 해미시가 말했다.

"나는 내 아내 앞에서 말하지 못할 일은 조금도 없어요."

"아주 좋습니다." 해미시가 그를 가까이 들여다보며 말했다. "프레드 서덜랜드가 살해당하던 날 밤, 선생님은 개를 산책시키고 있었다고 했습니다. 그런데 프레드 서덜랜드의 아파트로 올라가는 계단에 개 오줌 자국이 있었습니다. 감식반이 그 오줌을 채취해 어떤 개인지 지목할 수 있죠."

"지금 내가 그 노인을 살해했다는 뜻입니까?" 그가 날카롭게 물었다.

"웃긴이야." 코디 부인이 한마디 보탰다. "엉뚱한 상자를 골랐어. 내가 그럴 줄 알았지."

"어려운 길로 가시겠다면," 해미시가 말했다. "결과가 나올 때까지 기다려 보죠."

"그럼 그렇게 해요." 그가 차갑게 말했다. "그리고 변호사를 부르기 전에 내 집에서 썩 나가요."

해미시가 마주하고 있는 그 차가운 눈에는 죄를 지은 사람의 그 어떤 감정도 없었다.

"그럼 확인해 보겠습니다. 그리고 돌아오겠습니다."

경찰차로 가서 스트래스베인에 막 무전을 치려던 참에 문득 무시무시한 생각이 그를 내리쳤다. 그는 무전을 치는 대신에 브레이키로 빠르게 차를 몰고 가서 프레드 서덜랜드의 집으로 이어지는 계단으로 올라갔다. 전구가 끼워져 있었다. 그는 개 오줌이 있던 자리를 내려다보았다. 자국은 닦여서 잿빛 돌은 더 하얗고 더 깨끗해져 있었다. 코디가 두려울 게 없다는 기세로 나온 것도 놀랍지 않았다.

해미시는 숨 밑으로 욕설을 뱉어 냈다. 이제 그는 어떻게 됐든지 간에 코디가 살인범이라는 바위처럼 단단한 확신을 품게 되었다. 왜 전에는 그 생각을 해 보지 않았을까? 약사는 빤한 용의자였다. 그는 니코틴 독이라면 아무나 만들 수 있다고 말하는 그 모든 목소리에 귀를 기울이지 말았어야 했다.

그는 경찰서로 돌아와 지미 앤더슨에게 전화를 돌렸다. "그래요, 카일리는 집으로 돌아갔어요. 무슨 일이에요?"

"오늘 근무 섭니까?"

"두 시간 정도 더요. 왜요?"

"거기 있어 줘요, 지미. 내 전화를 기다려요. 내가 형사님에게 살인자를 안겨 줄지도 모르겠어요."

"뭐라고요?"

"날 믿어 보세요." 해미시는 전화를 끊었다.

그는 거실로 가서 테이블 아래 놓인 상자 하나를 뒤져 조그만 녹음기를 찾아냈다. 녹음기가 작동하는지 확인하고서 주머니에 넣고, 작은 마이크로폰을 밖으로 약간 빼 놓았다.

그러고는 브레이키로, 카일리의 아파트로 차를 몰고 갔다.

그는 벨을 누르고 복도로 들어갔다. 카일리가 문을 열어 주었다. "순경님이라면 다시 보고 싶지 않아요." 그녀가 신음하듯 말을 뱉었다.

"그렇죠, 납니다." 해미시가 말했다. "이제 진실의 시간이에요, 카일리. 안으로 들어갑시다."

그들은 카일리의 엉망진창인 거실에 마주 보고 앉았다. 옷이 온 사방에 흩어져 있었다. 빈 콜라 캔과 병들, 저녁 먹은 찌꺼기가 담긴 접시들도.

화장을 지운 카일리의 얼굴은 훨씬 어리게 보였다. 그녀는 긴 티셔츠를 입었고, 해미시가 생각하는 한 그 밖에는 아무것도 입지 않았다. 발도 맨발이었다.

"얘기해 보세요, 경찰 나리." 카일리가 미국식 콧소리를 꾸며 내며 말했다.

해미시는 남몰래 녹음기를 틀었다.

"나는 두 건의 살인 사건을 누가 저질렀는지 알아요." 해미시가 말했다.

"누구요?"

"당신 사장님, 찰스 코디."

그녀의 얼굴이 멍해졌다. 그러다가 그녀는 대뜸 새된 웃음을 터뜨렸다. "참 실없는 소리를 하시네요. 무슨 증거를 가지고 그러시는데요?"

"이게 믿어져요, 카일리? 개 오줌이랍니다."

그녀는 단단한 눈빛으로 그를 응시하며 기다렸다.

"맞아요, 프레드 서덜랜드가 살해되던 날 밤에 당신 사장님은 별생각 없이 작은 강아지를 산책시키러 나갔다고 했어요. 하지만 프레드 영감님 집 계단으로 이어지는 통로에 개 오줌

이 있었어요. 코디의 개가 싼 오줌이지요. 내가 좀 무른 구석
이 있어서 말인데요, 카일리, 게임이 끝났다는 걸 당신에게 먼
저 알려 주는 게 좋겠다고 생각했어요. 나는 그를 체포하러 가
는 길입니다."

그녀의 눈동자가 공포로 크게 뜨였다. "나하고는 아무 상관
없는 일이에요."

"모든 게 당신하고 상관있지. 그는 당신과 바람을 피우고
있었지, 안 그래요?"

"그래요." 그녀가 웅얼거렸다.

"더 크게." 해미시가 명령했다.

"그래요, 그래, 그래!"

"그러니까 당신은 살인 방조범이 되는 거야."

"아니야." 카일리가 비명을 질렀다. "아니야! 난 사장님에게
길크리스트 얘기와, 그가 나를 어떻게 대했는지 말했을 뿐이
에요. 그게 다예요. 이제 다른 말은 더 입도 뻥긋하지 않겠어
요!"

"당신은 텔레비전과 신문 온 사방에 나올 거예요. 그들은
남자들을 살인으로 몰고 가는 이 아가씨와 얘기를 나누고 싶
어 하겠죠."

그녀는 앉은 채로 그를 바라보았다. 그녀의 입이 약간 벌어
졌다. 그러더니 그녀가 어깨를 으쓱했다. "남자들이 나를 보고

미치는 건 내 잘못이 아니에요." 해미시는 긴장이 풀리기 시작했다. 거대한 허영심이 카일리를 뒤덮고 있었다.

"말할게요." 그녀가 말했다. "하지만 여기서는 당신과 나만 알아야 돼요. 나는 그 일을 알았다는 걸 부인할 테니까."

"그렇겠죠. 말해 봐요."

"그게, 찰리, 코디 씨는 가게에서 늘 나를 더듬으려 들었어요. 아니, 그 사람 좀 봐요. 늙은이잖아요." 50대가 카일리에게는 정말로 늙은 것이었다. "그러던 어느 날 '네가 나한테 잘해 준다면 말이야, 카일리, 내 유언장에 이 사업을 너에게 남긴다고 쓸게. 그리고 월말마다 보너스도 조금씩 주고'라고 하더군요. 장사가 잘되는 곳이고, 나는 일도 그 사람만큼 잘 알았어요. 약 조제하는 것만 빼고요. 하지만 그 가게를 가지고 나면 약사는 고용할 수도 있는 거니까요. 그 사람 같은 늙은 변태가 아니라 멋지고 젊은 남자로요."

"하지만 그는 탄탄해요. 아주 오래 살지도 모르는데."

"내가 그랬잖아요, 그 사람은 늙었다고." 카일리는 젊음의 그 온갖 거만함으로 계속 우겨 댔다. "수갑, 가죽, 그는 그런 걸 나에게 시켰어요. 나는 실수를 저질렀어요. 길크리스트 쪽이 더 조건이 낫다고 생각해서 그에게 코디 얘기를 했지요. 그러다 오히려 길크리스트가 비열한 놈이란 걸 알게 됐고, 난 찰리에게 가서 말했어요. 찰리가 길크리스트에게 사기 얘기를 했느냐고 묻길래 그렇다고 대답했죠. 길크리스트는 짐승이고, 나는 그와 데이트하고 싶지 않았지만 그가 강요를 했다고요. 그러니까 내 말이 뭐냐면, 나는 찰리가 주는 보너스에 의존하게 됐고, 보너스가 끊어지는 건 원하지 않았어요. 살인이 났다는 얘기를 들었을 때 믿을 수가 없었죠. 나는 찰리에게서 벗어나고 싶었어요. 하지만 그는 나를 위해 저지른 일이라고 말했어요. 나는 당연히 그가 겁났고요."

"당신이 아는 내용을 경찰에 얘기해서 그를 떼어 낼 수도 있었어요." 해미시가 지적했다.

"그는 누구에게라도 발설하면 나를 죽이겠다고 했어요." 카일리가 말했다. "하지만 순경님도 알잖아요, 누군가에게는 말해야 한다는 걸. 그래서 난 투시에게 말했어요. 살인 얘기는 말고요. 찰리와 어쩌다 바람을 피우게 됐고 그가 얼마나 변태인지 하는 얘기요. 투시는 술집에서 사는 남자애들을 몇 명 데려와 그를 처리해야 한다고 말했어요. 하지만 나는 공황 상태에 빠졌고, 절대 아무도 알아서는 안 된다고 말했어요. 하지만 그 멍청한 년이 자기 할아버지, 조 깁슨 영감한테 말한 거예요. 조 깁슨이 고참자 클럽에 가서 프레드 서덜랜드에게 말한 게 틀림없어요. 프레드 영감이 우리 집 문에 메모를 남겨 놓았거든요. 내가 찰리 코디와 바람을 피운다는 사실을 알아냈고, 경찰에게 말할 거라고 썼더군요. 그 늙은 바보는 자기가 사립 탐정이고, 자기를 먼저 만나러 오지 않으면 나를 경찰에 데려가 일을 쉽게 만들 거라고 했어요."

"그러니까 당신은 그 얘기를 코디 씨에게 했겠군요."

그녀가 고개를 끄덕였다. "그가 말했어요. '걱정하지 마. 내가 알아서 할게.'"

"이봐요, 아가씨." 해미시가 분연히 말했다. "당신은 맥베스 부인만큼이나 나빠요. 당신이 살인을 선동했다는 생각은 들지 않던가요?"

그녀의 얼굴이 굳어졌다. "나는 그 가게가 갖고 싶었어요. 그 가게는 내 것이 되어야 했어요. 우리 어머니란 사람이 뭐 하는 줄 알아요? 창녀라고요."

"그분은 매춘부일지 몰라도," 해미시가 무거운 말투로 내뱉었다. "돈을 벌려고 그 일을 하는 거예요. 남자들이 자기를 위해 살인을 저지르게 하려고 하는 게 아니라."

"내가 그 늙은 바보 코디에게 나를 위해 사람을 죽여 달라고 말했던가요?" 카일리가 악을 썼다.

"이봐요, 내가 이해가 가지 않는 건," 해미시가 말했다. "이런 마을에서 어떻게 소문나지 않고 그런 일을 쭉 할 수 있었느냐는 거예요."

"이 건물은 두 집은 비었고, 다른 두 집에는 잠자리에 일찍 드는 노인 두 명이 살고 있어요. 관목과 나무 때문에 누가 집을 드나드는지 알 수 없죠. 그는 아내의 코코아에 수면제를 넣고 나한테 왔어요. 하지만 대부분은 영업 시간이 끝나고 약국 뒤에서였죠. 만약 내가 투시한테 말하지 않았다면, 그는 프레드 영감을 죽이러 가지 않았을 거예요."

해미시가 일어섰다. "다시 경찰이 올 겁니다, 카일리."

"뭐, 좋아요. 나는 지금 말한 걸 전부 다 부인할 거니까."

해미시는 차가운 밤으로 나가 신선한 공기를 연거푸 들이마셨다. 그는 무전을 사용하지 않고 가장 가까운 공중전화 부스로 가서 지미 앤더슨에게 빠르게 설명하고, 이렇게 말을 마무리했다. "코디의 집 밖에서 기다리겠습니다."

해미시는 차들이 도착하는 모습이 보일 때까지 끈기 있게 기다렸다. 지미가 첫 번째 차에서 파트너인 해리 맥내브를 대동하고 내렸다. 그리고 두 번째 차에서 경찰 네 명이 내렸다. 집에서 떨어진 한쪽 모퉁이에 차를 세워 둔 해미시가 차에서 내렸다. "블레어는 없습니까?"

지미가 씨익 웃었다. "그의 아름다움을 지켜 주는 숙면을 방해하면 되나요. 그놈, 스트래스베인으로 곧장 끌고 갑니까?"

"아닙니다. 그자는 변호사를 들일 거예요. 카일리에게 붙여주었던 그 변호사겠죠. 가시밭길이 기다리고 있어요. 이 테이

프를 가져다 그에게 틀어 주죠."

"좋아요. 이건 당신이 주인공이에요, 해미시. 당신이 진두
지휘해요."

그들 모두 문으로 가는 계단으로 몰려들었고, 해미시가 초
인종을 눌렀다. 코디는 그날 밤은 약을 먹여 아내를 재우지 않
은 게 분명했다. 잠시 후 그녀가 잠옷 위에 가운을 입고서 문
을 열어 주러 나타난 것이다. "이게 다 무슨 일이죠?" 그녀가
미칠 듯이 화를 내며 따졌다.

"남편분 데리고 오십시오, 지금요." 해미시가 지시했다. 그
녀는 그를 바라보았다. 그러고는 그의 뒤에 선 경찰들을 보았
다. 그녀는 몸을 돌려 위층으로 올라갔다. 그들은 모두 복도로
모였다.

찰스 코디가 잠옷 차림으로 내려왔다. "해도 너무하는군요.
도대체 이번에는 원하는 게 뭡니까?"

"그냥 거실로 갑시다." 해미시가 말했다. "당신이 들었으면
하는 것이 있습니다."

코디가 앞장을 섰고, 형사 두 명과 해미시가 뒤를 따랐다.
경찰들은 복도에서 기다렸다.

해미시는 약사에게 근엄하게 미란다 원칙을 고지하고, 길
크리스트와 서덜랜드를 살해한 혐의를 씌웠다. 번들거리는
땀이 약사의 얼굴을 덮었다. 목노에서 왜 님편과 함께 있을 수

없는 거냐고 따지는 코디 부인의 목소리가 들려왔다.

해미시는 녹음기를 테이블에 올려놓았다. 테이프가 돌아가기 시작하고 카일리의 목소리가 크고도 분명하게 들리자 코디가 손에 얼굴을 묻었다.

녹음기가 다 돌아갔을 때 그가 둔한 목소리로 말했다. "당신은 그녀를 속였어, 맥베스, 이 개자식. 증거는 없었다고. 나는 개가 계단참에 오줌을 싼 게 기억이 났고, 가서 만일에 대비해서 닦았지. 이 개자식. 그녀가 날 변태라고 불렀어! 나는 그녀가 나를 사랑하는 줄 알았는데." 그의 목소리가 갈라졌다. 그가 울부짖었다. "그녀는 나를 사랑했어! 사랑한다고 나한테 말했어!" 그러더니 흐느끼기 시작했다.

경찰이 그를 차로 데리고 갔다. 이웃집들 전부 불이 켜졌다. 사람들이 계단에 서서 경찰을 바라보고, 코디의 작은 몸이 차로 끌려가는 모습을 지켜보았다. 코디 부인이 남편과 함께했다. 그녀는 차에 타면서 말했다. "요행으로 당신이 풀려나기라도 한다면, 찰스, 내 손으로 당신을 죽이겠어. 우리는 언제나 좋은 평판을 유지하며 살았어."

"어련하시려고." 그가 사납게 내뱉었다. "당신의 그 추한 몸하며 좋은 평판을 얻을 만한 속바지라니. 당신을 보면 토가 나와."

"카일리도 데리고 오고 있습니까?" 스트래스베인에 도착하자 해미시가 물었다.

지미는 고개를 끄덕였다. "녹음을 듣고 충격에 쓰러질 지경이 되겠지. 우리는 변호사를 기다려야 해요. 코디가 변호사를 불러야 한다면서 조금도 물러서지 않고 있으니. 변호사 오기 전에 차나 한잔하겠어요? 잠자는 사람을 깨우러 갔으니까."

"좋습니다. 그거 아주 좋겠네요." 해미시가 말했다.

그들은 매점으로 올라갔다. "잘했어요, 해미시." 지미가 말했다. "위험한 전술도 쓰지 않고 말이에요. 이 사건으로 당신도 승진을 하게 되겠군요."

해미시는 그를 곰곰이 바라보았다. "형사님이 이 모든 게 형사님 생각이라고 말한다면 얘기가 달라지겠지만요."

"뭐라고요?"

"생각해 봐요, 지미. 형사님 모자에 깃털이 달리는 거예요. 형사님의 승진은 스트래스베인이 내 편이 되어 줄 거라는 의미고."

"나는 당신에게 블레어 같은 짓은 하고 싶지 않아요, 해미시. 하지만 내 공이라고 해도 기뻐하지 않을 일은 아니지. 원하는 게 뭐죠?"

해미시가 씨익 웃었다. "평화와 고요요."

"자, 당신에게 건배." 지미가 찻잔을 들어 올렸다.

해미시가 갑자기 굳어졌다. "그의 주머니를 뒤졌죠, 그렇죠?"

"그렇죠. 그게 절차니까. 무슨 생각을 하는 거예요, 해미시?"

"독이요. 경찰들이 그 사람에게서 약이라면 다 빼앗았어야 한다는 생각을 하고 있었어요."

지미가 크게 뜨인 눈으로 해미시를 바라보았다. "그놈이 심장약이나 무슨 약이 있다고 말하지 않았다면요. 약사니까 뭐가 들어 있든 정상적인 약병에 들어 있을 겁니다."

그들은 문으로 달려갔다.

"그놈 주머니는 당연히 털었죠." 내근 경사가 거드름을 피우며 말했다. 코디는 집을 떠나기 전에 옷을 갈아입어도 된다는 허가를 받았었다. "손수건하고 집 열쇠, 차 열쇠 말고는 아무것도 나오지 않았어요."

"약은 전혀 없었나?"

"천식 약을 가지고 있었죠."

"그리고 자네가 그걸 가지고 있을 테고?"

"아니요. 그건 괜찮을 거라고—"

"유치장 어디야?" 지미가 외쳤다.

"5호실이에요. 하지만—"

"당장 열어!"

내근 경사는 못마땅한 표정으로 가서 5호실 유치장을 열었다. 찰스 코디 씨는 바닥에 꼼짝 않고 죽어 있었다.

"전부 다 참 제대로 된 엉망진창으로 막이 내렸어요." 이튿날 해미시는 프리실라에게 전화를 걸어 말했다. "물론 블레어가 아침에 와서 지미가 붙잡은 물고기를 해코지하려고 했죠. 자기가 있었다면 코디가 여전히 살아 있을 거라면서요."

"카일리는 어떻게 되는 거예요?"

"그녀는 살인 방조와 조장 혐의로 법정에 출두할 거예요. 경찰 수사 방해 혐의도 있고. 하지만 그 비싼 변호사가 그녀의 무죄를 주장하겠죠. 그 사람은 언론의 관심을 좋아해요. 재판에서 내 피를 제대로 말릴 테죠. 카일리는 아마도 자유의 몸으로 걸어 나와 자기 이야기를 가장 비싸게 사 주는 신문사에 팔고, 그 이기적인 삶을 오래오래 행복하게 누리겠죠." 짧은 침묵이 흘렀고, 해미시가 짐짓 태연한 척 말했다. "난 세라가 결혼한 줄 몰랐어요."

"그래요, 그녀는 남편과 사이가 틀어졌었어요. 내가 말하지 않았던가요? 아, 아니다. 기억났어요. 우리는 세라 얘기는 하지 않았죠."

"세라가 나한테 얘기해 줄 수도 있었을 텐데." 해미시가 말했다.

"그녀가 왜 그래야 하죠?" 프리실라가 매섭게 물었다.

"저녁 식사를 몇 번 했거든요. 그녀가 그 얘기를 꺼낼 수도 있지 않았나 싶은 거예요."

"그녀가 상처를 받은 상태였다면," 프리실라의 목소리가 의구심으로 무겁게 내리깔렸다. "알지도 못하는 마을 순경에게 그런 얘기를 할 리가 없죠."

해미시는 주제를 바꿀 때라고 마음먹었다. "유일한 수수께끼는 매기 베인이 살인이 일어나던 날 아침에 썼던 한 시간이에요. 그녀가 떠나기 전에 가서 물어볼까 해요."

"브레이키 같은 곳에서 이런 흉악한 살인과 치정 사건이 터지다니, 놀랍다고밖에 할 수가 없네요."

"당신에게는 그 어떤 열정도 놀랍겠죠, 프리실라."

"잘 있어요, 해미시."

그녀가 수화기를 내려놓으며 딸각하는 소리가 들렸다. 해미시는 사납게 욕을 내뱉었다. 왜 그런 말을 한 걸까? 프리실라를 여전히 사랑하는 것도 아닌데?

아니, 그런가?

매기 베인은 처음으로 편안하고 명랑한 모습으로 그에게 문을 열어 주었다. "들어오세요. 막 커피를 마시려던 참이었어요. 같이하실래요?"

해미시는 고개를 끄덕였다.

"바닥에 앉으셔야겠어요. 가구가 보관 창고로 갔거든요."

해미시는 바닥에 앉아서 빈방을 둘러보았다. 몇 분이 지나고 나서 그녀가 머그잔 두 개를 올린 쟁반을 들고 왔다. 그녀는 그들 사이 바닥에 쟁반을 내려놓았다.

"악몽은 끝났어요." 그녀가 말했다.

"당신은 코디를 의심했습니까?"

"아니요. 그게 웃긴 거예요. 살인을 저지르기 일주일 전에 그가 병원에 왔었어요. 길크리스트 씨가 진료실 문으로 머리를 내밀고는 저더러 산책을 하고 오라고 했죠. 두 사람이 사적으로 나눌 얘기가 있다면서요."

"그 얘기는 왜 저한테 하지 않았나요?" 해미시가 열이 나서 물었다.

"그는 약사였어요. 우리에게 약을 대 주죠. 저는 그 일에 대해서는 별로 염두에 두지 않았어요."

"저를 봐서 다른 한 가지도 정리를 좀 해 주셨으면 해요." 해미시가 말했다. "살인이 일어나던 날 당신이 한 시간 쉬었던 거 말이에요. 제게 말했던 것보다 일이 더 있었죠?"

그녀는 그를 아주 오랫동안 묵묵히 바라보다가 작게 어깨를 으쓱했다. "사실을 말하자면 우리는 전날 밤에 아주 심하게 다퉜어요. 저는 10시에 들어가서 그에게 커피를 주었어요. 그

는 평소에 커피가 차게 식을 정도가 될 때까지 내버려 두었어
요. 그게 코디에게 커피에 독을 탈 기회를 준 것 같네요. 저는
그에게 그를 떠나겠다고 말했어요. 코트를 입고 그냥 나와 버
렸죠. 그야 다른 접수원을 구할 수 있었을 테니까요. 저는 상
점을 이리저리 돌아다니고, 제가 당신에게 말했던 일을 전부
다 했어요. 그러다 병원에 내버려 두고 온 몇몇 가지를 가지고
와야겠다는 생각이 든 거예요."

"왜 그런 말을 하지 않았습니까?"

"그런 말을 하면 당신이 나를 살인 용의자로 볼 것 같아서
요. 하지만 코디가 엄청난 위험을 무릅쓴 건 분명하네요. 내가
불쑥 병원으로 들어왔을 수도 있잖아요. 누구라도 그가 병원
계단으로 올라가는 모습을 봤을 수도 있고."

"우리는 카일리가 마침내 무너지던 날 밤 알게 됐어요. 코
디가 카일리에게 말했답니다. 자기는 분노와 열정으로 너무
정신이 나간 나머지, 누가 자기를 봐도 상관이 없었다고요. 처
음에는 그냥 길크리스트를 독살하고 자리를 뜰 생각이었답니
다. 그는 전에도 길크리스트 치과를 가 본 적이 있고, 길크리
스트가 언제 커피를 마시는지, 그가 커피가 식게 내버려 두는
것도 알고 있었어요. 길크리스트가 마침내 숨을 거두었을 때
도 분노가 가시지 않더라고 했답니다. 그래서 그를 의자에 앉
혀 놓고 그의 이에 드릴 구멍을 낸 겁니다. 자기가 얼마나 운

이 좋았는지 깨달은 건 일을 벌이고 난 다음이었대요. 그래서 마음을 놓기 시작한 거죠. 게다가 카일리는 그 일로 그가 자기에게 더 큰 통제력을 갖게 되었다고 말했어요. 어디 가서 얘기했다가는 그가 자기를 죽일까 봐 겁에 질렸던 거죠. 그리고 그가 죽은 마당에 이제 그녀의 이야기를 반박할 사람은 없어졌어요. 그녀의 변호사는 재판정에 그녀를 순수한 여학생처럼 입혀 내보낼 거고, 그녀는 그가 입 다물지 않으면 죽일 거라고 협박했다며 흐느낄 테고, 그 말을 믿지 않는 사람은 아무도 없겠죠. 코디가 죽었다는 건 당신도 알겠죠."

"네, 오늘 아침 라디오 뉴스에서 나왔어요."

"본서에 정보 유출자가 있는 게 분명해요. 언론은 언제나 늘 일이 터진 바로 그 순간에 그걸 문단 말이죠. 그 얘기를 하다 보니 제가 해야 할 일이 기억났네요."

해미시는 그녀에게 안녕을 고하고서 고참자 클럽으로 차를 몰고 가 탬을 찾았다.

"제가 선생님께《인버네스 데일리》에서 온 괜찮은 기자 이름을 알려 드릴까 합니다." 해미시가 말했다. "프레드 씨의 사진 가지고 계신 거 있습니까?"

"그럼요." 탬이 말했다.

"그 사진을 기자에게 주세요. 더불어 프레드 서덜랜드의 이야기도요. 탐정이었던 그의 이야기를, 그가 이 사선의 돌파구를 어떻게 마련했는지를 말이에요. 프레드 영감님이 좋아하겠죠?"

"아이고, 이런." 탬이 말했다. "그렇게 된다면 그 친구는 일곱 번째 천국에 간 기분이겠지."

"어르신이 하셨으면 하는 얘기를 제가 써 드릴게요." 해미시가 말했다. "그리고 그걸 가져다드리죠."

그러고 나서 해미시는 옷 가게로 가서 에드워드슨 부인과 대면했다. "길크리스트 씨와 프레드 영감님을 죽인 사람이 찰스 코디인 거 아십니까?"

"알아요. 아침 뉴스에서 들었어요. 누가 생각이나 했겠어요? 그런 지역사회의 대들보가, 모든 사람에게 좋은 말만 하던 사람이 말이에요. 아니 내 말은, 내가 그날 그 사람을 봤을 때 어떤 이상하다는 생각도 들지 않았다는 거예요."

"어느 아침 말입니까?" 해미시가 외쳤다.

"나한테 그렇게 소리칠 이유 없잖아요, 경관님." 그녀의 얼굴이 붉으락푸르락해졌다. "꼭 아셔야겠다면, 그는 살인이 일어나던 날 아침에 우리 가게 진열창 앞을 지나갔어요. 그가 위로 올라가는 소리를 들은 것 같네요."

"이런 어리석은 할망구 같으니라고!" 해미시가 으르렁거렸다. "왜 진작 얘기하지 않았습니까?"

"나는 아무 생각이 없었다니까. 아니, 그렇게 훌륭한 사람이. 아니, 내 말은……"

"당신이 아니었다면 프레드 영감님은 멀쩡하게 살아 계셨을 겁니다." 해미시가 황망하게 말했다. 그리고 바깥으로 나가며 상점 문을 쾅 닫았다.

차를 몰고 가면서 해미시는 이 사건에서 자신이 이토록 헤맨 이유가 그것이었다는 생각이 들었다. 이 사건은 속물근성, 아마추어리즘, 순전한 운의 조합이었다. 코디는 길크리스트를 살해한 일로 붙잡히지 않자, 분명 신들이 자기편이라고 생각했을 것이다. 하지만 카일리가 그 존경받던 중년 남자의 가슴에 지른 불이라니!

로흐두는 크리스마스 준비에 들어갔다. 해안가 집집마다 평소의 램프에 꼬마전구가 달렸다. 크리스마스트리가 집집 창가마다 보였다. 가짜 나무로 만든 크리스마스트리였다. 전나무가 천지인 곳이건만, 로흐두의 주부들은 카펫에 떨어진 뾰족한 솔잎을 진공청소기로 빨아들이고 싶어 하지 않았다. 그리하여 은색과 금색과 자연에는 없는 녹색의 플라스틱 크리스마스트리가 등장하게 된 것이다.

아치 매클레인이 정원의 진한 녹색 플라스틱 나무에 크리스마스 전구를 장식하고 있었다. 해미시는 이야기를 나누려고 그의 앞에 멈추었다.

"집 안에 들이면 안 되나 봐요?" 해미시가 안쓰러운 마음으로 말을 붙였다.

"응. 마나님이 크리스마스트리를 허락해 줄 리가 절대 없지. 하지만 난 올해는 기어코 크리스마스트리를 가져야겠어. 남자는 때로 자기 마음대로 할 줄도 알아야 한다고, 해미시."

해미시는 빙그레 웃고는 발걸음을 옮겼다. 그는 커리 자매의 집을 재빨리 지나쳤다. 자매에게 붙들리고 싶지 않았기 때문이다. 커리 자매 집만 크리스마스 장식이 없었다. 크리스마스 장식은 죄악이라고 믿는 저 구식 스코틀랜드식 칼뱅파의 믿음을 따른 결과였다.

그러고서 그는 파텔 씨네 잡화점에 들어가 로가트에 사는 가족들을 위한 크리스마스 선물이 뭐 없을지 살펴보았다. 스트래스베인까지 가는 수고를 줄이고 싶었던 것이다. 가게에서는 크리스마스 푸딩과 향신료의 냄새가 났다. 그는 적당한 선물을 찾아낼 수 없었고, 결국 스트래스베인까지 가야겠다고 생각하며 가게를 나왔다.

경찰서로 돌아오자 지미 앤더슨이 그를 기다리고 있었다.

"이번에는 내가 가져왔죠." 지미가 쇼핑백 두 개를 들어 보였다. 해미시는 그를 부엌으로 들였다. 지미는 커다란 칠면조 한 마리와 위스키 두 병을 식탁에 올려놓았다. "이게 내가 할 수 있는 최소한이에요, 해미시." 그가 말했다. "블레어가 코디

가 자살한 걸로 나를 얽어매려고 했지만, 총경님이 내가 잘한
건 좀 있지 않느냐고 하면서 내근 경사가 잘못한 일을 가지고
나를 탓할 수는 없다고 지적했어요. 내 얘기하는데, 총경님은
당신이 해결한 일이란 걸 꽤 확신하지만, 나도 꽤 성공을 거뒀
다고요. 빌어먹을 블레어 밑에서 일하면 내 이름이 지미 앤더
슨이 아니외다. 참, 블레어가 요즘 금주 중인데, 꼴이 꼭 엉덩
이가 따가운 곰 같다니까요."

"AA에 가입했답니까?"

"자동차 협회Automobile Association를 말하는 겁니까, 아니
면 알코올 중독자 갱생회Alcoholics Anonymous를 말하는 겁니
까?"

"알코올 쪽이죠."

"아뇨. 의사가 추천은 했다는데, 블레어는 많은 신의 형제
들과 함께 죽어 있는 모습을 보이지는 않을 거랍니다."

"형사님은 운이 좋네요." 해미시가 말했다.

"왜요?"

"스트래스베인에서 금주회 모임을 가는 사람들은 술잔을
내려놓고 나서는 물에 뜬 오리처럼 성공을 거두는 것 같거든
요."

"어이쿠, 당신 말이 맞아요. 스트래스베인의 소문난 술주정
뱅이 아치 패톡, 누더기와 토사눌 속에 살년 인간인데, 자기기

전기 엔지니어였다고 말하고 다녔죠. 알코올 중독자 모임이 그를 단단히 붙들어서 이제는 테이사이드의 가장 큰 회사 중 어디를 다니는데, 알고 보니 정말로 전기 엔지니어가 맞았지 뭡니까. 큰 차도 샀고. 블레어가 그 빌어먹을 모임 같은 데 가지 않기만을 바랄 뿐이네요. 알코올 중독자 모임 얘기가 나와서 말인데, 저 병 좀 따 보면 어때요?"

지미가 떠나고 나서 해미시는 다시 밖으로 나갔다. 언덕과 산들 아래로 황혼이 맹렬하게 내려앉고 있었다. 만은 분홍빛과 황금빛으로 물들었다. 크리스마스 전구가 해안가를 따라 길게 늘어서서 반짝거렸다.

그는 서서 소나무 냄새가 나는 저녁 공기를 들이마시고, 세상이 평화로운 것을 느꼈다.

그러고는 해안을 쭉 내다보는데 그곳에 프리실라가 만을 바라보며 서 있는 모습이 보였다. 크리스마스의 빨간색 모직 코트를 입고 체크무늬 목도리를 두르고 있었다.

그녀가 그의 존재를 느낀 듯이 몸을 돌렸다.

긴 한순간, 해미시 맥베스와 프리실라 할버턴스마이스는 해안 저쪽과 이쪽에 서서 서로를 바라보았다. 교회에서 아이들이 노래했다. "'참 반가운 성도여.'"

프리실라가 발걸음을 돌리더니, 차에 올라타고 떠나 버렸다.

해미시 맥베스는 용서받지 못했다.

10점이 만점이라면 〈해미시 맥베스 순경 시리즈〉는 만점에 10점을 더 받을 만하다.

《버펄로 뉴스》

어딘가로 달아나고 싶은가? 100년에 한 번만 나타난다는 스코틀랜드의 마을 브리가둔을 기다리다 지쳐 가고 있는가? 그렇다면 M. C. 비턴이 해미시 맥베스 순경을 주인공으로 등장시켜, 묘한 매력을 지닌 미스터리 소설의 배경으로 만들어 낸, 스코틀랜드의 나른하고 아름다운 마을 로흐두로 여행을 떠날 시간이다.

《뉴욕 타임스 북 리뷰》

애거서 크리스티에 대해서 말하자면, 그녀는 다른 어떤 여성보다 침대에서 큰 즐거움을 선사하는데, 불을 끄고 잠들기 전 독서하기에 완벽한, 아늑한 고전 추리물의 다작 생산자 M. C. 비턴이야말로 바로 그녀에 필적한다고 할 수 있다.

《데일리 텔레그래프》

비턴의 해미시 맥베스 이야기는 언제나 훌륭하지만, 최근작들은 더욱 뛰어나다. 플롯은 평소보다 훨씬 좋고, 캐릭터는 더 매력적이며, 심지어 대체로 시무룩하고 심각한 모습을 보이는 지금의 이 해미시마저 여느 때보다 더 웃음을 자아내고 호감을 준다.

《북 리스트》

독자의 마음을 사로잡는 아늑한 코지 미스터리 시리즈. 마을의 순경과 주민들이 얼마나 현실적으로 그려지는지 머지않아 관광객들이 로흐두 마을을 찾기 시작할지 모른다. 그리고 셜록 홈스의 존재를 믿듯 해미시 맥베스의 존재를 믿게 될 것이다.

《덴버 로키 마운틴 뉴스》

해미시 맥베스는 갈수록 정감 가는 주인공이다. 독자들은 그의 소박한 외면 안에 모든 터무니없는 헛소리를 단번에 뭉개 버리는 기지가 숨어 있음을 깨닫게 될 것이다.
《시카고 선타임스》

맥베스의 매력은 계속 더해질 뿐…… 재미있고 엉뚱하며 잘 만든 스콘처럼 말랑말랑하다. 이 시리즈의 책이라면 단 한 권도 놓치지 않을 것이다.
《크리스천 사이언스 모니터》

최고급 몰트위스키처럼 풍부하고 따뜻한 맛이 느껴지는 최고의 오락물.
《휴스턴 크로니클》

따뜻하고 아늑한 미스터리를 좋아하는 독자들을 위한 작품. 물론 비턴의 작품에서라면 그 장밋빛 유리잔은 언제나처럼 어두운 빛으로 물든다.
《필라델피아 인콰이어러》

비턴은 스코틀랜드 북부 지방의 아름다운 자연 경관을 그려 내며 간결한 언어로 그 지방의 정취를 포착해 낸다.
《라이브러리 저널》

이 시리즈는 진정한 축복이다.
《애틀랜타 저널컨스티튜션》

스코틀랜드 북부의 그림처럼 아름다운 로흐두 마을을 다시 찾는 일은 언제나 특별한 기쁨이다.
메릴린 스타시오, 《뉴욕 타임스 북 리뷰》

옮긴이 **문은실**

홍익대학교 불문학과를 졸업하고 현재 번역가와 기고가로 활동하고 있다. 지은 책으로 『미드 100배 즐기기』 『위트 상식사전 프라임』이 있으며, 『외지인의 죽음』 『매춘부의 죽음』 『장난꾼의 죽음』 『대식가의 죽음』 『잔소리꾼의 죽음』을 비롯해 〈돌 런갱어 시리즈〉(전 5권), 『몸을 긋는 소녀』 『언더베리의 마녀들』 『뼈 모으는 소녀』 『수비의 기술』 『냉동인간』 『빅 퀘스천』 『야구 교과서』 등을 우리말로 옮겼다.

해미시 맥베스 순경 시리즈 13

치과 의사의 죽음

초판 1쇄 펴낸날 2018년 9월 13일

지은이 M. C. 비턴
옮긴이 문은실
펴낸이 김영정

펴낸곳 (주)**현대문학**
등록번호 제1−452호
주소 06532 서울시 서초구 신반포로 321(잠원동, 미래엔)
전화 02−2017−0280
팩스 02−516−5433
홈페이지 www.hdmh.co.kr

© 2018, 현대문학

ISBN 978−89−7275−845−7 04840
    978−89−7275−783−2 (세트)

* 책값은 뒤표지에 있습니다.